Gregor Wallbaum, geboren 1964 in Niedersachsen, hat Wirtschaftsingenieurwesen studiert und ist im internationalen Vertrieb tätig. Wenn er nicht schreibt, kümmert sich der passionierte Imker um seine Bienen, sitzt an der Töpferscheibe oder musiziert. *Schleudertrauma* ist sein Debütroman.

Gregor Wallbaum

# Schleudertrauma

Roman

Bibliografische Information der Deutschen
Nationalbibliothek: Die Deutsche Nationalbibliothek
verzeichnet diese Publikation in der Deutschen
Nationalbibliografie; detaillierte bibliografische Daten sind im
Internet über dnb.dnb.de abrufbar.

Herstellung und Verlag:
BoD – Books on Demand, Norderstedt

ISBN: 978-3-7568-4340-4

*Für Anja*

<sup>18</sup> Wenn jemand einen eigenwilligen und ungehorsamen Sohn hat, der seines Vaters und seiner Mutter Stimme nicht gehorcht und, wenn sie ihn züchtigen, ihnen nicht gehorchen will,

<sup>19</sup> so sollen, ihn Vater und Mutter greifen und zu den Ältesten der Stadt führen und zu dem Tor des Orts,

<sup>20</sup> und zu den Ältesten der Stadt sagen: Dieser unser Sohn ist eigenwillig und ungehorsam und gehorcht unsrer Stimme nicht und ist ein Schlemmer und ein Trunkenbold.

<sup>21</sup> So sollen ihn steinigen alle Leute der Stadt, daß er sterbe, und sollst also das Böse von dir tun, daß es ganz Israel höre und sich fürchte.

(5 Mose 21, Lutherbibel 1912)

## Kurvenfahrt

Die erste war eine Linkskurve. Er schaltete in den dritten Gang, gab etwas Gas, um die Drehzahl zu erhöhen, und kuppelte sanft wieder ein. Direkt nach dem Übergang zur Geraden beschleunigte er den Alfa. Elastisch zog der Wagen ab.

Sein Fahrlehrer, bereits damals weit über sechzig, hatte ihm eingeschärft, dass man Autofahrer nicht in sportliche und unsportliche, sondern nur in unvernünftige und vernünftige Fahrer unterteilen solle. Und er, der als Achtzehnjähriger im Unterschied zu seinen Mitschülern immer ganz besonders vernünftig sein wollte, hatte diese Auffassung völlig logisch und äußerst überzeugend gefunden und sie immer wieder, ungefragt und altklug, seinem Umfeld mitgeteilt.

Mehr als zwanzig Jahre später war er sich nicht mehr so sicher, ob diese Ansichten noch immer Gültigkeit für ihn haben sollten. Jetzt fuhr der Fahrlehrer selbst nur noch Rollator. Bernd hatte ihn erst kürzlich gesehen, ein wackeliger alter Mann, gebeugt und mit kleinen Schritten hinter seinem letzten Fahrzeug einhertrippelnd.

Das Röhren des Motors, die Vibrationen des Wagens, die Beschleunigung, die ihn sanft in das Lederpolster des Sportwagens drückte. Der alte Mann hatte einfach Unrecht gehabt. Denn dies war das Leben: ungestüm, laut, spürbar, vorwärts gerichtet in der Unmittelbarkeit der Bewegung – nicht gezähmt, dressiert, eingehegt, beschriftet und archiviert wie im Büro. Als braver und vernünftiger Fahrschüler hätte Bernd nie daran zu denken gewagt, irgendwann einmal einen solchen Wagen zu besitzen. Und sicher hätte er den Gedanken mit verächtlicher Miene verworfen, dass er jemals einem Sportwagen eine derartige Bedeutung beimessen würde.

War er jetzt auch schon dort angekommen? So wie die anderen Endvierziger?

Bereits als Berufsanfänger war ihm dieses seltsame Phänomen aufgefallen: Gestandene, arrivierte Herren jenseits der Fünfzig, die plötzlich Motorrad fuhren oder Gleitschirm flogen. Die sich mühsam in Sportsitze quetschten und sich dann schnaufend wieder aus ihren tiefergelegten Autos herausquälten. Und sich dazu gleich noch eine Junge holten, eine, die sich überall schön fest anfühlte. Er hatte gemeint, über diesen Dingen zu stehen. Nie würde er so werden, hatte er sich geschworen. Kein zweiter Frühling, kein gefärbtes Haupthaar, kein sportliches, unvernünftiges Auto. Und bitte auch nicht dieses Altmännergegockel, diese heimlichen, geilen Blicke auf enge Blusen und stramme Hinterteile, nicht das Gebalze auf den Betriebsfesten, das Anbaggern der Hostessen auf den Messen, die anzüglichen Mehrdeutigkeiten. Er nicht. Nie.

Ihm fiel die Messeparty vor einigen Jahren ein, als er neben einem dieser glücklich verheirateten Musterehemänner gestanden hatte. Der Musterehemann hatte ihm gerade umfassend und mit aufrichtiger Begeisterung von seiner liebevollen Musterehefrau und seinen beiden außerordentlich begabten Musterkindern berichtet und Bernd war fast geneigt gewesen, dieser Erzählung Glauben zu schenken, als sich ihnen eine der Hostessen näherte. Der Musterehemann neben Bernd wechselte nun so überraschend in einen satten Bassbariton, dass sich Bernd, der für einen Augenblick unkonzentriert gewesen war, mit einem schnellen Seitenblick vergewissern musste, ob nicht zwischenzeitlich ein anderer Kollege an dessen Stelle getreten war. Keine zehn Sekunden später hatte ihn der Musterehemann – ohne auch nur ansatzweise einen Vorwand dafür zu suchen – mitten im Gespräch stehen lassen und war der jungen Frau mit gierigen Blicken und beschwingten Schritten Richtung Tanzfläche gefolgt. Später, bevor Bernd das Fest verließ, hatte er den Musterehemann nochmals kurz erspähen können: Der Kollege tanzte eng mit der Hostess und seine Hände waren dabei eindeutig zu tief platziert.

Eine knappe Woche später hatte er den Kollegen dann in einer der Kaffeeecken in der Firma wiedergetroffen. Bernd war innerlich richtiggehend übel geworden, als er sich schon nach wenigen Minuten erneut denselben spießigen Sermon über die wunderbare Musterfamilie mit der besten Köchin aller Zeiten und den hochbegabten Kindern anhören musste. Bernd hatte den Kollegen völlig entgeistert angestarrt, sich dann wortlos umgedreht und war gegangen. Sollte der seine Geschichten doch dem Kaffeeautomaten erzählen. Wenn sie danach in der Firma erneut miteinander zu tun gehabt hatten, waren ihre Gespräche immer auf das Geschäftliche beschränkt geblieben, was Bernd bis heute nicht sonderlich Leid tat.

Nachdem Miriam ihn verlassen hatte, hatte er den Alfa gekauft. Seitdem fuhr er den Sommer über die rote 76er Giulia. Ab und an schraubte er auch daran herum, hatte sich das ein oder andere Ersatzteil in den Schuppen gelegt, für schlechte Zeiten. Teile für solche Oldtimer waren rar und teuer.

Heute war er vom Bahnhof gekommen und hatte sich dann, anstatt den direkten Weg über die Autobahn zu nehmen, für die kurvige Nebenstrecke durch den Wald entschieden. Um noch etwas Spaß zu haben und ein bisschen unvernünftig zu sein. Bald würde er den Wagen für den Winter abmelden und wieder mit dem langweiligen VW fahren müssen.

Erst im Wald, als die letzten Häuser hinter ihm lagen, bemerkte er, wie finster diese Nacht war. In den Orten hatte die Straßenbeleuchtung seinen Weg erhellt. Hier oben herrschte dagegen tiefe Dunkelheit und auch der Mond war von dichten Wolken verdeckt. Da er die zweite Kurve zu schnell angegangen war, kam der Wagen etwas über den Mittelstreifen hinaus. Kein Problem, auf dieser einsamen Strecke gab es kaum Gegenverkehr. Er nahm Gas raus, brachte das Auto vor der sich anschließenden Linkskurve zurück in die Spur und beschleunigte auf der folgenden Geraden erneut.

Während der Fahrt mit dem ICE nach Stuttgart war er aus einer unbegreiflichen Zuversicht heraus noch positiv gestimmt gewesen. Er hatte sich am Bahnhof ein Brötchen mit Fleischkäse und eine Brezel gekauft und seinen Mietwagen abgeholt. Die Firmenzentrale seines potenziellen zukünftigen Arbeitgebers lag außerhalb der Stadt und er hatte weder die Nerven gehabt, sich auf die Schnelle wieder mit dem Streckenplan und den Tarifzonen des Stuttgarter Nahverkehrs vertraut zu machen, noch wollte er – als jemand, der, wenn er den Job bekäme und die Probezeit überlebte, Anspruch auf einen 5er BMW haben würde – mit dem Linienbus vorfahren müssen.

„Wirken Sie niemals arbeitslos!", stand in der Broschüre, die er von einer Jobmesse mitgenommen hatte. Doch nach dem Verlauf dieses Tages war ihm wieder einmal klar: Er wirkte nicht nur so, er war es auch.

Er hatte den Umweg über Böblingen und Holzgerlingen genommen, um noch einmal einen Blick auf einen Teil seines früheren Lebens zu werfen. Natürlich war er überpünktlich gewesen und es war ihm sogar gelungen, am Empfang mit der gewohnten lässigen Eleganz der langjährigen internationalen Führungskraft aufzutreten. Er hatte seinen Namen, den seines Ansprechpartners und den Anlass seines Besuches genannt – gewiss man erwartete ihn, ja natürlich werde er gerne warten bis man ihn abhole –, aber schon während er auf dem niedrigen Ledersofa neben dem Empfangstresen Platz genommen und sich beim vergeblichen Versuch, nicht in eine flegelhafte Rückenlage zu geraten, seinen mittlerweile doch recht stattlichen Bauch eingequetscht hatte, beschlich ihn ein leichtes Gefühl des Sicherheitsverlustes.

Nachdem man ihn mehr als eine Dreiviertelstunde hatte warten lassen, erschien an der Schranke zum Empfangsbereich endlich eine junge, dynamische Brünette in einem perfekt sitzenden dunkelblauen Hosenanzug. Er straffte sich unwillkürlich, erhob sich und tatsächlich, sie kam direkt auf ihn zu – die Alternativen waren aufgrund der Tatsache, dass er der einzige Besucher hier war, auch relativ begrenzt. „Herr Haltig?", sprach sie ihn mit einem zuckersüßen Lächeln an, das ihr perfektes Gebiss vollständig entblößte, um sofort nach seinem kurzen, bestätigenden Nicken fortzufahren: „Ich hoffe, Sie hatten eine angenehme Anreise. Wenn Sie mir dann bitte folgen würden, die Herren warten bereits." Während Bernd sich noch eine hinreichend positive Antwort zurechtlegte, die die Qual des frühen Aufstehens und der langen Anreise nicht erkennen ließ, hatte sich die junge Dame im Hosenanzug bereits wieder abgewandt und war ihm mit schnellen Schritten vorausgeeilt. Bernd hastete unbeholfen hinterher.

Sie verließen den großzügigen und lichtdurchfluteten Eingangsbereich und folgten einer Reihe verschachtelter Gänge. Auf beiden Seiten sah man durch raumhohe Glasscheiben in mit dem Schachbrettmuster unzähliger Cubicles vollständig ausgefüllte Großraumbüros. Die Mitarbeiter in den Arbeitskabinen trugen Headsets, starrten auf die Bildschirme und tippten eifrig auf ihren Tastaturen. Auf den schmalen Zwischengängen zwischen den Arbeitsbereichen schienen sie sich nur im Laufschritt bewegen zu dürfen. An der hinteren Wand einer der Büroflächen erkannte Bernd übergroß das Firmenlogo, darunter prangte in erhabenen, riesigen Lettern „Kundenzufriedenheit ist Erfolg!", an einer anderen Bürowand las er „Qualität ist Fortschritt!"

Endlich erreichten sie ein Treppenhaus. Neben dem Aufgang wartete ein Lift mit offener Tür auf Fahrgäste. Die dynamische Brünette musterte kurz Bernds mittleren Jackettknopf, sah einmal zur Aufzugtür, dann zur Treppe. „Die Besprechungsräume sind in der ersten Etage", stellte sie fest und nahm schwungvoll die Treppe in Angriff. Bernd versuchte Schritt zu halten. Dabei heftete sich sein Blick wie von selbst auf den wohlgeformten Hintern vor ihm. Sicher trägt sie darunter ein knappes Spitzenhöschen, dachte er und schämte sich sofort dafür.

In der ersten Etage folgte ein weiterer langer Flur, dessen Auslegeware ihm deutlich hochwertiger als die der bisherigen Flure erschien. Zudem war der Flur beidseitig mit hellen Holzpaneelen verkleidet und die Räume dadurch dem Einblick vom Gang her entzogen. In regelmäßigen Abständen durchbrachen nussbaumfarbene Türen die Wandflächen. Aus den Titeln auf den Türschildern schloss Bernd, dass hier die Geschäftsleitung residierte.

Seine Begleiterin hielt nun vor einer der Türen an, straffte sich, zupfte ihren Blazer zurecht und öffnete dann nach einem kurzen Klopfen die Tür. „Bitte Herr Hartwig, da wären wir", sagte sie und bleckte erneut ihre Zähne. Bernd bedankte sich trotzdem und trat ein.

Der Besprechungsraum war klein und ebenfalls holzgetäfelt. Durch die Fenster sah man die auf dem Firmencampus verstreuten Gebäude und den dahinterliegenden Wald. Am Besprechungstisch vor dem Fenster saßen zwei Erfolgsmenschen mit wichtiger Miene, beide in dunkelgrauen Businessanzügen mit grell-farbigen Krawatten, beide deutlich schlanker und jünger als er. Seine Gesprächspartner erhoben sich betont langsam und in ihrem geschäftsmäßig freundlichen Lächeln meinte Bernd auch eine Spur von Leid zu erkennen, als wären sie der vielen Bewerber und der fortdauernden Qual der Auswahl längst überdrüssig.

Dann das Ritual: Hände schütteln, Namen aufsagen, Visitenkarten entgegennehmen, freundlich, aber entschlossen schauen, Interesse heucheln.

„Kaffee?"

„Ja, warum nicht?"

Hätte er nicht besser ein Kaltgetränk wählen sollen, fragte er sich jetzt. Kaffee hatte etwas Gemütliches und er wollte ja nicht als gemütlicher Dicker wahrgenommen werden, sondern als tougher Macher. Dazu noch dieser Nachsatz: „Warum nicht?" Er hatte seine Entscheidung also selbst infrage gestellt. Typisch, dass ihm das wieder passierte. Er hatte nur höflich sein wollen und stattdessen Unsicherheit und mangelnde Entschlossenheit bei der Erreichung von Zielen offenbart. Ob ein erfolgreicher Manager hunderte Mitarbeiter entlässt oder literweise Kaffee trinkt oder einen Mitbewerber vom Markt fegt, er handelt einfach und fragt nicht erst, ob er es darf.

„Dann erzählen Sie mal, was Sie auszeichnet und warum wir uns gerade für Sie entscheiden sollten."

Das Schlimme an diesen Gesprächen war nicht allein die Situation des Anbiederns und die Unsicherheit, ob man mit seinen Antworten und Ausführungen die Erwartungen traf. Es war vor allem der Wechsel der Perspektive, der ihm zu schaffen machte.

Vor nur etwas mehr als einem Jahr hatte er selbst noch auf der anderen Seite gesessen und anderen derartige Fragen gestellt. Er hoffte, seine Bewerber nicht so arrogant und überheblich behandelt zu haben, wie es nun ihm widerfuhr. Denn mittlerweile wusste er – und er wünschte seinen heutigen Gesprächspartnern von ganzem Herzen eine ähnliche Erfahrung –, dass ein kleiner Eintrag in der Exceltabelle eines Controllers irgendwo auf dieser globalisierten Welt genügte, um im Handumdrehen aus einem leitenden Angestellten einen weiteren schwer vermittelbaren arbeitslosen Ex-Manager zu machen.

Das weitere Gespräch war kurz und sachlich verlaufen, etwas zu kurz für seinen Geschmack. Er hatte seine Leistungen bei seinen bisherigen Arbeitgebern dargestellt, seine große Erfahrung in der Leitung von Geschäftsbereichen betont und seine vielfältigen bisherigen Tätigkeitsfelder hervorgehoben. Aber es war ihm dabei, als würde jedes Wort über die Vergangenheit seinen Zugang zur Zukunft und zu diesem neuen Job nur erschweren. Hier wollte niemand hören, was er geleistet hatte – was er zukünftig leisten würde, war entscheidend. Aber wie konnte er das darstellen, ohne ständig die Vergangenheit zu bemühen?

Ihre Standardfragen, seine Standardfloskeln. War er heiß auf den Job? Wie würde er die neue Aufgabe angehen? Wie glaubte er, könne man den Herausforderungen des einundzwanzigsten Jahrhunderts in der Informationstechnologie am besten begegnen? Welche Implikationen sah er bezogen auf die mögliche Stelle? Er hätte ihnen diese Frage gerne präziser beantwortet. Leider ließ die standardisierte Stellenanzeige viel Interpretationsspielraum übrig und trotz seiner interessierten Fragen nach Aufgaben, Verantwortungsrahmen und Berichtslinien hatte er sich kein klares Bild des neuen Jobs machen können. Es schien eine Art Feldexperiment zu sein, etwa nach dem Motto: Wir suchen die eierlegende Wollmilchsau – mal sehen, wer sich meldet.

Ein Headhunter, der ihn vor ein paar Wochen zu einem anderen Vorstellungsgespräch bei einem seiner Mandanten avisiert hatte, hatte ihm lapidar mitgeteilt, er solle darauf gefasst sein, dass man ihm den Job madig machen werde, um zu testen, ob er wirklich motiviert sei. Aber wie sollte man sich für eine Aufgabe entscheiden, die einem bewusst falsch dargestellt wurde? Er hatte beschlossen, das nicht mehr verstehen zu müssen.

Dabei hatte er doch genau diese geforderten Eigenschaften besessen, war ein harter Hund gewesen, hatte alle Maßnahmen durchgesetzt, wie man es von ihm verlangt hatte. Stellenabbau, Outplacement, Kostenreduzierung, Nächte im Büro, Krisensitzungen in der Pariser Zentrale. Und als Chef dabei immer allein, die Mitarbeiter auf der Gegenseite. Die immer geglaubt hatten, dass er nur auf seinen Posten gekommen war, um den Standort abzuwickeln. Und am Ende damit auch nicht falsch lagen. Und er, der immer alles richtig machen wollte, der versuchte, den Betrieb trotz der sinkenden Umsätze und der überalterten Belegschaft profitabel zu halten, was hatte er am Ende davon gehabt?

Es hatte ihm einen nervösen Magen, den Burn-out und schließlich die Scheidung eingebracht. Keine wirklich guten Voraussetzungen, um absolut „heiß" auf eine Wiederholungsschleife zu sein.

Gegen Ende kam dann das verschärfte Kreuzverhör: „Sie sind doch flexibel und können mit einer Start-Up-Situation und einer 60-Stunden-Woche umgehen? Würden Sie sich als Teamplayer bezeichnen oder als Einzelkämpfer? Arbeiten Sie proaktiv? Sehen Sie sich als Taktiker oder eher als Stratege? Was halten Sie für wichtiger: Neukundengewinnung oder Bestandskundenpflege? Und wie stehen Sie zu einem Offshoring der Softwareprogrammierung nach Indien oder aber in die Innere Mongolei?"

War er ein echter Teamplayer? Wohl eher nicht. Hatte er ein Problem mit dem Offshoring? Ja, ganz bestimmt sogar, er suchte ja hier einen Arbeitsplatz, nicht in Hinterasien und gab es für ein Unternehmen nicht auch so etwas wie soziale Verantwortung? Wollte er sechzig Stunden arbeiten? Doch, vielleicht, wenn das Gehalt stimmte, die Tätigkeit sinnvoll wäre und jemand den Hund versorgte.

„Das Business stellt uns ja immer wieder vor neue Herausforderungen. Oft geht das nicht ohne eine gewisse Härte. Hand aufs Herz: Können Sie auch mal ein Schwein sein?"

Er brachte noch ein „Ich liebe neue Herausforderungen!" hervor, aber sie hatten sein kurzes Zögern bereits bemerkt. Er hatte nicht die richtigen Reflexe gezeigt, war nicht sofort über das Stöckchen gesprungen, hatte nicht nach dem Leckerli geschnappt. Danach wurde das Gespräch zügig beendet. Der knackige Hosenanzug brachte ihn zurück zum Eingang. „Sie hören von uns, auf Wiedersehen." Dann war er draußen.

Die Rückfahrt war unangenehm. Der Zug hatte auf offener Strecke gehalten. Ein Personenschaden? Aus den Lautsprechern kam nur eine verrauschtes „Wir bitten um Ihr Verständnis!". Wegen der zunehmenden Verspätung war es immer unwahrscheinlicher geworden, dass er den Anschlusszug noch würde erreichen können. Und dieser war dann auch noch auf ein anderes Gleis verlegt worden, sodass er beinahe nach Berlin gefahren wäre. Er musste rennen, um den richtigen Zug doch noch zu erwischen. Beim nächsten Halt war das Abteil von Jugendlichen mit Superspartickets gestürmt worden, die es in eine Mischung aus Sit-in und Jugendherberge verwandelten. Statt vier Stunden dreißig brauchte er am Ende fünf Stunden vierzig. Als der Zug gegen zehn Uhr endlich in Hannover einlief, hatte er schlechte Laune.

## Parkplatz

Er ließ den VW Polo zum Ende des Waldparkplatzes rollen und schaltete die Scheinwerfer aus. Wie er es gehofft hatte, waren sie allein. Um diese Jahreszeit und noch dazu zu so später Stunde war es auch nicht anders zu erwarten gewesen. „Ist doch echt romantisch hier, oder?", sagte er mit einem vertraulichen Lächeln. Sandras Gesicht ließ sich in der Dunkelheit nicht richtig erkennen, aber er nahm ihr Schweigen als Zustimmung. Sie saß etwas verdreht und mit dem Rücken zur Beifahrertür auf dem Sitz. Das wirkte ziemlich reserviert. Sie ist nicht sicher, ob sie das, was jetzt kommt, wirklich will. Und in demselben Augenblick, als er das dachte, sagte sie: „Du, ich weiß irgendwie nicht, ob das hier jetzt so gut ist. Ich meine wegen Babsi und so." Scheiße, jetzt pass auf, dass du das nicht noch versaust, dachte er und antwortete: „Jetzt vergiss doch mal die anderen. Das ist doch jetzt egal. Ich finde, das war total schön heute mit dir." Er machte eine kleine Pause, so als müsste er seine Worte erst abwägen und setzte dann hinzu: „Du bist so anders – und irgendwie was ganz Besonderes."

Er hatte sich leicht zu ihr gebeugt und jetzt, nachdem sich seine Augen an die Dunkelheit gewöhnt hatten, konnte er ihr Gesicht besser erkennen. Sie sah ihn gespannt an. Er legte diesen zarten Schmelz in seine Stimme, von dem er glaubte, er habe bisher selten seine Wirkung verfehlt, beugte sich noch etwas weiter zu ihr herüber und hauchte ihr ein „Ich glaub', ich mag dich" entgegen. Er fand das besser als ein vorschnelles „Ich liebe dich". Schließlich war seine Liebe ja offiziell noch für Babsi reserviert, Sandra hätte einen so schnellen Schwenk seines Herzens jetzt sicher unpassend gefunden. Und er konnte in diesem Moment keine Solidaritätsbekundungen von seinem

Beifahrersitz gebrauchen. Er musste es sich entwickeln lassen, damit es klappte. Mädchen rumzukriegen war wie ein Gang auf einem Hochseil ohne Sicherungsleine. Ein unbedachtes Wort, eine zu frühe und zu vertrauliche Berührung und es war vorbei.

Sandra strömte einen betörenden Duft aus. Eine Mischung aus Parfüm, Kaugummi und Make-up. Und das kleine silberne Amulett mit dem eingravierten Stier hatte er schon den ganzen Abend nicht aus den Augen lassen können. Sie waren in die Stadt gefahren, hatten im Bistro gesessen, etwas getrunken und er hatte einen faden Salat mit Putenstreifen essen und sagen müssen, wie toll er das alles fand. Das Gespräch hatte sich natürlich fast ausschließlich um die Schule gedreht, dazu ein paar allgemeine Themen, unverfänglich, und sie hatten viel gelacht. Und dabei funkelte dieses Ding ständig zwischen ihren Brüsten.

Hoffentlich habe ich ihr nicht zu sehr auf die Titten gestarrt, fuhr es ihm durch den Kopf. Sicher waren seine Absichten viel zu offensichtlich. Vorsichtig legte er seine Hand auf ihr Knie. Gleichzeitig wiederholte er: „Ich glaub', ich mag dich sogar sehr!" Sie entzog sich ihm nicht. Stattdessen lächelte sie geschmeichelt und rutschte zu seinem Erstaunen mit einem „Oh Daniel, red' doch keinen Unsinn!" ganz nah zu ihm hin, soweit dies der Schalthebel und die Handbremse zwischen ihnen zuließen. Das verlangte nach einer eindeutigen Reaktion. Also legte er seinen Mund vorsichtig auf den ihren und als sie auch das geschehen ließ, setzte er ganz sanft seine Zunge ein. Nicht zu fordernd, aber doch unmissverständlich. Er hielt sich für einen ziemlichen Profi, was diese Sachen anging, und jetzt wollte er eine schnelle Entscheidung. Sie öffnete sich, ihre Zungen berührten sich. Er verlagerte seine Hand etwas und berührte ihre Schenkelinnenseite. Ihre Wärme war durch den Stoff der Jeans jetzt gut zu spüren. Er erhöhte den Druck der Hand und als sie die Beine nicht zusammenpresste, schob er seine Hand etwas weiter nach oben. Jetzt war er erregt. Er dachte nicht mehr darüber nach, ob das, was er hier tat, richtig war. Er wollte es. Und sie wollte es doch auch.

Sandra hatte nichts gesagt, als er auf dem Rückweg aus der Stadt auf den Parkplatz abgebogen war. Sie war doch nicht so dumm, nicht zu ahnen, warum er das tat. Und sie wehrte sich nicht, ließ ihn weitermachen und offenbar gefiel es ihr.

Das mit Babsi hatte hiermit nicht im Geringsten zu tun. Babsi, diese doofe Schlampe, hatte es vorgezogen, mit ihren Eltern in den Skiurlaub zu fahren. „Unser letzter gemeinsamer Winterurlaub", hatte sie gesagt, „wer weiß, ob ich noch einmal mitfahren kann, wenn ich erst in Paris studiere." Nein, hatte er sich gedacht, wahrscheinlich nicht, denn du wirst sicher in Paris ganz viele krasse Typen kennenlernen und dann mit diesen krassen Typen deine zukünftigen Skiurlaube in super edlen Chalets verbringen. Und mich wirst du dann bestimmt nicht mehr brauchen.

In letzter Zeit war er sich immer mehr darüber klar geworden, dass es für Babsi eher ein Akt tätiger Gnade war, mit ihm zusammen zu sein, als wirkliches Begehren oder gar Liebe. Überhaupt Liebe. Was für ein großes Wort. Eigentlich war es nur um Nachhilfe gegangen. Daraus war dann immer mehr geworden. Er hatte sich ihr angeboten und sie hatte sich darauf eingelassen. Vielleicht fand sie das alles einfach nur furchtbar praktisch. Wo er doch schon mal da war.

Ihre Eltern hatten ihn von Anfang an spüren lassen, dass er nicht unbedingt eine ideale Besetzung für die Rolle des potenziellen Schwiegersohns war. Nun, sie hatten ja vielleicht auch Recht. Er hatte sich einige Male echt daneben benommen. Dass er auf der Grillfeier letzten Sommer im Zustand fortgeschrittener Trunkenheit in den Gartenteich gefallen war und dann auch noch spontan vorgeschlagen hatte, einen der Kois auf dem Gourmet-Lavastein-Grill des Hausherrn zuzubereiten, hatte wenig Anklang gefunden. Ein teurer Blumenstrauß und mehrere Wochen Enthaltsamkeit waren nötig gewesen, um diese Blamage wiedergutzumachen.

Auch der gemeinsame Besuch des Opernhauses war nicht zu einem Erfolg geraten: Es war ein warmer Spätsommerabend gewesen und er hatte, mit dem blonden Wuschelhaar, schlank und sportlich wie er war, in seinem neuen Sakko eine gute Figur machen wollen. Aber angesichts der Massen parfümierter Damen in wallenden Roben, begleitet von eitlen Herren und braven Kindern, hatte er einen massiven Schwitzanfall erlitten und, da er in der Eile der Vorbereitung auf den Abend sein Deo vergessen hatte, eine solch nachhaltige Aura um sich verbreitet, dass sich die Schlange vor dem Tresen mit dem obligatorischen lauwarmen Pausensekt vor ihm wie von selbst auflöste. Dass er dann in der Folge des Sektgenusses während des zweiten Aufzugs aufs Klo musste, nur um später gegen Ende des letzten Aktes, als sich die meisten der Darsteller bereits gegenseitig ermordet hatten, dafür jedoch umso lauter weitersangen, in einen erlösenden Schlummer zu fallen, aus dem ihn seine Freundin mit einem unsanften Ellenbogenstoß wecken musste, hatte ein Übriges getan.

Immerhin hatte er dafür gesorgt, dass sich Babsis Eltern keine Gedanken mehr um die schulischen Leistungen ihrer Tochter in den für den Fortbestand des christlichen Abendlandes so essenziellen Fächern wie Mathematik und Physik machen mussten.

Dafür und als grundsätzliche Anerkenntnis seiner hervorragenden schulischen Leistungen, die für jemanden seiner Herkunft nicht selbstverständlich, sondern nur als Frucht harter Arbeit und ehrlichen Strebens vorstellbar waren, wurde er weiter geduldet. Natürlich war er von allen gesellschaftlichen Anlässen, die im Hause seiner Freundin stattfanden, ausgeschlossen. Auch vermied man nun tunlichst, ihn mit anderen Familienmitgliedern in Kontakt zu bringen. Dies war insofern einfach, als dass die Familie aus Hamburg zugezogen war und keine direkten Verwandten in der unmittelbaren Nähe wohnten. In den Fällen, in denen sich ein Treffen mit Gästen nicht hatte vermeiden lassen, hatte Babsis Vater ihn stets mit den Worten vorgestellt: „Das ist Daniel, Babsis derzeitiger Freund und ein tüchtiger Bursche", um dann gerne noch als Bonmot nachzusetzen: „Wie sagt man so schön: Freunde kommen, Freunde gehen, hirschlederne Reithosen bleiben bestehen!"

Andere mögliche Gründe zu weiteren Zweifeln an ihm hatte er bisher verbergen können. Was in den Sommerferien geschehen war, als Babsi mit ihren Eltern erst in Südfrankreich und dann auf dieser Kreuzfahrt gewesen war, er aber mit der DLRG im Sommerlager an der Küste, wusste ja niemand.

Jetzt war jedenfalls nicht der richtige Moment, um sich darüber zu viele Gedanken zu machen. Er durfte diese Gelegenheit nicht verstreichen lassen. Er hatte jetzt den rechten Arm um sie gelegt und öffnete mit der linken Hand die oberen Knöpfe ihrer Bluse. Er spürte ihre Hand auf seiner Jeans, die zaghaft auf Erkundung ging. Sanft schoben sich seine Finger in ihren BH. Ihre Brust war fest und warm. Ganz offenbar hatte er bisher alles richtig gemacht, denn sie seufzte leise. Er ließ seine rechte Hand an ihrem Rücken herabgleiten. Routiniert ertastete er den Verschluss unter dem dünnen Stoff ihrer Bluse. Aber gerade, als er sich daran machen wollte, die kleinen Häkchen in Angriff zu nehmen, löste sich Sandra plötzlich von ihm, ergriff hastig ihre Jacke und den roten Schal vom Rücksitz und mit einem Aufschrei, der nach so etwas wie „Du Schwein" klang, riss sie die Beifahrertür auf und verschwand in der Dunkelheit.

Er war wie vor den Kopf geschlagen. Wut kochte in ihm hoch. Sie hatte ihn verarscht, dieses blöde kleine Flittchen. Wollte nur sehen, wie weit er gehen würde. Und sie würde es allen erzählen, würde allen unter die Nase reiben, was er für ein fieser Charakter war, mit einer anderen so rumzumachen, kaum dass seine Freundin mal nicht da war. Es war alles eine miese Falle gewesen. Ein abgekartetes Spiel. Alle würden davon erfahren, Babsi und Babsis Eltern und seine Eltern und der ganze verdammte Ort und die verkackte Schule. Seine Eltern würden ihm sonst was über Ehrlichkeit und Treue und verpasste Gelegenheiten erzählen und wie man dieses nette Mädchen aus so guter Familie denn derart schändlich hintergehen könne. Er war erledigt. Das mit Babsi war jetzt gegessen und Sandra würde ihn auch nicht mehr ranlassen. Ein kompletter Fehlschlag.

Er fasste sich in den Schritt, die Erregung war dabei, in einen dumpfen Schmerz umzuschlagen. Sein nächster Gedanke war, ihr nachzulaufen. Er hatte die Hand schon am Türgriff. Aber sollte er jetzt wie ein notgeiler Eber hinter ihr her und sie zurück zum Auto zerren?

Die Scheiben waren beschlagen und er kurbelte das Fahrerfenster etwas herunter. Die kalte Waldluft strömte herein, ein würziger Duft nach Tannennadeln und Rinde. Die Forstverwaltung hatte nach den Herbststürmen viel Windbruch räumen müssen, zweimal war die Straße wegen der Fällarbeiten bereits gesperrt gewesen, morgen am Sonnabend würde es wieder eine Sperrung geben. An den Waldwegen, aber auch links und rechts der Straße, hatten die Maschinen gewaltige Furchen in den weichen Boden gewühlt, in denen sich große Pfützen gebildet hatten. An den Forstwegen lagen Baumstämme aufgeschichtet, Holz, das auf seine Abfuhr wartete.

Jetzt stieg er doch aus. Er streckte sich und sog die Luft tief in seine Lungen. Es würde Frost geben. Neben all den Gerüchen des Waldes war da auch dieser Geruch nach Schnee in der Luft. Er konnte nicht sagen, was ihn so sicher machte, aber schon als Kind hatte er den Schnee, der bald fallen wollte, riechen können. Er sah sich um. Der Parkplatz, der eigentlich nur eine mit Grand bestreute Verbreiterung des hier beginnenden

Holzabfuhrweges war, die man zur Förderung des Tourismus mit einer kleinen Übersichtstafel der Wanderwege, einigen Hinweisschildern zu Wanderzielen, einer einfachen Holzbank und einem Mülleimer versehen hatte, war leer. Sandra musste direkt zurück zur Straße gelaufen sein. Außer dem Rauschen des Windes in den Baumkronen war kein Laut zu hören.

Weiter den Waldweg hinein, unter den Kastanien, die hier den Weg säumten, war ein seltsamer Schatten auszumachen. Unwillkürlich ging er einige Schritte in diese Richtung. Schon nach wenigen Metern erkannte er unter den überhängenden Zweigen den Umriss einer dieser großen Vollerntemaschinen, die jetzt überall im Wald arbeiteten. Ein ehemaliger Mitschüler, ein Sitzenbleiber, dessen Vater Bauer war und noch etwas Wald besaß, hatte einmal furchtbar damit angegeben, dass er so einen Harvester gefahren habe. Daniel hatte sich fast eine ganze Kunststunde lang das dumme Gerede über PS, Allradantrieb, Kettenräder sowie Entastungs- und Entrindungsautomatik anhören müssen, während er sich krampfhaft bemüht hatte, den Kommunikationshof seines experimentellen Mehrgenerationen-Müll-Recycling-Hauses mittels Plaka-Farbe und Eierkarton als einen einladenden Ort der Friedfertigkeit zu gestalten.

Daniel wandte sich um und ging zurück zu seinem Wagen. Er würde in den Ort zurückfahren. Sicher würde er Sandra auf der Straße sehen. Vielleicht würde sie sich ja wenigstens von ihm mitnehmen lassen, denn der Weg in den Ort war lang, so zu Fuß. Er würde sie wie ein echter Gentleman nach Hause bringen und auf weitere Annäherungsversuche verzichten. Er würde so tun, als wäre nichts passiert, als sei der Vorfall nur ein dummes Missverständnis gewesen. Nur ein kleiner Spaß unter Schulkameraden. Er könnte auch behaupten, er habe in Wirklichkeit nur sehen wollen, wie loyal Sandra gegenüber ihrer besten Freundin war. Allein der Ausdruck „beste Freundin" regte ihn schon wieder maßlos auf. Diese Weiber gönnten sich doch in Wirklichkeit gegenseitig nichts, neideten einander alles, ob nun Jungs, schulische Erfolge, den schicken Urlaub oder das neueste Handy. Immerzu verglichen sie sich miteinander und summierten die Punkte auf ihrem imaginären Erfolgskonto: Wann und mit wem war das erste Mal gewesen, wie viele Liebschaften hatte man schon gehabt, wie viele aktuelle Verehrer, welchen Status hatte man in der Schule, welche angesagten Klamotten. Beste Freundin sein, das hieß, die größte Konkurrentin ständig direkt überwachen zu können. Sie waren einfach nur verlogene und hinterhältige Schlangen.

Dann hörte er einen Wagen von der Passhöhe die Straße herunterfahren. Die Scheinwerfer kamen schnell näher. Im wiegenden Rhythmus der Kurven wurde das Dunkel des Waldes links und rechts der Straße erhellt. Der fuhr sicher mehr als die siebzig Sachen, die hier erlaubt waren. Vor der Kurve Gas weg, danach wieder beschleunigen. Der Motor heulte auf, wurde leiser, heulte wieder auf. Da fuhr einer am Limit. Daniel meinte, ein leichtes Quietschen der Reifen zu vernehmen. Sicher hat der eine geile Kiste, dachte er, während er die Fahrertür seines Wagens öffnete. Nicht so einen Schrott, wie dieser Rosthaufen hier mit seinen fünfundvierzig PS.

Er warf sich in den Sitz und schaltete das Radio an. Aus den Boxen, die er in der hinteren Verkleidung selbst eingebaut hatte, dröhnte es satt. Die Packung Marlboro lag in dem Ablagefach der Fahrertür. Das Feuerzeug hatte er noch in der Jackentasche. Besser noch eine rauchen. Als er die Zigarette fast zu Ende hatte, fiel ihm ein, dass das jetzt nicht sonderlich klug gewesen war. Falls Sandra doch noch einstieg, würde der Wagen wie eine Räucherkammer riechen. Und seine Mutter würde bestimmt auch wieder meckern. Schnell kurbelte er das Fenster ganz herunter und warf die Kippe auf den Boden, wo sie zischend in einer Pfütze erlosch. Von der Straße her kam erneut das Motorengeräusch. War das noch immer dieser

Sportwagen? Der Rennfahrer hätte doch schon lange vorbei gefahren sein müssen. Wenn das tatsächlich derselbe Wagen war, fuhr er jetzt aber deutlich langsamer. Daniel kurbelte das Fenster wieder hoch, ließ jedoch oben einen breiten Spalt, damit der Fahrtwind auch den letzten Rauch aus dem Inneren würde blasen können.

Er startete den Motor, wendete und fuhr langsam über den kurzen Zufahrtsweg zurück zur Straße. Dort bog er in Richtung Ort ab. Es waren fast drei Kilometer von hier nach Hause. Er fuhr ganz langsam, gleich würde er Sandra eingeholt haben. Er hatte sich sogar schon die Worte zurechtgelegt, um sie zum Einsteigen zu bewegen. Es war ja nicht so gemeint gewesen und sie glaubte doch nicht, dass er so etwas täte, wo sie doch Babsis beste Freundin war. Aber von Sandra war weit und breit nichts zu sehen.

## Fliehkraft

Die letzte Kehre vor der Höhe lag nun hinter ihm. Im Scheinwerferlicht führte die Straße wie ein dunkles Band den Berg hinauf. Der Wald war großflächig abgeholzt worden. Beidseits der Straße tasteten die Scheinwerfer ins Nichts.

Nach über hundert Jahren Wachstum hatte man die Fichten geerntet, von den alten Schlägen schien kein Baum mehr stehen geblieben zu sein. Es tat ihm weh, dass auch der Wald einem ständigen Wandel unterworfen war. Als Kind hielt er den Wald, in dem er manche Tage allein umhergestreift war, für etwas Unveränderliches, Beständiges, Ewiges. Dass der Wald eigentlich nur eine Art von Acker war, auf dem der Förster eine sehr langsam wachsende Frucht anbaute, war ihm nicht in den Sinn gekommen. Wenn er jetzt gelegentlich an alten Stellen vorbeikam, musste er zu seinem Erschrecken feststellen, dass er sie nicht mehr wiedererkannte.

Der dunkle Tannenwald auf der Passhöhe, dessen Bäume ihn bei den Sonntagspaziergängen mit den Großeltern in ihrer majestätischen Größe stets so beeindruckt hatten, war schon vor einigen Jahren einem Mischwald gewichen. Auch die damals noch jungen Schonungen, in denen er als Kind gespielt hatte, waren in beachtliche Höhen emporgewachsen, wenngleich bis zur Hiebreife noch etliche Jahrzehnte vergehen würden. Aber dann kam der Orkan im frühen Herbst, entwurzelte die Fichten und ließ die Tannen wie Streichhölzer umknicken. Und was der Wind nicht zuwege gebracht hatte, vollendeten jetzt die Vollerntemaschinen innerhalb weniger Tage. An den Kahlschlägen wirkte der Berg auf eine unanständige Weise entblößt und selbst auf den längst aufgeforsteten

Flächen waren die noch kümmerlichen Jungpflanzen unter den dichten Brombeerranken kaum zu erahnen.

Vor der Passhöhe verlangsamte er das Tempo. Das war eigentlich widersinnig, denn hier oben verlief die Straße ein ganzes Stück schnurgerade. Aber aus reiner Gewohnheit nahm er den Fuß vom Gas. Am großen Parkplatz wimmelte es am Tage und besonders an den Wochenenden nur so vor Ausflüglern, die – obwohl gerade selbst mit dem Auto angereist – schon im Augenblick des Aussteigens vergaßen, wer bei einem Frontalaufprall mit einen PKW üblicherweise den Kürzeren zog und dann munter schnatternd vor das erstbeste Auto liefen. Heute Nacht würde niemand hier sein, dachte er in dem Moment, in dem seine Scheinwerfer unvermittelt einen grünen Kombi am Straßenrand erfassten. Sollte da etwa Heidmann in seinem Revier unterwegs sein? Die Straße fiel nun wieder ab und Bernd beschleunigte erneut.

Mit Beginn der Serpentinen versuchte er, zurück in seinen vorherigen Rhythmus zu finden. Gas raus, runterschalten, Kurve anschneiden, aus der Kurve heraus beschleunigen. Der Nervenkitzel lag ganz einfach darin, so am Limit zu fahren, dass man gerade noch nicht aus der Kurve getragen wurde.

Die Straße war zwar feucht, aber nicht rutschig und er hatte beim Losfahren am Bahnhof nicht das Empfinden gehabt, dass es heute Nacht schon Frost geben könnte. Die nächste Kehre kam. Hier lag auf einer Art Sattel ein weiterer kleiner Waldparkplatz, von dem er früher mit seiner Familie zu einigen Wanderungen aufgebrochen war. Seit der Trennung hatte er keinen Grund mehr gehabt, hier anzuhalten.

Mit der rechten Hand nimmt er die Packung vom Beifahrersitz, klopft sie so gegen das Lenkrad, dass einige der Zigaretten durch das aufgerissene Stanniol herausragen. Er hält die Packung an den Mund, umschließt eine der schmalen Stangen mit den Lippen und zieht sie heraus. Er wirft die Packung auf den Beifahrersitz und drückt den Anzünder hinein, dann visiert er die nächste Kurve an.

Mit einem hinterhältigen Geräusch springt der Anzünder aus der Fassung und prallt dann von der Mittelkonsole ab. Bernd sieht aus dem Augenwinkel, wie der glühende Leuchtpunkt geräuschlos im Fußraum des Beifahrersitzes verschwindet. Ohne nachzudenken taucht er kurz ab, greift danach und kommt mit seiner Beute sofort wieder nach oben.

Erst in diesem Augenblick sieht er die Gestalt am Fahrbahnrand – genau in der Kurve, auf die er jetzt mit Vollgas zusteuert: Ein Mädchen, sie trägt die Jacke über dem Arm, trotz der Kälte. Jetzt hebt sie den Kopf. Er ist zu schnell und zu weit rechts. Wenn er jetzt eine Vollbremsung macht, fliegt er aus der Kurve. Er wagt es trotzdem, bremst leicht an und sofort bricht der Wagen aus. Ein dumpfer, kurzer Schlag, ein Schatten fliegt am Beifahrerfenster vorbei. Dann hat er den Wagen wieder im Griff, tritt die Bremse voll durch, der Alfa kommt quietschend am rechten Fahrbahnrand zum Stehen.

Sein Herz rast, kalter Schweiß läuft seinen Rücken hinunter, ihm wird plötzlich schlecht. Er sitzt im Wagen, unfähig sich zu bewegen. Die Gedanken rasen. Es ist etwas Furchtbares geschehen und er ist schuld daran. Schuld, Schuld, Schuld, immer diese Schuld, seine Schuld, seine unendliche Schuld, seine unauflösbare, ewige Schuld. Er hat es so gewollt, sich überschätzt, das Schicksal herausgefordert. Er hat es verdient. Er hatte es schon immer verdient. Wieso ist er hier überhaupt entlang gefahren, wieso nicht auf dem direkten Weg zurück nach Hause wie sonst? Er hat das getan, er allein. Anstatt sich selbst in die Ewigkeit zu katapultieren, hat er ein anderes Leben ausgelöscht. Verzweifelt lässt er den Kopf auf das Lenkrad sinken.

Endlich kann er sich wieder bewegen, eine Unendlichkeit scheint seit dem Aufprall vergangen. Er schafft es, das Warnblinklicht einzuschalten, den Motor abzustellen, die Wagentür zu öffnen und auszusteigen. Er überprüft die Scheinwerfer und geht dann um den Wagen herum zur Beifahrertür und weiter bis zum Kofferraum. Dabei tastet er das Blech vom vorderen Kotflügel bis zum Heck des Wagens ab, lässt seine Finger sanft über den Lack gleiten. Er fühlt keine Beschädigung. Hinter dem Auto beleuchtet das Rot der Rücklichter spärlich den dunklen Asphalt, rhythmisch überlagert vom Gelb der Blinker. Hat er die Taschenlampe ins Auto gelegt oder liegt sie noch auf dem Regal in der Garage? Er lauscht. Das Blinkerrelais tackert unermüdlich weiter. Kein anderes Geräusch. Er geht wie in Trance zur Kurve.

Im Dunkel, das sich unter den Bäumen noch verdichtet, kann er nichts erkennen. Er späht in die Nacht und sucht einen hellen Fleck, ein Gesicht, eine Gestalt am Boden. Unstet flackert sein Blick über die Fahrbahn. Links und rechts liegen schwarz die Gräben, irgendwo dahinter der Berghang. Er horcht. Kein Wimmern, kein Laut. Kurz lässt ein Windstoß die Bäume ächzen und knarren. Dann ein einsamer Vogelschrei von fern. Er ist jetzt an der Stelle, wo es passiert sein muss. In der Schwärze kann er selbst die Fahrbahn unter seinen Füßen kaum erahnen. Vielleicht ist sie doch noch rechtzeitig zur Seite gesprungen, den Abhang hinunter, in die Dunkelheit. „Hallo?" Seine eigene Stimme klingt fremd. „Hallo?"

Er hört keine Antwort. Noch immer kein Laut, nur sein eigener rasselnder Atem. Er hat es sich doch nicht alles nur eingebildet? Sieht er jetzt auch schon Gespenster? Der Blinker zerhackt noch immer die Nacht. Er schaut die Straße entlang, unschlüssig. Sein Alfa steht mit offener Fahrertür auf dem Asphalt. Die Scheinwerfer beleuchten die Straße talwärts. Soll er den Wagen wenden? Noch immer ist er allein, kein Motorengeräusch, kein anderer Lichtschein, der sich von der Höhe oder vom Tal her nähert. Die Bremsspuren? Er muss es darauf ankommen lassen.

Er ruft ein letztes unentschlossenes „Hallo?" in die Dunkelheit, dann geht er eilig zurück zu seinem Wagen. Kurz darauf verliert sich das Motorengeräusch zwischen den Bäumen.

# Holz

Das Eichhörnchen saß am Fuß der Kastanie. Seltsamerweise hatte es einen Fichtenzapfen zwischen seinen Pfoten, den es geschickt drehte und wendete, während seine Nagezähne Schuppe um Schuppe von der Spindel entfernten, um an die dazwischenliegenden Samen zu gelangen. Als er den Motor anließ und das Dröhnen der fast zweihundert PS den Boden erzittern ließ, war es verschwunden. Es war frühmorgens, sehr früh am Morgen für seine Verhältnisse, aber heute mussten sie hier die letzten Stämme zur Abfuhr bereit machen, morgen würde der Trupp in einen anderen Schlag auf der gegenüberliegenden Seite des Waldes verlegt.

Er hatte letzte Nacht eigentlich den ersten Schneefall erwartet. Stattdessen lag nun ein dichter Nebel wie Watte zwischen den Bäumen. Im schummrigen Licht der Dämmerung ergab das eine unwirkliche Szenerie, so als wäre er mit dem grünen Forwarder nicht im Weserbergland, sondern im Dschungel eines gasumwaberten fremden Planeten unterwegs. Das Gerät hatte schon bessere Zeiten gesehen, sonst hätte er als Aushilfsfahrer auch niemals damit fahren dürfen. Nach einer kurzen Einweisung hatte man ihn machen lassen und er nahm es als Beweis seiner praktischen Fähigkeiten, dass man ihm zutraute, damit zurechtzukommen.

Die Forsttruppe, bei der er angeheuert hatte, erntete ganze Abteilungen mit modernen Vollerntemaschinen und leistungsfähigen Rückeschleppern, wie er nun einen fuhr, ab. Die Technisierung der Forstwirtschaft ließ wenig übrig von der vermeintlichen Ursprünglichkeit und Naturnähe der Waldarbeit. Tatsächlich war es ein Job wie jeder andere, allerdings mit einem hohen Spaßfaktor, wenn man ein Faible für Maschinen, große Reifen und rohen Krafteinsatz hatte.

Seine erste Aufgabe heute würde sein, eine Rückeschneise zu räumen, die in unmittelbarer Nähe der Passstraße lag. Der Harvester war hier erst gestern Nachmittag durchgegangen. Der Vorarbeiter hatte ihm aufgetragen, den Stoß in der Nähe des Parkplatzes an der Straße aufzuschichten, so dass ihn der Langholztransporter leicht erreichen konnte.

Mit seinem Greifer holte er die Baumstämme heran und legte sie auf dem Rungenanhänger ab. Es hatte etwas von einem Ballett, wenn Stamm um Stamm durch die Luft glitt, wie von Geisterhand gedreht und auf den Stapel gelegt wurde. Die schweren Stämme im Schwerpunkt zu packen, zu heben und in der Luft zu drehen, das erforderte Konzentration und Umsicht. Bald würde er den Anhänger mit Holz gefüllt haben und könnte die erste Fuhre zum Ladeplatz bringen.

Sein Vater war nicht erfreut gewesen, als er vor einem Jahr die Schule geschmissen hatte. Er war einfach nicht mehr hingegangen. Sein Alter hatte es einige Zeit lang gar nicht bemerkt. Erst nach mehr als zwei Wochen hatte er seinen Sohn zu Rede stellen wollen, als dieser abends nach Hause kam. Er hatte ihn in der Diele abgepasst. Schwer an den Rahmen der Tür zum unteren Wohnzimmer gelehnt, in dem der Fernseher auf höchster Lautstärke weiterlief, stand sein Erzeuger da und versuchte, wie der personifizierte Vorwurf zu wirken. Die Cordhausschuhe zerschlissen, das speckige Hemd halb aufgeknöpft, stramm über dem sich wölbenden Bauch, darunter die fleckige Stoffhose. Über die Bierflasche hinweg, die der Vater mit seiner gesunden linken Hand zum Mund führte, hatte er seinen vernichtenden Blick empfangen. „Sag mal, Michael, die Yvonne hat gesagt, du gehst nicht mehr in die Schule?" Also hatte es sein Alter endlich mitgekriegt.

Er wollte einfach weitergehen, zur großen Holztreppe und hoch in seine Etage. Aber sein Vater machte zwei Schritte und stellte sich ihm in den Weg, direkt vor der zweiflügeligen Holztür mit den bunten Glasscheiben, die den breiten Eingangsflur vom noch immer imposanten Treppenhaus des ehemals herrschaftlichen Gebäudes abgrenzte. „Du taugst eben zu nichts, hab' ich ja immer schon gesagt!" Michael war stumm stehen geblieben und hatte konzentriert seine Schuhe betrachtet. Nass und dreckig waren sie, er hatte nicht an die Pfütze vor der Treppe zum Vorbau gedacht, die sich bei Regen immer bildete und in der sich der gesamte Dreck des Hofes zu sammeln schien. Aus den Augenwinkeln sah er eine kleine Schlammspur über den alten abgetretenen Flurläufer bis zu seinen Füßen verlaufen. Einerlei, sein Vater war seiner erzieherischen Arbeit bereits wieder überdrüssig und wankte zurück zum Fernsehsessel, seine ganze Aufmerksamkeit galt jetzt einem gepiercten Flittchen mit gewaltiger Oberweite, das sich im Fernseher lautstark mit einem Typen im Jogginganzug über das Ergebnis eines Vaterschaftstests stritt.

Michael war noch einen Moment an der Tür stehen geblieben, beinahe als hätte er sich gewünscht, dass der Vater nochmals zurückkäme, um ihn zu maßregeln. Aber sein Vater nahm ihn nicht mehr wahr, lutschte nur an seiner Bierflasche und starrte auf das aus dem Bildschirm herausdrängende Fleisch, während ihm ein Speichelfaden langsam über das Kinn lief und auf den Bauch tropfte. Schließlich war Michael in die Küche gegangen und hatte sich etwas zu Essen gemacht.

Der Arbeitsunfall hatte den Alten endgültig verändert. Seit dem Tag, an dem sein Vater mit seinem Arm in die Förderschnecke des Mähdreschers gegriffen hatte, um einen darin verklemmten Ast herauszuziehen, war auf dem Hof alles liegen geblieben. Das Korn war auf dem Halm verkommen, die Rüben im Boden verfault. Keiner im Dorf hatte helfen wollen und der Vater hatte auch niemanden um Hilfe gebeten. Seit jenem Jahr war kein Erntedankfest mehr auf dem Hof gefeiert worden.

An dem Tag, als der Vater aus dem Krankenhaus zurückkam – die Mutter hatte ihn in dem alten blassgrünen 200er Benz vom Kreiskrankenhaus abgeholt – und Michael ihn aus dem Wagen steigen und dann auf dem Hof stehen sah, den Arm in der Schlinge, mit hängenden Schultern und die Knie gebeugt, als hätte er die Last zu vieler Leben zu tragen, hatte Michael trotz allem Mitleid mit ihm gehabt und gewusst, dass es nie mehr so sein würde wie vorher.

Da er nicht mehr arbeiten konnte und die Schulden drückten, hatte der Alte begonnen zu verkaufen. Und mit den Pferden, den Ackergeräten und jedem Quadratmeter Land hatte der Vater auch immer ein Stück seines Stolzes aufgeben müssen. Heute war der Stall leer, die wenigen verbliebenen Maschinen Schrott, die Scheune ein Winterquartier für Wohnwagen und Segelboote. Die guten Schläge waren verkauft und die schlechten verpachtet. Auf dem besten Land hatte die Sparkasse ein Neubaugebiet ausgewiesen.

Nach dem Tod der Mutter verließ sein Vater das Wohnhaus nur noch selten. Selbst seine Touren wurden seltener. Es gab ja auch nichts mehr zu prahlen und nichts mehr zu verspielen. Dann kam irgendwann Yvonne. Mit ihr hatte sich der Alte nun fast vollends der festen Nahrung entwöhnt. Für Michael hatte das die ganz einfache Folge, dass nie etwas zu Essen im Haus war, außer Michael kaufte es selbst ein. Aber gerade dann machten sich sein Vater und Yvonne in einem Anfall von Fresslust darüber her, sodass er abends wieder nur einen leeren Kühlschrank vorfand.

Michael hatte anfangs gehofft, mit Yvonnes Einzug würde es besser. Aber ganz im Gegenteil. Er vermutete, der Alte hatte sie irgendwo an der Bundesstraße aufgegabelt, als er doch wieder einmal mit dem alten 200er die Lovemobile abgefahren war.

Sie war eine abgenutzte Mittfünfzigerin mit falschen Wimpern und falschen Fingernägeln und zu viel billigem Make-up. Michael wollte nicht wirklich wissen, was sie tagsüber machte. Sie verließ frühestens gegen Mittag das Haus und kam oft erst spätabends zurück. Dann saß sie mit dem Alten im Wohnzimmer auf der ranzigen Polstergarnitur vor dem Fernseher. Immerhin war der Alte jetzt beim Trinken nicht mehr so allein. Und ab und zu hatten sie auch Spaß miteinander, er konnte es bis in sein Zimmer hinauf hören. Wenn er morgens aus dem Hause schlich und dabei kurz ins Wohnzimmer lugte, lagen sie zusammen auf der Couchgarnitur und schliefen ihren Rausch aus. Die meisten der Stellplatzmieter hatten es sich daher angewöhnt, sich telefonisch anzukündigen, bevor sie auf den Hof kamen. Zu oft hatten sie vor verschlossener Tür gestanden und ihr Dauerklingeln war vergeblich gewesen.

Für Michael hatte die Situation auch etwas Anarchisches und Surreales. Eigentlich konnte er jetzt tun und lassen, was er wollte, wenn er dabei nur seinem Erzeuger und Yvonne aus dem Weg ging. Natürlich, ab und an musste er die üblichen Vorhaltungen über sich ergehen lassen, eine ungeordnete Abfolge von Vorwürfen, der Alte redete sich sofort in Rage, spuckte und brüllte dabei wie früher in seinen besten Zeiten, aber Michael hatte nicht mehr das Gefühl, sich ihm gegenüber rechtfertigen zu müssen. Er drehte sich einfach um und ließ ihn mitten in seiner Rede stehen oder aber er blieb und wartete in lässiger Pose und mit betont gleichgültigem Blick darauf, dass sich der Ausbruch des väterlichen Grolls wie immer schnell erschöpfte, wissend, dass das wirkliche Interesse seines ehemals Erziehungsberechtigten anderen Dingen galt.

Sollte er sich nun schuldig fühlen, weil er den Hof nicht übernommen hatte? Vielleicht hätte sein Vater dann noch einen Sinn im Leben gesehen. Doch wie hätte Michael das entscheiden sollen, in der zehnten Klasse, mit gerade einmal sechzehn Jahren? Er kannte genug ordentliche Bauern, die sich

– anders als sein Vater früher – abrackerten und die schufteten, ohne je auf einen grünen Zweig zu kommen. Er selbst hätte es sicher besser gemacht als der Alte, nicht immer in der Kneipe gesessen und auf dicke Hose gemacht, keine Weibergeschichten, keine Sauftouren und so. Den Hof weiterzuführen, wie sollte er das jetzt noch schaffen, mit ein paar Morgen an verbliebenem Eigenland und den maroden Gebäuden? Ohne Schulabschluss, ohne Ausbildung?

Die frostige Hand der Einsamkeit kroch ihm in den Nacken. Alles war so kompliziert geworden. Früher hatte der Vater in seiner herrischen Art immer alles entschieden. Und der Weg war klar vorgezeichnet gewesen: Die Schule schaffen, eine landwirtschaftliche Lehre absolvieren, dann Landwirtschaft studieren oder wenigstens den Meister machen, schließlich den Hof übernehmen und die Eltern auf dem Altenteil versorgen.

Es war so schnell gegangen. Nach der Diagnose keine sechs Monate. Erst als sie krank geworden war, hatte er wahrgenommen, wie abgearbeitet und erschöpft seine Mutter eigentlich gewesen war. Da war keine Energie mehr, um gegen den Krebs anzukämpfen. Nun lag die Mutter in einer Blechdose unter einer kalten Marmorplatte mit ihrem Namen darauf.

Wenn er sie besuchte, machte ihn die Trostlosigkeit des Urnenfeldes traurig und ärgerlich zugleich. Lieblos, pflegeleicht, eine Reihe nackter Steinplatten, Kies dazwischen, kaum genug Platz, um davor entlang zu gehen. Warum lag sie denn nicht im Familiengrab? Weil da schon der Großvater mit seinen beiden Frauen lag und der letzte Platz für seinen Vater reserviert war? Oder hatte er sie dort einfach nicht haben wollen, um später nicht mit ihr zusammenliegen zu müssen?

Überhaupt Grabsteine, wem war das eigentlich eingefallen? Inschriften, die die Lebenslinien eines Menschen auf zwei nichtssagende Zeilen reduzierten und die doch niemand mehr las. Ein ganzes Leben zwischen zwei Zahlen, der Bindestrich wie ein Leerzeichen, das Erlebte dazwischen ausgelöscht, alle Dinge, die den Menschen dahinter ausmachten, im Guten wie im Schlechten, in Trauer und Freude, Glück und Verzweiflung, niemals mehr erzählt und schon morgen vergessen.

Wer erinnerte sich im Dorf noch an die Mutter? Er hatte selbst nach dieser kurzen Zeit schon das Gefühl, sich ihr Gesicht nicht mehr zuverlässig ins Gedächtnis zurückrufen zu können. Hatte sie wirklich so ausgesehen wie auf den Fotos?

Michael fuhr sich durch das halblange, leicht gewellte Haar, das dieselbe unentschlossene Farbe hatte, wie das ihre. Er hatte auch ihre Augen, sagten die Leute. Nur das herrische Kinn der Thiels wies ihn als leiblichen Sohn des Alten aus.

Sah er seine Mutter im Traum, so war sie tatsächlich wieder bei ihm, lebendig, wirklich und unmittelbar. Manchmal erinnerte er sich beim Aufwachen noch an das Wiedersehen. Dann versuchte er, das Bild vor seinem inneren Auge so lange wie möglich festzuhalten, sich ihr Gesicht und ihren Geruch einzuprägen. Doch schon Sekunden später verblassten ihre Züge unaufhaltsam und die Wärme, die er eben noch gespürt hatte, schwand dahin und verwandelte sich in tiefe Traurigkeit.

Er schüttelte den Kopf, versuchte die Gedanken loszuwerden, hielt das Lenkrad fest umklammert. Besser er konzentrierte sich auf das, was er gerade tat. Er konnte das Vergangene nicht zurückholen und die Gegenwart nicht ändern. Die Forstmaschine erreichte jetzt die Straße. Dann kroch sie in ihrer vollen Länge auf die Fahrbahn, eine Schleimspur von Walderde, Laub und Borkenresten hinter sich lassend. Nur der Asphalt der Straße lugte aus dem Bodennebel hervor, der wirkte, als wären die Wolken auf die Erde gefallen und wie geschmolzene Marshmallows in den Büschen hängen geblieben.

Damit die Stämme nicht auf die Fahrbahn rollen konnten, sollte er das Holz auf der hangabwärts gelegenen Seite der

Straße ablegen. Direkt in der nächsten Kurve war die Grabensenke breit genug, um die gesamte Fuhre in zwei, drei Stößen aufzunehmen. Irgendwann später im Jahr würde der Langholztransporter sie dann abholen. Langsam näherte sich der Forwarder der Stelle. Die Scheinwerfer bleckten über die feuchte, schwarze Fahrbahn. Rechts stieg der Nadelwald wie eine dunkle Masse an, links an der Böschung ragte eine Reihe kahler Buchen traurig empor, darunter lag die Fichtenschonung, die sie irgendwann in der nächsten Woche fällen würden.

Er merkte plötzlich, wie müde er wirklich war. Schwarze Punkte schienen vor seinen Augen zu schweben, die sich auch mit Blinzeln und Reiben nicht vertreiben lassen wollten. Drei Halbe am Abend waren einfach zu viel. Er sollte es besser wissen. Wollte er so enden wie sein Vater?

Mit eingeschaltetem Warnblinklicht lenkte er den Zug auf die Gegenfahrbahn. Oben am Pass sollte jetzt eine blinkende Warnbake mit einem 30er Schild stehen. Er stoppte die Maschine, legte die Bremse ein und drehte sich mit seinem Sitz nach hinten, um den Greifarm zu bedienen.

Im Graben stand das Wasser. Jemand hatte alte Kleidung hineingeworfen, vollgesogen und schon halb versunken, er meinte einen roten Schal und eine Jacke zu erkennen. Dann packte er den ersten Baumstamm mit dem Greifer und hob ihn aus dem Tragkorb. Er schwenkte den Kran rechts aus und ließ den Stamm in den Graben fallen. Sofort versank das schwere Holz fast vollständig im Wasser, Schlammfontänen spritzten hoch. Er legte die Stämme nun nacheinander ab, bis der Tragkorb halb geleert war. Von der Kleidung war nichts mehr zu sehen. Zufrieden warf er einen letzten Blick auf die Stelle, wechselte zurück in die Fahrposition und lenkte den Zug ein Stück weiter die Straße hinauf, um den nächsten Stoß zu beginnen.

*Der Schmerz ist wie ein feuriges Schwert, das sich seitlich in sie bohrt. Ihr Körper explodiert, lodernde Flammen schießen hervor, Licht zerplatzt in ihrem Kopf. Sie fliegt, schlägt hart auf, dann ist eisiges Wasser über ihr. Atmen, sie muss atmen. Ihre Finger durchfurchen den feuchten, kalten Schlamm, suchen Halt in Fasern, Gräsern, Ästen. Sie krallt sich fest, zieht sich vorwärts. Luft, endlich wieder Luft. Jeder Atemzug wie brennende Lohe, jede Bewegung ein stechender Schmerz, sie rollt abwärts, schlägt auf, schmeckt morsches Holz. Der Boden unter ihr gibt nach und sie fällt, fällt tief in das Dunkle hinein, in den endlosen Abgrund, hinab in die schwarze Stille. Ein dumpfes Nichts verschluckt sie.*

## Morgen

Im Radiowecker lachte ein Mann mit sonorer Stimme zusammen mit einer offensichtlich unterbelichteten, aber dauerfröhlichen jungen Frau über einen unheimlich lustigen Witz, dessen Holzhammerpointe ihm nicht wirklich klar geworden war. Dann rief der kleine Chris beim Finanzamt an und fragte, ob er das Viagra für seinen Großvater von der Steuer absetzen könne, wenn seine Schwester endlich schwanger sei, weil das ja später Geld für die Rentenkasse bedeuten würde. Die Moderatoren röhrten vor Begeisterung in die Mikrofone und spielten einige Jingles des Senders. Danach wurden ahnungslose Menschen angerufen, damit sie spontan beim Abheben des Telefons den Sendernamen und dessen aktuellen Wahlspruch, etwas wie: „Ich höre Flachfunk, weil ich ein geistiger Dünnbrettbohrer bin!", aufsagten. Da man aber leider keine freilaufenden Idioten, sondern ganz normale Mitmenschen erreicht hatte und diese sich für eine solch lächerliche Manipulation offenbar zu schade waren, hatte das Moderatorenpärchen reichlich Gelegenheit, schadenfrohe Kommentare über die verpasste Gewinnchance herauszublöken, worauf die Betroffenen Besserung gelobten, anstatt sich diese Belästigung zu verbitten.

Ja früher, als Radiomoderatoren noch seriös waren und eine richtige Sprecherausbildung genossen hatten, wäre das nicht passiert, dachte er und schlug mit der flachen Hand auf den Wecker, sodass die Stimmen verstummten. Ich muss unbedingt einen anderen Sender einstellen, sagte er sich wie jeden Morgen und drehte sich auf die andere Seite. Ihm war schlecht, in seinem Kopf waberte ein dumpfes, ungutes Gefühl. Dann kam die Erinnerung zurück.

Es war etwas passiert. Er wusste nicht genau was, aber es war nicht gut. Wenigstens war er allein auf der Straße gewesen. Kein anderes Auto, keine anderen Fußgänger. Er schaute zum Radiowecker. Neun Uhr, er sollte endlich aufstehen. Mühsam wälzte er sich aus dem Bett und ließ den Hund in den Garten. Dann tapste er ins Bad. Aus dem Spiegel sah ihn ein verkaterter Bernd an, das verstrubbelte braune Haar mit den ausgeprägten Geheimratsecken schon leicht ergraut, die Sorgenfalten auf der Stirn tief eingegraben, dunkle Schatten unter den Augen. Er duschte und rasierte sich, dann machte er sein Frühstück. Im Küchenradio hörte er nun einem weiteren Moderatorenpaar zu, das dem des anderen Senders an Dummheit in nichts nachstand. Der Kaffee machte seinen Kopf etwas klarer. Als er vom Küchentisch aufstand, merkte er, wie sein Gehirn an die Schädelwand schwappte. Dann verschwamm die Küche kurz vor seinen Augen. Er setzte sich wieder und versuchte sich zu sammeln. Gut, dass er heute nichts vorhatte.

Obwohl das eigentlich nichts Besonderes war. Er hatte auch sonst nicht mehr viel vor, jedenfalls nichts, was erwähnenswert gewesen wäre. Sein Bauch grummelte, er musste aufs Klo. Im Vorbeigehen riskierte er einen Blick in das Wohnzimmer. Mehrere leere Bierflaschen und eine halbleere Whiskeyflasche standen auf dem Tisch, der Aschenbecher voll mit Kippen, die Asche auf dem Tisch verteilt, Chipskrümel darin, auf dem Boden die leere Tüte, der Sessel halb zurückgeschoben, die Decke heruntergerutscht. Nicht ganz so wüst, wie er es erwartet hatte.

Während er sich geräuschvoll entleerte – das Weizenbier brachte seine Peristaltik immer ziemlich in Wallung – überdachte er die Situation. Zunächst war überhaupt kein Anlass zur Sorge. Er würde sich den Wagen noch einmal ansehen. Gestern Abend hatte er im schummrigen Garagenlicht nur eine kleine Beule an der Seite erkennen können, eigentlich rein gar nichts, nicht so wie damals bei dem Wildunfall mit dem

Reh. Wer wusste schon, woher die Beule kam und ob sie nicht in Wirklichkeit vom Parkhaus am Bahnhof stammte. So wie andere manchmal einparkten, wäre das ja kein Wunder. Ein verrückter Audifahrer hatte sich erst kürzlich so eng neben ihn gestellt, dass er sich gefragt hatte, wie der um alles in der Welt aus seinem Wagen gekommen war. Trotzdem war es sicher besser, den Passat noch diese Woche anzumelden und den Alfa erst einmal stehen zu lassen.

Der Wagen stand friedlich an der rechten Garagenwand neben dem Volkswagen. Er ging einmal herum und inspizierte das Fahrzeug. Ihm war schwindelig und es fiel ihm noch immer schwer, seinen Blick zu fokussieren. Er wiederholte die Runde. Dann erst sah er es: Der rechte Außenspiegel fehlte. Da wo der Spiegel hätte sein müssen, ragte nur die Halterung wie ein kurzer abgebrochener Spieß hervor. Die Bruchstelle war schartig und scharfkantig und etwas Rotes haftete daran.

Wieso hatte er das gestern nicht bemerkt? Die Gewissheit durchfuhr ihn wie ein Blitzschlag: Es war doch etwas geschehen, er hatte sich nicht alles nur eingebildet. Und sein Seitenspiegel lag jetzt im Wald an der Unfallstelle und würde die Polizei direkt zu ihm führen.

Ihm wurde übel. Er hielt sich den Mund zu und schaffte es gerade noch bis zu einem alten, leeren Farbeimer, der an der Wand stand. Sein Magen zog sich zusammen und der erste Schwall schwappte über den Eimer hinweg an die Wand, säuerlicher Geruch stieg auf und verstärkte den Brechreiz, in immer neuen Konvulsionen erbrach er sich in und über den Eimer.

Als Bernd seine Gedanken wieder ordnen konnte, durchsuchte er das Regal mit den Ersatzteilen. Nach längerem Kramen zwischen mit Kleinteilen gefüllten Apfelsinenkisten fand er, versteckt unter einem verbeulten Kotflügel, den er letztes Jahr nach dem Wildunfall ersetzt hatte, was ihm helfen sollte, das Geschehene ungeschehen zu machen: ein funkelnagelneuer rechter Außenspiegel, noch originalverpackt. Er verlor keine Zeit und löste die Schrauben der alten Spiegelhalterung, montierte den neuen Spiegel und warf das beschädigte Teil, nachdem er es mit einem mit Verdünnung getränktem Putzlappen abgewischt hatte, in eine Kiste mit Metallschrott, die in der Ecke der Garage neben der Werkbank stand. Wenn der Schrotthändler das nächste Mal vorbeikäme, würde er ihm die Kiste mitgeben, so wie er es immer mit dem Alteisen machte, wenn der rostige, verbeulte Pritschenwagen mit dem Celler Kennzeichen altersschwach durch den Ort schlich und der Beifahrer mit den drei Knasttränen an der Hand die Glocke aus dem heruntergelassenen Seitenfenster hielt und läutete.

Er fuhr den Wagen aus der Garage. Dann holte er einen Eimer mit warmem Wasser, tropfte etwas Autoshampoo hinein und säuberte die Wagenseite. Anschließend trocknete er mit einem Fensterleder das Blech. „Altersgemäß guter Zustand", dachte er, das konnte man nicht von jedem Alfa behaupten. Den Wassereimer leerte er hinter der Garage aus, schüttete den ekligen Inhalt des Farbeimers auf den Komposthaufen, deckte die Spuren mit etwas Laub und Grasschnitt ab, wusch dann beide Eimer sorgfältig aus und steckte sie in den Sack für den Plastikmüll.

Der Hund war von seinem warmen Platz an der Heizung in der Küche aufgestanden, als Bernd zurück ins Haus kam. Nach den ersten Anzeichen für einen möglichen Spaziergang wich er jetzt keine Sekunde mehr von Bernds Seite und verfolgte die Vorbereitungen seines Herrchens schwanzwedelnd und mit zunehmender Begeisterung. Bernd zog sich seine warme Outdoorjacke und die Wanderstiefel an und nahm den Rucksack vom Haken im Flur. Der Hund lief voreilig zur Haustür, kam wieder zurück, stupste sein Herrchen mit der Schnauze an und stürmte erneut zur Tür.

Bernd fand die Leine nicht, fluchte, suchte in der Küche und entdeckte sie schließlich unter den auf der Eckbank verteilten alten Zeitungen. Er klaubte ein paar Leckerlis aus der verbeulten Kaffeedose im Küchenschrank und stopfte sie in eine der Jackentaschen. Wieder im Flur, streifte er das Lederband der Hundeflöte über, fischte seine Wollmütze vom oberen Garderobenbrett und ging endlich zum Eingang, wo der Hund noch immer freudig umhertrippelte. Schon sauste der Schnauzer durch den schmalen Türspalt nach draußen. Bernd folgte ihm schwerfällig.

Der Wald hatte sich in dünnen Nebelschwaden versteckt. Der Hund lief weit voraus und Bernd hatte Mühe, ihm zu folgen. Durch die Felder ging es bergauf. Links und rechts des Feldweges standen Schlehen und Holundersträucher, dazwischen Feldahorn und wilder Schneeball. Die Vögel hatten nur noch wenige Beeren an den Pflanzen übrig gelassen. Ein ungemütlicher, feuchter Westwind fegte über die Felder, pfiff über die dünne Decke aus Wintergerste oder Raps, die auf einigen der schon bestellten Felder bereits zu sehen war. Der Hund verschwand, einer Fährte folgend, immer wieder im Gebüsch. Ein Krähenschwarm flog auf und das Tier verfolgte die Vögel mit wütendem Bellen kreuz und quer über das Feld. Bernd betrachtete das sinnlose Unterfangen und hatte die Flöte schon angesetzt, aber der Schnauzer gab bereits freiwillig die Verfolgung auf und kam schuldbewusst zum Weg zurückgetrottet. Bernd hoffte, dass sein Hund nicht auch noch Hasen aufscheuchen würde, denn dann war er selbst mit der Flöte kaum wieder von der Verfolgung zurückzurufen.

Auf halber Höhe zum Wald drehte sich Bernd um und schaute über das Tal. Links kam die Straße vom Pass herab und machte zwei letzte enge Kurven hinunter in das Dorf, auf der anderen Seite führten zwei Straßen aus dem Tal heraus. Eine, hinter einer Kuppe fast verborgen, verschwand am westlichen Dorfausgang direkt im Wald, die andere in südlicher

Richtung, die ihm jetzt genau gegenüber lag, benötigte hingegen zwei weitere Kehren, um die unbewaldete Höhe hinter dem Dorf zu erklimmen. Dahinter, weit in der Ferne, konnte man an klaren Tagen das Wesergebirge erahnen. Von hier oben betrachtet sah das Dorf aus, als würde es sich in der Talsenke verstecken wollen. Eng an den Talgrund geschmiegt lagen die Höfe und Häuser, nur die Ausbuchtung des Neubaugebietes führte wie eine bösartige Wucherung den gegenüberliegenden Hang hinauf.

Vom Wald her drangen nun undeutlich Maschinengeräusche herüber, vom Dorf her aber kam kein Laut. Die Männer waren am frühen Morgen zur Arbeit gefahren und die Kinder lagen wegen der Ferien noch in den Betten, heute würde kein Schulbus kommen. Die Frauen putzten das Bad oder hatten gerade das Wohnzimmer aufgeräumt und machten jetzt die Betten, bald würden sie sich mit einem dampfenden Kaffeebecher an den Küchentisch setzen, kurz in die Lokalzeitung schauen und dann überlegen, was es zu Mittag geben sollte. Die Alten schliefen vielleicht noch ein bisschen aus oder saßen schon in ihren Sesseln in den dämmrigen, unbeleuchteten Wohnstuben und träumten vom Frühling. Die Felder waren längst für den Winter bestellt, die Traktoren standen still in den Scheunen. Das Dorf lag einfach da und wartete.

Als sie sich dem Waldrand näherten, rief er den Hund zurück und leinte ihn an. Im Wald konnte jederzeit ein Reh ihren Weg kreuzen und dann wäre alles Rufen und Pfeifen ohnehin umsonst. Warum ein Schnauzer einen derartigen Jagdtrieb haben konnte, war ihm noch immer ein Rätsel.

Am Waldrand standen alte knorrige Eichen, unter denen Ilex und Eiben ein dichtes Unterholz bildeten. Sie folgten einem kleinen Pfad und schritten durch den angrenzenden Buchenhochwald. Hier war das Unterholz weniger dicht, das Blätterdach der Buchen ließ zu wenig Licht hindurch, der Boden war mit einer gleichmäßigen Laubschicht bedeckt. Ab und an kreuzte ein Wildwechsel ihren Weg. Der Hund war jetzt noch aufgeregter, immer wieder ging er mit angewinkeltem Vorderlauf in Vorstehhaltung und schnupperte. Dazu öffnete er das Maul, biss dann in die Luft und machte seltsame Kaubewegungen. Wenn der Wind jetzt einen eindeutigen, satten Wildgeruch herantrug, würde er sofort sein Jagdgeläut anstimmen und vorwärts stürmen. Bernd war vorbereitet und hielt die Leine kurz.

Sie kamen an einen flachen Bachlauf. Bernd suchte die Furt, trat dann vorsichtig von einem großen Stein zum nächsten, bemüht, auf den mit Moos überwachsenen Sandsteinen nicht abzurutschen und sich im Wasser keinen nassen Fuß zu holen, der Hund tapste freudig nebenher. Auf der anderen Bachseite hatten die Wildschweine großflächig den Boden aufgewühlt. Der Hund gab Laut und war kaum mehr an der Leine zu halten. Endlich erreichten sie den breiten, geschotterten Forstweg, der sie hinauf zum Pass bringen würde.

Obwohl sie noch weit von der Straße entfernt waren, war das Dröhnen und Kreischen der Forstmaschinen deutlich zu hören. Dann, an der nächsten Abzweigung, fand er den Hauptweg versperrt. Er las: „Fällarbeiten – Lebensgefahr – Durchgang verboten!" Hinter dem Schild war rot-weißes Trassierband quer über den Weg gespannt worden. Bernd entschloss sich, den Warnhinweis zu befolgen, obwohl dies einen erheblichen Umweg bedeutete, und wählte den links abgehenden Weg, der steil bergauf führte. Nach einer halben Stunde traf er auf den oberen Querweg, der keine fünfzig Höhenmeter unterhalb des Bergkammes verlief. Dort wandten sie sich nach rechts und erreichten schließlich nach weiteren fünfzehn Minuten den kleinen Parkplatz oberhalb der Kurve, an der es passiert war.

Je näher er der Stelle kam, desto mehr wich seine angestrengte Ruhe einer zunehmenden Nervosität. Der steile

Anstieg lag nun schon eine Weile zurück, doch sein Herz raste noch immer und er atmete schwer.

Der Parkplatz lag verlassen da. Mit zügigen Schritten überquerte er die freie Fläche und stellte sich hinter die Haselnussbüsche, die zur Straße hin aufgelaufen waren. Dann horchte er, ob ein Auto die Straße entlangkäme. Der Maschinenlärm der Forsttruppe schallte von jenseits der Straße herüber, das Dröhnen der großvolumigen Motoren, das rhythmische Kreischen der Motorsägen und das Heulen der Hubhydraulik hingen in der Luft. Einen Automotor hörte er nicht.

Schließlich trat er über die kleine Brücke auf die Straße hinaus. Blieb erneut stehen und lauschte. Hatten sie die Straße gesperrt? Ihm war gestern kein Hinweisschild aufgefallen. Da er noch immer nichts vernahm, ging er ein Stück an der Straße hinab zur Kurve. Dabei versuchte er, möglichst normal und beiläufig zu wirken, eben wie jemand, der mit seinem Hund durch den Wald geht, um die schöne Natur zu genießen. Tatsächlich aber ging er auffällig langsam und suchte unablässig die Straße und die Böschung nach dem Spiegel ab.

Schon der erste Blick auf die Straße zeigte ihm, dass sich seit gestern Abend einiges verändert haben musste. Entlang der Straße lagen jetzt Stämme aufgeschichtet, zwei große Stöße nebeneinander, der Straßenrand war matschig und von breiten, groben Reifen zerfahren. Im Graben vor den Stämmen staute sich das Wasser schwarz und schlammig. Auf der Straße verlief eine breite Spur von Lehm und Erde, die ein gutes Stück weiter abwärts unvermittelt quer über den Fahrdamm und in den Wald hineinführte. Gestern Abend hatte er davon doch nichts bemerkt. Die Straße war sauber gewesen, auch hatten hier keine Stämme gelegen. Oder war es doch nicht hier gewesen, sondern in der folgenden Kurve weiter unten? Aber dann wäre er ja an den Stämmen vorbeigefahren und hätte sie gesehen. So ein Unsinn, sie mussten das erst heute Morgen gemacht haben. Oder drehte er jetzt schon vollkommen durch?

Ein stechender Kopfschmerz breitete sich vom Nacken her aus, toste durch seinen Kopf und stach so stark hinter den Augen, dass sie anfingen zu tränen. Schon begann es in seinen Ohren laut zu rauschen. Jetzt bloß nicht zusammenklappen, reiß dich zusammen. Er rief seinem Hund ein schnelles „Voraus!" zu, der Hund zog sofort an und Bernd, die Lederleine fest umklammert, ließ sich stolpernd vorwärts ziehen.

Ihm wird schwarz vor Augen. Und dann ist es plötzlich da, das Auto, ein wütendes Hupen, ganz nah, er hat den Wagen überhaupt nicht gehört – alles wiederholt sich, jetzt erwischt es dich genauso –, vor Schreck springt er zur Seite, tritt auf die schmierige Böschung, rutscht aus, strauchelt und landet mit dem rechten Fuß im Graben. Augenblicklich füllt sich der Schuh mit eisiger Kälte.

Wieder auf dem Fahrdamm blickt er dem Auto nach, ein alter Ford. War das Bauer Brunkmeyer? Er atmet durch, mustert noch einmal den Randstreifen und die Stämme. In diesem Moment bemerkt er eine schwache Reflexion, dort auf dem Boden, vor den Stämmen. Er geht darauf zu, zieht den Hund hinter sich her, schaut sich um – niemand zu sehen – und fischt ein zersplittertes Spiegelglas aus dem Matsch. Schnell lässt er es im Rucksack verschwinden. Doch wo sind die anderen Teile? Fieberhaft schwirrt sein Blick umher, aber kein Metall schimmert im Dreck. Mehr wird sich wohl nicht finden lassen, er kann nicht zu lange hier stehen, es wird sonst auffällig, schlimm genug, dass man ihn gerade gesehen hat, also weg hier und ab nach Hause.

Der Stiefel zerrt kalt und schwer an ihm, aber er versucht ganz normal zu gehen, folgt der Straße langsam bergab. Bevor er sich beim nächsten Forstweg in die Büsche schlagen kann, kommt ein weiterer Wagen von hinten. Diesmal zieht er den

Hund rechtzeitig auf den Grünstreifen und bleibt stehen. Der grüne Kombi. Er grüßt Heidmann mit einem Kopfnicken und setzt seinen Weg fort. Das ist ja prima gelaufen, denkt er und biegt in den Seitenweg ein, also gleich zwei Zeugen. Mit einem Seufzer lässt er den Hund von der Leine, der sofort einer Wildspur folgend vorausläuft.

Als Bernd sich kurz vor Mittag an seinen Schreibtisch setzte, hatte er das Gefühl, fast wieder zurück im normalen Leben zu sein. Sein Kater war an der frischen Luft verschwunden und in dem Maße, in dem sich sein Befinden besserte, wuchs auch seine Zuversicht, so als hätte er sich aus den Tiefen eines schlammigen Teiches zur Oberfläche emporgekämpft. Er hatte jetzt alles im Griff. Die Nacht war nur ein böser Traum gewesen, ja diese ganze Sache war nicht wirklich passiert, und wenn doch, so hatte er damit nichts mehr zu tun.

## Heimatkunde

Gegen Mittag machte er sich Eier mit Schinken auf Schwarzbrot und aß mit gutem Appetit, was ihn selbst verwunderte, nachdem sein Magen am Morgen noch so heftig revoltiert hatte. Einkaufen musste er die nächsten Tage noch nicht, aber er sollte in die Kreisstadt fahren, um den anderen Wagen anzumelden.

Als er die Straße herunterfuhr, kam er am Haus der Ebelings vorbei. Der Wagen von Herrn Ebeling, ein Jaguar in British Racing Green, stand in der Auffahrt. Etwa nicht im Büro heute, der Topmanager, wo er doch sonst bei jeder Gelegenheit mit seiner 80-Stunden-Woche angibt, dachte Bernd. Hoffentlich ist er überraschend nach Hause gekommen und hat seine Frau mit dem Reitlehrer erwischt. Es war im Dorf bekannt, dass Frau Ebeling ein besonderes Faible für gutaussehende Reitlehrer hatte. Ihren Mann schien das nicht zu stören. Entweder war er zu sehr mit sich und seinen Erfolgen beschäftigt oder es kümmerte ihn nicht, weil er auf der Arbeit selbst gut versorgt war.

„Die Tochter guckt auch schon mit den Eierstöcken", hatte ihm Brunkmeyer beim Osterfeuer nach dem vierten Bier zugeraunt und dabei mit glasigen Augen dem Objekt seiner Begierde hinterher gestarrt, „aber die lässt ja nur die jungen Kerls ran." Brunkmeyer hatte ihn an jenem Abend richtig in sein Herz geschlossen und ihm – ganz vertraulich – viele erhellende Dinge über die Dorfbewohner erzählt.

Wenn auch nur die Hälfte davon stimme, musste der Ort ein wahres Sodom und Gomorrha sein. Bernd war zwar schon früher oft im Dorf gewesen, hatte häufig die gesamten Sommerferien im Haus der Großeltern verbracht, aber manche

Zusammenhänge hatten sich ihm bis dahin nicht erschlossen. Und als er mit Frau und Familie hier hergezogen war, hatte er mit dem Umbau des Hauses und dem Beruf zu viel um die Hand gehabt, als dass er sich für derlei Dinge hätte interessieren können. Aber als er einige Tage später Mutter und Tochter im Dorfladen sah, musste er Brunkmeyer zustimmen. Nett sah die Kleine aus, schon alles dran, aber für so ganz junge Dinger hatte er noch nie etwas übrig gehabt. Die Mutter, blond, groß, vollbusig, hätte er allerdings nicht von der Bettkante gestoßen. Wenn ich nur der Reitlehrer wäre, dachte er bei sich. Aber nur kein Neid, du hattest es ja alles in der Hand und hast es dir eben selbst versaut.

Als er bei Brunkmeyers Hof zur Hauptstraße kam, stand der alte Bauer am Tor. Wie immer trug er Manchesterhosen und eine ausgeblichene Drillichjacke. Unter der offenen Jacke spannten sich die Hosenträger gefährlich über dem rot karierten Hemd. Jetzt schob er mit einer Hand den unvermeidlichen Cordhut in den Nacken, saugte dabei an seinem üblichen kalten Stumpen und sah argwöhnisch zum herannahenden Sportwagen herüber. Bernd machte einen Schlenker nach links, hielt vor der Hofeinfahrt an, kurbelte das Fenster herunter und lächelte den Bauern unsicher an.

„Morgen Brunkmeyer, was gibt's Neues?"

„Tja, du hast wohl auch nichts zum tun?", brummte ihn der Alte an. „Am frühen Morgen schon mit dem Hund da oben rumlaufen und dann auch noch mitten auf der Straße."

„Na ja, ich musste mal raus in die Natur und ein wenig frische Luft schnappen."

„Ach was, auf dem Pass mitten im Kahlschlag, wo ist denn da noch Natur", grummelte der Alte weiter und sah ihn skeptisch über den Rand seiner Hornbrille an, „alles haben sie gefällt, man erkennt den Wald gar nicht mehr wieder. Und dann der Dreck auf der Straße von den Maschinen. Eine Frechheit. Und glatt wie Schmierseife, diese Schweinerei."

Der Morgen schien für Brunkmeyer nicht gut gelaufen zu sein. Bernd wartete geduldig.

Nach kurzem Schweigen erklärte Brunkmeyer: „Unsere Oma liegt auf Intensiv, war heute nach dem Rechten sehen."

„Oh, das tut mir leid, ich wusste gar nicht, dass was passiert ist."

„Ist ja auch nichts passiert. Alles Schnee von gestern. Vor drei Monaten im Edeka ausgerutscht, Oberschenkelhalsbruch. Nach der Operation kam sie nicht mehr hoch, nun hat es sich entzündet."

Brunkmeyer lutschte gedankenverloren an seinem Zigarrenstumpen, dann zog er sich mit einem energischen Ruck die Hose hoch. „Ist wohl nicht mehr viel zu machen – Batterie alle."

„Tja, das tut mir wirklich leid, Herr Brunkmeyer", sagte Bernd verlegen. „Ich muss dann auch wieder weiter, grüßen Sie doch bitte Ihre Frau von mir." Der Oma noch gute Besserung zu wünschen, war hier wohl überflüssig.

Bernd war froh, dass ihn Brunkmeyer nicht mit einem „Wie geht's denn der Familie?", belästigt hatte. Das hätte ihm noch gefehlt. Denn natürlich wussten alle im Dorf, dass Miriam ihn mitsamt ihren Kindern verlassen hatte. Er war sich sicher, dass sie sich hinter seinem Rücken die Mäuler über ihn zerrissen, wie es hier jeder mit jedem tat. „Seht ihn euch an, den feinen Herrn Haltig. Er denkt wohl, er ist was Besseres, nur weil er studiert hat, in der Welt herumgereist ist und was mit Computern macht. Na, das hat er jetzt davon!"

Als er sich entschieden hatte, in die Heimat zurückzugehen, war Miriam überhaupt nicht begeistert gewesen. In Stuttgart war es nicht schlecht gewesen, aber die Schwaben waren eben ein besonderes Völkchen. Ja sicher, sie konnten gute Laugenbrezeln machen, aber das reichte nicht, um sich heimisch zu fühlen. Für „Reingeschmeckte" hatten sie wenig übrig. In der kleinen Dreizimmerwohnung hatte er nicht ewig bleiben wollen. Sie hatten überlegt, ein Haus zu bauen, aber die astronomischen Grundstückspreise und die Perspektive eines Lebens in einem schwäbischen Neubau-Ghetto hatten sie davon abgehalten. Dann war sein Großvater gestorben, das Haus im Dorf stand leer und in der Firma war eine Position in Hannover ausgeschrieben. Also waren sie zurückgekehrt zu seinen Wurzeln, wenn man es denn so nennen wollte.

Miriam hatte ihren Beruf aufgegeben und die Kinder bekommen. Er hatte das Haus nach und nach ausgebaut, jahrelang hatten sie auf einer Baustelle gelebt. Auch beruflich war es gut gelaufen, ehe er sich versah, war er für einen Großteil der Belegschaft verantwortlich. Die Doppelbelastung mit dem Bau und dem Job war ihm damals nicht schwer gefallen.

Sie hatten diesen Traum gemeinsam träumen wollen, vom alten Fachwerkhaus mit dem großen Garten, direkt am Wald, wo die Rehe morgens am Gartenzaun standen und ins Esszimmer guckten. Er hatte nicht bemerkt, dass es vor allem sein eigener Traum gewesen war, den Miriam nur ihm zuliebe mitgeträumt hatte. Für ihn gab es bald nur noch den Beruf und das Haus, das Haus und den Beruf. Für sie gab es die Kinder und den Haushalt. Zu wenig für ein gemeinsames Leben, das wusste er nun.

Er war früher oft bei seinen Großeltern gewesen, seine Eltern hatten im übernächsten Ort gewohnt, und so kannte er die Leute im Dorf und sie kannten ihn. Wenn er in seinen Wohnort im Schwäbischen zufällig einen Nachbarn traf, grüßte man sich, aber es waren doch nur Gesichter ohne Namen, Figuren ohne Hintergrund. Hier aber kannte man die Geschichte eines jeden. Er wusste, dass Heidmanns Vater früher Ortsbauernführer gewesen war und Heidmann, der den Hof nur noch im Nebenerwerb führte, am Stammtisch als „Jägermeister" dessen Blut-und-Boden-Reden fortführte, dass Brunkmeyer als ursprünglich fast mittelloser Landwirt nach dem Krieg den Hof einer kinderlosen Tante geerbt hatte, was ihn auf einen Schlag zu einem der größten Bauern im Ort gemacht hatte, dass der Reiterhof ständig kurz vor der Pleite stand oder dass der alte Thiel furchtbar soff und all sein Land hatte verkaufen müssen.

„Was kümmern dich denn diese alten Geschichten?", hatte Miriam ihn immer gefragt, wenn er ihr wieder haarklein die verwandtschaftlichen Zusammenhänge erläutern oder über die Verstrickung der Alteingesessenen mit der NS-Zeit dozieren wollte.

„Wichtiger wäre es, ein paar gute Freunde zu finden, mit denen man mal etwas unternehmen kann. Aber in diesem Nest wohnt ja keiner freiwillig. Und die wenigen, die es gibt, hast du mit deiner Art schon vergrault." Sie hatte nie begriffen, wie wichtig es für ihn war, seine Mitmenschen genau zu kennen und auch ihren Hintergrund zu sehen. Das bedeutete jedoch nicht, dass er besonderen Wert auf ihre nähere Bekanntschaft legte. Man sah sich zum Osterfeuer, beim Weihnachtsreiten im Reitverein, im Dorfladen, ab und an auch während eines Spaziergangs, sagte „Hallo" und „Guten Tag" und „Bis bald", wechselte ein paar unverbindliche Sätze, erfuhr dabei die eine oder andere Neuigkeit. Für ihn war das mehr als genug.

„Du solltest in einen der Vereine gehen", war Miriams Ratschlag gewesen, wenn er sich beklagte, dass er im Grunde ziemlich einsam sei, mal abgesehen von der Familie. Doch der Gesangsverein bestand nur aus Greisen, mit dem Reiten hatte er schon als Kind aufgehört, das Rote Kreuz war für die Omas und unförmig im Trainingsanzug in der nach kaltem Schweiß riechenden kleinen Turnhalle herumzuhopsen wäre nicht seine Sache gewesen. Also war er passives Mitglied in der freiwilligen Feuerwehr geworden, was natürlich keine wesentliche Veränderung der Situation nach sich zog.

Miriam hatte nach der Geburt von Lea über die Krabbelgruppe in Wildeshagen Kontakte zu anderen Müttern geknüpft. Nachdem auch Sophie alt genug war, dass sie ebenfalls in den Kindergarten gehen konnte, hatte sie sich einer Laufgruppe angeschlossen, die zweimal in der Woche morgens trainierte. Ihm war Laufen als Bewegungsform immer fremd geblieben. Wozu hatte der Mensch das Rad und den Verbrennungsmotor erfunden?

Erst als der Hund ins Haus kam, hatte er den Wald wiederentdeckt und jetzt, wo nur noch er und der Hund übrig geblieben waren und er Zeit im Überfluss hatte, sah man ihn fast jeden Tag im Forst. Da er aber nichts ohne Zweck tun konnte, betätigte er sich dabei entsprechend der genetischen Bestimmung eines jeden Mannes als Sammler und Jäger.

Er hatte gar nicht gewusst, was der Wald alles für ihn bereithielt. Im Frühjahr den frischen Bärlauch, aus dem er mit Parmesan und Olivenöl ein grandioses Pesto machte, dann Waldmeister für die Bowle und vor allem: Pilze! Das Jahr begann für ihn mit den Mairitterlingen, dann kamen Steinpilze und Maronen, Parasolpilze, selten einige Pfifferlinge, schließlich Stockschwämmchen und Hallimasch, dann, nach dem ersten Frost im beginnenden Winter, die Austernseitlinge. Bernd hatte sich zum wahren Pilzjäger entwickelt. Er konnte sich noch gut erinnern, wie ihn das Pilzsammeln mit seinen Eltern in der Kindheit angeödet hatte. Jetzt stöberte er stundenlang im Unterholz herum und kam völlig zerkratzt, aber stolz, mit seiner Beute wie von einem Feldzug zurück.

Aber auch andere Kleinode brachte er mit heim: Abwurfstangen von Rehböcken, das Gewölle einer Eule, Kohlestücke aus einem alten Flöz, der an einem Erdabbruch aus dem Boden ragte, skurril gewachsene Holzstücke, ungewöhnlich geformte Steine. Er hatte ein Regal in der Garage frei geräumt, auf dem er seine Funde lagerte. Wenn er Flaschen oder Dosen fand, brachte er auch diese im Rucksack heim und holte sich dann das Flaschenpfand.

Manchmal nahm er sich für ein kleines Picknick unterwegs ein Bier und etwas zu essen mit. Dann saß er im Wald auf einem Baumstumpf und dachte über die Welt und den Sinn des Lebens nach, während der Hund zu seinen Füßen lag. Allerdings immer an Stellen, an denen er nicht erwarten musste, jemanden zu treffen. Einen Arbeitslosen, der im Wald herumlungert, anstatt sich um neue Arbeit zu kümmern, den hätte er selbst bis vor kurzem noch als Abschaum bezeichnet. „Soll der sich doch mal anstrengen", hätte er gesagt, „wer arbeiten will, der findet immer etwas."

In diesem Herbst hatte er in einem Waldstück hinter der Jagdhütte von Heidmann nach Maronen gesucht. Die Hütte lag in der Nähe des großen Parkplatzes, etwa zehn Gehminuten entfernt. Ein kleiner, fast zugewachsener Fahrweg führte dorthin. Er hatte schon gute Pilzbeute gemacht und sich kurz auf einem Baumstumpf gesetzt, um auszuruhen, als er ein Mädchen zur Hütte kommen sah. Sie mochte sechzehn oder siebzehn sein, vielleicht auch schon volljährig. Bernd fand es zunehmend schwieriger, das Alter zu erkennen, irgendwie sahen die Mädchen heute schon so erwachsen aus, nicht wie früher, als alle in den gleichen Fruit-of-the-Loom-Sweatshirts mit Jeans und Parka herumgelaufen waren. Heute waren sie alle geschminkt, hatten gefärbte Haare und trugen Lippenstift. Kurze Zeit danach war auch Heidmann aufgetaucht, hatte die Hütte aufgeschlossen und war mit dem Mädchen darin verschwunden. Bernd war in seiner olivfarbigen Jacke einfach bewegungslos sitzen geblieben. Sie hatten ihn nicht bemerkt.

Einige Zeit blieb es still. Dann hatte er Lärm gehört, so als ob drinnen ein Stuhl umgeworfen worden wäre, und kurz darauf kam das Mädchen aus der Tür gestürzt, erbrach sich über das Geländer der kleinen Veranda, die um die Vorderfront der Hütte lief, und hastete dann davon, ein fluchender Heidmann hinterher, der sich im Laufen den Gürtel zumachte. Bernd hatte sich nicht gerührt und war erst davongeschlichen, als beide außer Sicht waren. Also war an den Gerüchten doch etwas dran, dass sich Heidmann von den Reitmädchen, die bei ihm die Pferde pflegten, auch gelegentlich andere Gegenleistungen holte. Dieser geile Bock, hatte er gedacht, lockt die Mädchen in seine Hütte und grapscht dort an ihnen herum. Gerade Heidmann, der doch sonst bei jedem Verbrechen nach Recht und Ordnung, nach der Todesstrafe oder der Zwangskastration verlangte.

Ein anderes Mal hatte er den versoffenen Thiel beobachtet, wie er zusammen mit seinem Sohn mit dem Traktor und dem Gummiwagen Bauschutt in ein Waldstück gefahren hatte. Die meisten der Bauern hier besaßen noch eigenen Wald, aber das gab ihnen nicht das Recht, ihre alten Stallwände mitsamt den Futtertrögen einfach in das Landschaftsschutzgebiet zu kippen, fand Bernd. Thiel riss alles aus seinen Scheunen und Ställen, um Platz für Wohnwagen und Boote zu haben, die er dort über Winter einlogierte.

Thiels Hof war einmal ein wirklich schönes Anwesen gewesen, eine von diesen Rübenburgen, die sich die Zuckerbarone in der guten alten Zeit hatten leisten können. Das Wohnhaus mit den zwei Vollgeschossen in Backstein, der Freitreppe zum säulengestützten Vorbau und der dahinterliegenden mosaikgeschmückten Eingangshalle war ein steingewordenes Symbol bäuerlichen Stolzes, wuchtig, mächtig, bodenständig. Dazu eine imposante Scheune und ein langgestrecktes Stallgebäude, die zusammen mit dem Haus den Innenhof einfassten, in dessen Mitte eine mächtige Kastanie stand.

Aber die gute alte Zeit war lange dahin und seitdem war wenig investiert worden. Das Dach der Scheune hatte sich gesenkt, weil durch die schadhaften Hohlziegel Wasser ins Gebälk zog, die Fenster des Wohnhauses hatten seit Jahren keine Farbe gesehen, der Innenhof war mit schlammigen Pfützen übersät, in denen ölige Schlieren standen.

Thiels Großvater hatte den Hof erbaut. Er war noch Deutschnationaler gewesen, sein Sohn hingegen ging früh mit der neuen Zeit. Aber nicht etwa, weil der Reitverein wie die Mehrzahl der damaligen Reitvereine in einen SA-Reitersturm umgewandelt worden war, SA-Thiel war schon lange vorher mit dabei und hatte auch später immer Wert darauf gelegt, eine niedrige Parteibuchnummer gehabt zu haben und keiner dieser Märzgefallenen gewesen zu sein. Sein Stammhalter aber war, nachdem er spät eine Frau gefunden, den Hof übernommen und den Vater auf das Altenteil abgeschoben hatte, nicht mit dem großen Erbe zurechtgekommen und hatte Ernte um Ernte versoffen und verspielt. Aus Gram darüber war ihm seine Frau weggestorben, von der es im Ort hieß, sie wäre eine liebe Person und viel zu gut für dieses Miststück gewesen. Ihr gemeinsamer Sohn, der zukünftige Erbe des ehemaligen nationalsozialistischen Musterbetriebes, hatte die Schule ohne Abschluss verlassen und hielt sich mit Gelegenheitsarbeiten über Wasser.

Bernd erinnerte sich, wie er als Kind mit seinem Großvater bei einer Jahreshauptversammlung des dörflichen Reit- und Fahrvereines dabei gewesen war. Der Großvater hatte im Krieg bei der bespannten Artillerie gedient und bildete sich etwas darauf ein, ein Pferdemensch zu sein. Deswegen hatte er im Verein alle möglichen Ämter angenommen, obwohl er nach dem Krieg selbst nie mehr auf einem Pferd gesessen hatte. Bei der damaligen Versammlung war SA-Thiel zum Ehrenvorsitzenden ernannt worden.

Als die Ehrung vollzogen war, stemmte sich der schwerhörige und halbblinde Thiel am Tisch hoch und erwiderte mit schon zittriger Stimme: „Sehr geehrter Herr Vorsitzender, meine Damen und Herren, ich danke für diese Ehrung meiner langjährigen Arbeit. Ich möchte noch sagen, dass es mir immer um die Jugend ging im Verein. Denn wer die Jugend hat, hat die Zukunft!" Dann, nach einem weiteren mühsamen Versuch, Haltung anzunehmen, folgte: „Ich werde nie vergessen, wie wir hier im Jahre 1936 unser glorreiches Turnier des SA-Reitersturms Sechzehn – aus dem dieser Verein ja hervorgegangen ist – veranstaltet haben und wie die Jubelrufe damals zum Himmel emporstiegen, als die Jagdflieger des Geschwaders Wildeshagen über unsere Köpfe hinwegbrausten, während wir einen Kavallerieangriff auf eine MG-Stellung ritten! Denn damals glaubten wir noch an unseren ..." Hier brach Thiel ab, gab ein krächzendes Geräusch von sich, fiel auf seinen Stuhl zurück und sackte in sich zusammen.

Im Saal hatte augenblicklich eine betroffene Stille geherrscht. Bernd begriff das Geschehene nicht sofort. Während einige Männer den alten Thiel in ein Nebenzimmer trugen, schickte man ihn und die anderen Jugendlichen nach Hause. Dabei war es doch gerade so interessant geworden. Ob die Sitzung jemals ordnungsgemäß zu Ende geführt worden war, wusste er nicht. Aber SA-Thiel hatte einen angemessenen Abgang gehabt, fand er, und es hatte doch auch etwas, bis zum letzten Atemzug ein Gestriger zu bleiben.

Er hatte den Dorfkrug mit dem verblichenen „Lindener-Spezial" Schild über dem Eingang erreicht und fuhr jetzt Richtung Ortsausgang. Im Saal dieser Gaststätte hatte die Versammlung damals stattgefunden. Er ging selten hin, weil man von den Stammgästen wie Heidmann oder Nolte ständig argwöhnisch beobachtet wurde. Als er am etwas außerhalb liegenden Reitstall vorbei fuhr, kam ihm ein Polizeiwagen entgegen.

*Sie spürt einen Druck im Rücken. Sie kann sich nicht bewegen, Arme und Beine sind wie festgefroren. Sie versucht, den Kopf zu drehen und die Augen zu öffnen und sieht doch nur Lichtblitze hinter ihren Augenlidern. Dann ist wieder tiefstes Schwarz um sie.*

# Treue

Daniel hörte ihre Schritte auf der Holztreppe und fuhr hoch. Noch bevor seine Mutter mit ihrer Hand die Tür berührte, an die sie wie immer laut und energisch klopfen würde, rief er ihr von drinnen schon ein „Bin wach!" entgegen.

„Steh' jetzt endlich auf, es ist schon nach zehn Uhr!", rief seine Mutter durch die geschlossene Tür. Und, wieder an der Treppe angekommen, setzte sie noch gestresst: „Und räum' gefälligst dein Zimmer auf, das sieht bestimmt wieder aus, als wäre da eine Bombe eingeschlagen!", hinzu. „Und außerdem brauche ich den Wagen, wo hast du den Schlüssel und die Papiere hingelegt?"

Typisch, dachte Daniel, ständig nur am Motzen, die Alte. „Liegt doch alles auf der Garderobe, verdammt, und außerdem sind noch Ferien!", brüllte er seiner Mutter hinterher und schwang sich aus dem Bett. Sein Zimmer war klein, aber nicht ungemütlich. Neben dem Bett stand die Kommode, dann der schmale Schrank, gegenüber ein Kieferregal mit Büchern, CDs und der Anlage, davor unter dem Dachfenster der Schreibtisch mit dem PC. Als Sitzmöglichkeiten nur der Schreibtischstuhl und ein alter Sitzsack, dessen Styroporfüllung schon zu Staub zermahlen war. Die Wände und Dachschrägen beklebt mit Postern seiner Lieblingsbands, auf dem Nachtschrank neben dem Bett ein Wecker, sein Handy und ein Bild von Babsi, das sie ihm letztes Jahr zu Weihnachten geschenkt hatte.

Als sie ihn das letzte Mal besucht hatte, vor ihrem Urlaub, war es im Eifer ihres Abschieds heruntergefallen, ein Sprung lief nun quer über das Glas. Seine Mutter hatte ihn später am Abend, als er Babsi nach Hause gebracht hatte, beiseite genommen und ihm gesagt, sie sollten gefälligst nicht so laut sein, sie würden noch seinen kleinen Bruder verderben. Sein Vater, der das Gespräch mitbekommen hatte, hatte ihm heimlich einen anerkennenden Blick zugeworfen. „Gut, dass das später nachlässt", hatte seine Mutter abschließend festgestellt und ihren Mann hart angesehen.

Er checkte seine Nachrichten, weder von Babsi noch von Sandra war etwas gekommen, ging ins Bad, zog sich an und saß kurze Zeit später mit einer Tasse Tee und Müsli am Küchentisch. Morgens konnte er nie viel essen. Niemand störte ihn. Sein Vater fuhr mit dem Fahrrad die Wochenzeitung aus, seine Mutter war zum Einkaufen in die Stadt gefahren, sein Bruder wohl schon zu einem Freund zum Spielen gegangen.

Er fragte sich, was Sandra jetzt machte. Spontan schickte er ihr eine Nachricht: „Alles o.k.?", mit dem obligatorischen Smiley. Später auf seinem Zimmer rief er sie auf dem Handy an. „Der Teilnehmer ist zurzeit leider nicht erreichbar", informierte ihn eine freundliche Frauenstimme. Okay, also nicht, sagte er sich, schon klar.

Dann also Babsi. Ob sie schon etwas wusste? Er rief an. Immerhin nahm sie ab. Er beeilte sich zu sagen, wie sehr er sie vermisste und dass er gar nicht erwarten könne, sie wieder in den Armen zu halten. Babsi ging gar nicht erst darauf ein. Sie sei auf dem Weg zum Shoppen und etwas in Eile, Mama und Papa warteten schon in der Hotellobby. Er hatte das Gefühl, dass sie sein Anruf bei etwas störte. Sie klang irgendwie so förmlich, sicher war sie nicht allein. Ja, es sei toll in Lech, wie immer halt, ihre zweite Heimat, er wisse doch. Es folgte eine Aufzählung der Freundinnen und Bekannten, die dieses Jahr auch wieder alle dort seien und welche super geilen Events sie schon miteinander besucht hatten. Dann kam eine Kurzdarstellung ihrer sportlichen Erfolge, von roten und schwarzen Pisten und wie gut ihr das Skifahren an der frischen Luft täte. Schließlich, er hatte das unbestimmte Gefühl, als wollte sie jetzt schnell zum Ende kommen, hauchte Babsi einen kaum hörbaren Liebesschwur ins Telefon. Es klang wie eine beliebige, pflichtschuldige Floskel, so als sagte sie es nur ihm zuliebe.

Wie immer, wenn sie auf Reisen war, fühlte er sich wie ein Zaungast. Er sah das Bild vor sich: Babsi im weißen Skianzug, die Sonnenbrille lässig im braunen Haar, mit einer Entourage gut betuchter, sportlicher Verehrer, dazu die Berge, der Schnee und hoch darüber ein kitschig blauer Himmel. Er blickte auf die fleckige Holzvertäfelung seines Zimmers, durch das Dachfenster über ihm sah er in den norddeutschen Himmel: dunkel, grau und schwer. Er hatte plötzlich ebenfalls überhaupt keine Lust mehr, das Gespräch fortzusetzen. „Ja tschüss, ich dich auch", beendete er das Telefonat etwas brüsk.

Er hätte besser „du mich auch" sagen sollen, fand er. Das wäre doch echt mal ehrlich gewesen. Seine Babsi mit all diesen tollen Typen. Nie hätte sie daran gedacht, ihn mitzunehmen oder hierzubleiben und mit ihm die Ferien zu verbringen. Sie waren jetzt über ein Jahr zusammen, aber ihre Gemeinsamkeiten beschränkten sich doch eigentlich nur auf die Schule und das Bett.

Er war nicht der Erste für sie gewesen. Sicher ließ sie sich gerade von einem dieser Bonzensöhne anbaggern. „Wenn du mich wirklich liebst, musst du mir schon vertrauen", hatte sie ihm vor der Abreise in ihrem üblichen schnippischen Tonfall erklärt. Toll, hatte er bei sich gedacht, eben weil ich dich liebe und dich ein bisschen kenne, kann ich dir nicht vertrauen.

Allein die Vorstellung, dass ein anderer Kerl sie anfasste, machte ihn krank. Er musste es sich nur ein wenig plastisch ausmalen und sein Puls ging sofort hoch auf hundertachtzig. Er bekam die Bilder dann einfach nicht mehr aus dem Kopf: seine Babsi und ein anderer Kerl, über ihr, hinter ihr, unter ihr.

Er brauchte eine Alternative, so ging es einfach nicht weiter. Oder er würde ihr ewig wie ein Trottel hinterherlaufen. Und sie würde ihn dann irgendwann fallen lassen. Wenn er eine andere finden würde und Schluss machte, bevor sie es täte, wäre es bestimmt besser. Dann würde das Unvermeidliche nicht mehr so furchtbar weh tun. Er sollte Sandra noch mal anrufen, vielleicht konnte man doch noch was drehen. Sie kam zwar nicht an Babsi heran, so rein vom Aussehen, aber so übel sah sie nun auch wieder nicht aus, super Figur und dann diese langen Haare. Außerdem hatte er seit gestern das sichere Gefühl, sie doch beeindruckt zu haben. Sie hatte es ja auch ziemlich weit kommen lassen. Noch immer verstand er nicht, warum sie gestern so plötzlich aus seinem Wagen gesprungen und davongelaufen war. Sie war doch gar nicht vom Typ „Fass-mich-nicht-an", das wussten doch jeder. Erst alles laufen lassen, um dann so abzuhauen, das war doch total fies.

Mein Gott, was war er nur für ein Arsch, wie konnte er das einfach so abwägen, ja fast durchkalkulieren, so als ginge es um die Vorzüge eines Autos oder um die Festplattengröße eines Computers. Trotzdem, bei Sandra war noch was zu machen. Vielleicht ist sie ja genau deswegen weggelaufen, dachte er, eben weil ich ihr etwas bedeute und sie es nicht einfach so mit mir tun konnte wie mit irgendeinem anderen. Er wählte Sandras Handynummer erneut, wieder erklang die freundliche Ansage, sie musste es noch immer ausgeschaltet haben, es war sinnlos.

Schließlich schaltete er seinen Rechner ein und surfte ein wenig im Internet. Die üblichen Filmchen: Die Abfolge vorhersehbar, alle Öffnungen, Paarungen, Schichtungen, farbliche Kombinationen. Die menschlichen Triebe unterlagen doch einer gewissen Gleichförmigkeit, irgendwann wurde es dann immer langweilig. Erst wollte er in alter Gewohnheit die Jeans öffnen, etwas Triebabbau konnte nie schaden, aber seine Mutter würde bald vom Einkaufen zurückkommen und dann hätte er sie womöglich auf der Treppe nicht gehört und was wäre, wenn sie plötzlich wieder unangekündigt in sein Zimmer stürmte? Das war schon einmal passiert und extrem peinlich gewesen. Außerdem hatte er das Notwendige schon gestern Abend nach dem Heimkommen erledigt.

Also lieber als GI die Normandie erobern. Er nahm die Pointe de Hoc und die dahinter liegenden Linien. Die Deutschen ballerten was das Zeug hielt, mit dem Scharfschützengewehr holte er sie von der Klippe, dann am Seil hoch und in die Gräben, er und sein Team erledigten einen Bunker nach dem anderen. Schließlich der Häuserkampf, einige Panzer knacken, einen Lastwagen klauen, Nahkampf, Gefangene befreien, das Hauptquartier stürmen und zurück zu den Klippen, um den finalen Luftschlag einzuleiten. Er liebte dieses Spiel. Leider starben die Gegner, ohne dass man die Trefferwirkung richtig im Detail sehen konnte. Auch versanken die Gefallenen in regelmäßigen Abständen im Boden, sodass sich keine Leichenberge auftürmen konnten, wie es der steten Flut der vom Spiel immer neu generierten Gegner angemessen gewesen wäre, die er fortwährend niedermähen musste. Er sollte sich endlich die unzensierte Version besorgen.

Dann hörte er die Wagentür zuschlagen, die Haustür quietschte und kurz darauf drang schon das Klappern der Töpfe zu ihm hinauf. Er verzichtete darauf, sich in der nächsten Kampagne als russischer Soldat bis zum Reichstag vorzukämpfen, lief direkt in die Salve eines MG 42 und starb den Heldentod für Väterchen Stalin. Dann folgte er seinem Hungergefühl und trottete hinunter in die Küche.

*Etwas läuft ihr über das Gesicht. Sie spürt Kälte und Feuchtigkeit, riecht modrige, verbrauchte Luft. Sie versucht die Augen zu öffnen. Sieht einen schwachen Lichtschimmer. Sofort beginnen ihre Augen wieder zu tränen, das Bild verschwimmt, ein hämmernder Schmerz tobt in ihrem Kopf. Sie sinkt zurück.*

# Rübenburg

Langsam fuhr Michael den verrosteten Astra die Zufahrt hoch. Der Hof lag ruhig in der blassen Wintersonne. Trotz des Verfalls wirkte das Anwesen noch immer beeindruckend. Wenn Kunden zum ersten Mal auf den Hof kamen, verfehlte die stille Erhabenheit der alten Gebäude nur selten ihre Wirkung. Er stellte den Wagen vor dem Haus ab und stieg aus. Das Tor der Scheune war aufgeschoben, davor stand ein VW Touareg in Braun-Metallic mit Breitreifen und glänzte wie frisch poliert. Wahrscheinlich ein Kunde, der nach seinem Boot schaute. Ein Camper war das sicher nicht. Vielleicht musste noch etwas repariert werden. Oder sie hatten vergessen, die Gasflaschen mitzunehmen, um sie rechtzeitig vor der Saison wieder füllen zu lassen. Manchmal kamen die Besitzer auch nur vorbei, um zu sehen, wie es ihren Schmuckstücken im Winterlager ging, so wie Eltern gelegentlich nach dem Kind im Kinderzimmer sehen. Sie krochen unter die Persenning, setzten sich in die Kajüte und träumten von den großen Fahrten, die der nächste Sommer bringen sollte.

Sein Vater hielt nicht viel von den Bootseignern. Die Camper waren ihm lieber. Bootsbesitzer, das waren für ihn feine Pinkel, die zu viel Geld hatten. Nie wäre er auf die Idee gekommen, selbst wenn er es sich hätte leisten können, sich etwas so Sinnloses wie ein Boot anzuschaffen. Ihr Geld für den Winterplatz nahm er dagegen gern.

Michael beneidete diese Bootsleute. Gut, wenn das Boot in der Saison in Steinhude nur am Steg lag, war das nicht so aufregend. Aber wenn man es wollte, konnte man mit dem Boot auch an die Ostsee und von da über die Dänische Südsee bis nach Schweden hinüber. Und doch glaubte er, dass die meisten der Kunden diese Freiheit nie auskosteten. Sie verschafften sich mit dem Boot oder mit dem Caravan, den sie für den Winter bei Ihnen unterstellten, nur die Möglichkeit eines Abenteuers, das sie aber nie wirklich antraten. Und ließen es dann doch lieber beim nächsten Binnensee oder dem Campingplatz in Ovelgönne bewenden.

Als vor Kurzem ein Kunde begeistert von seinen Erlebnissen auf italienischen Campingplätzen erzählt hatte und von den Tagen unter südlicher Sonne, dem guten Essen und den hübschen Frauen schwärmte, war Michael wieder einmal klar geworden, dass er sich, von den wenigen Klassenfahrten und zwei Jugendfreizeiten mit der Kirchengemeinde abgesehen, nie weit von seinem Heimatort entfernt hatte. Früher hatte es die Erntezeit nicht zugelassen, da wurde jede Hand gebraucht, und jetzt war kein Geld mehr dafür da. Das letzte Mal, dass er den Hof längere Zeit verlassen hatte, war während der Klassenfahrt nach Prag gewesen.

„Pass bloß auf", hatte sein Vater ihn gewarnt. „Das sind alles verdammte Kommunisten, unser Geld nehmen sie gern, aber von dem, was Beneš verbrochen hat, will keiner mehr was wissen. Uns dagegen wird alles bis in alle Ewigkeit vorgehalten. Hätten die unsere Leute früher ordentlich behandelt, wäre es ja nie so weit gekommen."

Michael wusste, dass seine Großmutter aus dem Sudetenland stammte. Man hatte an ihrem leichten Dialekt hören können, dass sie keine Einheimische war. Er hatte es aber nie anders gekannt und als Kind war es ihm daher nicht besonders aufgefallen. Später hatten ihm die Leute aus dem Dorf erzählt, die Oma sei mit anderen Flüchtlingen auf dem Hof einquartiert gewesen und der Großvater hätte seine Finger nicht von ihr lassen können bis sie schwanger wurde, sie aber erst geheiratet, als das gemeinsame Kind schon laufen konnte.

Es hatte ein Bild auf der Anrichte im Wohnzimmer der Großeltern gegeben, auf dem ein junger Soldat mit neckisch schief aufgesetztem Schiffchen stolz in die Kamera blickte. Das musste der erste Mann der Oma gewesen sein, den sie während des Krieges per Ferntrauung geheiratet hatte. Und der dann im Felde geblieben war.

Von seinem Vater wusste Michael, dass der Großvater vorher eine andere Frau gehabt hatte, stramm nationalsozialistisch wie er. Sein Vater hatte es ihm in einem Moment seltener Mitteilsamkeit erzählt, als sei es das Normalste der Welt. Den Großvater hatte sie auf dem Reichserntefest auf dem Bückeberg bei Hameln kennengelernt und der hatte sie vom Fleck weg geheiratet. Aber diese erste Ehe war kinderlos geblieben und die ehemalige Frauenschaftsführerin, die den Zusammenbruch ihrer Weltanschauung nicht verwinden konnte, war bald nach dem Krieg gestorben. „Das Flüchtlingspack hat nicht nur die Läuse mitgebracht, den Typhus hatten sie auch noch dabei", erzählte man sich noch immer im Dorf.

Von der Heimat seiner richtigen Oma hatte er während der Klassenfahrt zu seinem Bedauern nicht viel sehen können. Und obwohl er sich zuerst so darauf gefreut hatte, war ihm die Fahrt dann doch in denkbar schlechter Erinnerung geblieben.

Nach der Stadtführung hatten sie am ersten Tag im U Fleků einen feuchtfröhlichen und „typisch böhmischen" Abend mit süffigem Bier und Schweinebraten mit Knödel verlebt. Es war ihm allerdings ein bisschen wie im Disneyland vorgekommen, die Trachten der Kellnerinnen, die Blasmusik und all die aufgesetzte Volkstümlichkeit.

Später, in dem billigen, abgewohnten Hotel hatte der Boden unter ihm angefangen zu schwanken und er hatte in das Waschbecken im Zimmer brechen müssen. Das Waschbecken war von gelblicher Keramik, die Kalkablagerungen darin bräunlich verfärbt. Aus dem altmodischen Wasserhahn mit je einer Dreharmatur für Kalt- und Warmwasser lief nur ein kraftloser Strahl über das Erbrochene, als er versucht hatte, es wegzuspülen. Die Brocken, die nicht durch das Ablaufsieb passten, sorgten dafür, dass sich das Wasser im Becken staute und die ganze Suppe vor seinen Augen umher schwamm. Beim Versuch, die Pampe mit den Fingern durch das Sieb zu stopfen, war es ihm dann erneut hochgekommen und er hatte in den wässrigen Brei und über seine Hand gekotzt. Währenddessen standen einige seiner Schulkameraden feixend um ihn herum.

„Na Thiel, verträgst wohl noch nicht so viel wie dein Alter, was?"

„Musste zuhause mal ein bisschen mehr üben."

„Mach den Dreck bloß wieder weg, oder es gibt Ärger!"

Am Morgen danach hatte er wie ein Häufchen Elend beim Frühstück gesessen und es hatte ihn alle Anstrengung gekostet, die Busfahrt nach Marienbad und Karlsbad, den Ausflugszielen des Tages, zu überstehen. Die anderen hatten ihn ständig damit aufgezogen, das Zimmer vollgekotzt zu haben, was ja gar nicht der Wahrheit entsprach. Er hatte wie ein begossener Pudel dagestanden und sich geschämt. Und die Mädchen hatten dann auch noch damit angefangen. Das war typisch. Die Meute suchte sich einen aus und machte ihn dann rücksichtslos fertig.

Von wegen Schulkameraden. Da am Gymnasium waren das doch alles fiese Schweine gewesen und nicht die Elite der Nation. Und dann erst die Lehrer: Die kannten überhaupt nichts anderes als die Schule, hatten doch noch nie das richtige Leben kennengelernt, nie auf dem Feld oder im Wald gearbeitet. Die schienen nach dem Abi gleich da geblieben zu sein, von der Schule an die Schule, manche Vollpfosten hatten sich sogar an ihr eigenes altes Gymnasium versetzen lassen. Und die wollten dann ihn auf das Leben vorbereiten? Etwa mit dem Sozialen Tag und der Spendensammlung für Afrika? Er hatte dieses Gelaber, dieses einheitssozialistische Gehabe gehasst. Das waren doch alles nur Vorwände für ganz andere Sachen, die da abgingen.

Und immer diese schreiend ungerechten Beurteilungen. Er hatte mündlich immer nur auf drei oder schlechter gestanden. Die Mädchen mit den großen Brüsten und die Schleimer hatten immer die besseren Noten bekommen, obwohl sie sich auch nicht immer „rege" beteiligten und sich ihre Beiträge oft in einem „Genau das wollte ich auch gerade sagen" erschöpften. Und schließlich noch die Übergriffigkeit. Was sich da manche rausnahmen. Er hatte mit eigenen Augen gesehen, wie einer der Begleitlehrer während der Fahrt in Prag eines der Mädchen auf den Mund geküsst hatte. In einer U-Bahn-Station, auf einer dieser Rolltreppen, die alle so beängstigend steil in die Tiefe führten. Sie stand auf der Stufe vor dem Lehrer und der brauchte sich nur mal kurz vorzubeugen. So einfach war das. Keiner der anderen hatte es gesehen, nur Michael. Nein, er war nicht eifersüchtig gewesen. Sicher, damals hätte er bei Sandra auch gerne etwas mehr Beachtung gefunden. Aber er war nur ein Nobody, ein Loser, ein Opfer. Da brauchte er sich gar nichts vorzumachen. Aber diesen Lehrer, der immer seine Lieblinge, Jungs wie Mädchen, in seinem Auto mit ins Theater nahm, natürlich nur, weil er an ihrer kulturellen Bildung interessiert war, den hätte er gerne einmal mit seinem Holzgreifer an den Eiern gepackt.

Er ging durch das Tor in die Scheune und sah seinen Vater, wie er mit einem der Kunden sprach. Der Alte hatte sich richtig in Schale geworfen, die fleckige Jogginghose und das karierte Hemd gegen sein Jagdzeug getauscht. In seiner grünen Joppe mit Filzhut sah er fast wieder aus wie ein Großbauer. Auch schien er sich rasiert zu haben. Der Besucher musste sich also angemeldet haben. Sein Vater winkte ihn zu sich heran, folgsam trottete er zu den beiden hin.

„Fass doch mal mit an, wir müssen das Boot hier rausziehen, damit der Herr an seine Schaluppe dort hinten kommt." Gemeinsam zogen sie einen der Trailer nach vorne und zufrieden kletterte der Kunde auf sein Boot, das in zweiter Reihe stand.

„Hast du schon gehört?" Was kam denn nun wieder? Michael hatte sich schon lange abgewöhnt, die wirren Gedankensprünge seines Vaters vorhersehen zu wollen. „Diese Sandra von den Ebelings unten im Dorf ist verschwunden." Er schaute seinen Vater irritiert an. Hatte er nicht gerade erst an Sandra und die gemeinsame Klassenfahrt gedacht?

„Seit wann?"

„Keine Ahnung, habe ich im Laden gehört. Brunkmeyer sagte so was. Soll sich wohl ganz schön herumgetrieben haben in letzter Zeit, die Kleine. Kommt ganz nach ihrer Mutter." Der Alte lachte schäbig.

Michael musterte seinen Vater. Nein, sein Vater sah doch nicht wieder so aus wie der Großbauer, der er einmal gewesen war. Die Augen gerötet, dicke Tränensäcke darunter, die Rasur war schnell und schlampig gewesen, er entdeckte etliche Bartstoppeln. Am Kinn war die Haut abgeschabt und etwas Blut heruntergelaufen. Er sah, dass die Hände seines Vaters leicht zitterten. „Ich muss wieder rein. Machst du das Tor zu, wenn der Knabe da fertig ist? Den anderen Kahn können wir ja später zurückschieben." Er ließ Michael stehen, ging mit kräftig ausholenden Schritten über den Hof und verschwand im Haus. Vor seinem inneren Auge sah Michael ihn eilig in die Küche stürmen und nach der Flasche Steinhäger greifen, die stets angebrochen auf dem Bord in der Ecke stand.

Es dauerte eine gute halbe Stunde, bis der Kunde wieder aus seinem Boot kroch und einen Packsack und einen Fender zu seinem Auto trug. Michael schob das Tor zu, legte den Riegel um und ließ das Vorhängeschloss zuschnappen. Wieder stand er allein auf dem großen Hof.

*Langsam gewöhnen sich ihre Augen an das schummrige Zwielicht des Raumes. Der Schmerz bei jeder Bewegung ist noch immer unerträglich. Die Umrisse einer Tür, kaum erkennbar. Ist es draußen jetzt dunkel? Sie will schreien, aber kein Laut verlässt ihre Kehle.*

## Verdacht

Als er den blau-silbernen Polizeiwagen auf dem Hof stehen sah, wollte er erst am Haus vorbeifahren. Dann hielt er doch, schob sein Fahrrad die Einfahrt zum Haus hoch, lehnte es an die Trockenmauer neben der Garage und ging über den mit grauem Basalt gepflasterten Weg auf die Haustür aus massivem Mahagoni zu, neben der ein großer Kranz aus Weidengeflecht und Efeu als Herbstschmuck an der Wand hing.

Genau in dem Moment, als er den Finger über den Klingelknopf hielt, über dem auf einem polierten Messingschild in geschwungener Kursivschrift „Ebeling" stand, noch immer unsicher, ob er klingeln oder besser wieder gehen sollte, wurde die Tür von innen aufgezogen und zwei Männer in Polizeiuniform standen vor ihm. Instinktiv wollte er sich umdrehen und weglaufen, aber da tauchte Frau Ebeling hinter den Beamten im Flur auf, zwängte sich zwischen den beiden hindurch und kam auf ihn zu.

„Ach Daniel, was willst du denn hier?" Die Polizisten musterten ihn. Der eine der beiden war blond, sommersprossig und klein, der leichte Bauchansatz war unter der Uniformjacke deutlich zu erkennen. Der andere, schwarzhaarig, wirkte dagegen eher sportlich und sah ihn aus dunklen Augen über eine starke Nase hinweg stechend an. Daniel las „Özgül" auf dem Namensschild über der Brusttasche.

„Kennen Sie diesen jungen Mann hier?", wandte sich der Dunkelhaarige jetzt an Frau Ebeling.

„Ja sicher, das ist Daniel, ein Klassenkamerad von Sandra", antwortete sie.

„Ist was passiert?", fragte Daniel zaghaft in die jetzt einsetzende Stille hinein. „Könnte ich wohl mal kurz mit Sandra sprechen?"

„Wieso wollen Sie denn mit Fräulein Ebeling sprechen?", erwiderte der Polizist mit Migrationshintergrund und sah Daniel weiter feindselig an.

„Am besten, wir reden drinnen weiter", schaltete sich sein Kollege ein, packte Daniel am Arm und zog ihn unsanft in den Hausflur.

Im Wohnzimmer erhob sich Herr Ebeling überrascht vom Sofa, als die Polizisten Daniel hereinführten.

„Ach Thomas", rief Herr Ebeling erstaunt aus. „Was willst du denn hier?"

„Das ist Daniel Müller und nicht Thomas Meyer", fuhr ihn seine Frau an. „Wenn du dich etwas mehr um deine Tochter kümmern würdest, wüsstest du vielleicht, dass die beiden zusammen auf dem Gymnasium sind." „Du bist doch auch in Sandras Deutschleistungskurs, nicht wahr?", wandte sich Frau Ebeling nun an Daniel.

Benita Ebeling war eine attraktive Frau, groß, schlank und mit dezenter Sonnenstudiobräune. Das lange blonde Haar trug sie akkurat hochgesteckt, nur eine widerspenstige Strähne hatte sich gelöst und hing seitlich herunter. Sie trug eine weiße, hautenge Jeans und eine rosa Bluse. Nun hatte sie sich an die Seite ihres Mannes gestellt, den sie auf ihren hohen Pumps fast überragte. Daniel bemerkte, dass Frau Ebeling ständig ihre Hände aneinander rieb, unentwegt knetete sie mit der einen Hand die andere und ihre roten Fingernägel gruben sich immer wieder in die bronzene Haut. Sie schaute ihn fragend an.

Er wusste nicht, wohin er blicken sollte. Unbeholfen stand er vor Sandras Eltern, die beiden Polizisten zwischen sich und der Wohnzimmertür. Was sollte das jetzt werden? Da war er ja mitten in einen dieser billigen Freitagabendkrimis hineingeraten. Es war besser, erst einmal nichts zu sagen und so zu tun, als sei er nur ganz zufällig hierher gekommen.

Unauffällig sah er sich um. Das Wohnzimmer wurde von einer imposanten Sitzgarnitur aus weißem Leder dominiert, ein Couchtisch aus Glas davor, auf einem der Beistelltische in der Ecke entdeckte er einige Fotos von Sandra, gegenüber die unvermeidliche Bücherwand mit eingebauter Fernsehkonsole, hinter den Falttüren sicher einer von diesen neuen großen Fernsehern, dazu ein Kaminofen mit Panoramascheibe, im sich direkt anschließenden Esszimmer ein großer Esstisch mit mindestens acht Stühlen, darüber ein Edelstahlleuchter und neben dem Fenster eine glänzende Glasvitrine.

Sein Blick huschte unruhig über die Einrichtung. Alles wirkte sehr teuer und neuwertig, fast wie eines dieser Musterzimmer aus dem Möbelkatalog. Da hätte seine Mutter ihre helle Freude gehabt: das empfindliche Leder des Sofas, ständig hat man Fingerabdrücke auf dem Glastisch, auch noch helles Parkett, so ein Unsinn, da sieht man aber auch jeden Staub drauf und so ein Ofen macht doch nur Dreck in der Stube. Und dazu noch diese großformatigen modernen Bilder, alles so ein Krickelkrakel, da kann man ja überhaupt nichts darauf erkennen, dass Leute dafür noch Geld bezahlen, also wirklich, und weiße bodenlange Vorhänge und natürlich keine Gardinen, das war ohnehin klar, solche Leute haben nie Gardinen vor ihren Fenstern, oder was meinst du Mutti?

„Hast du uns etwas zu sagen?", fragte Frau Ebeling. Daniel schaute sie verwirrt an. „Sandra ist verschwunden!", fuhr Frau Ebeling mit zittriger Stimme fort und sah ihn dabei verzweifelt an. Daniel schloss einfach die Augen. Das war nicht die Wirklichkeit. Das konnte alles gar nicht real sein.

„Wissen Sie, wo sich Fräulein Ebeling aufhält?", hörte er jetzt die schneidende Stimme von Özcan Özgül, oder wie immer dieser Jungtürke auch hieß, die hießen doch alle so mit Ölulu und Gülülü, als ob die alle eine Sprachhemmung hätten.

76

Daniel machte die Augen wieder auf und ließ sich einfach in den weißen Ledersessel hinter ihm fallen. Jetzt war es ja auch egal.

## Headhunter

Der Anruf hatte nicht allzu lange gedauert. Bei der Personalvermittlung, die immerhin vier fast gleichlautend ausgeschriebene Vertriebsjobs annonciert hatte, meldet sich ein Berater mit leichtem Akzent und gelangweiltem Unterton.

Bernd versucht seiner Stimme einen proaktiven und hochmotivierten Tonfall zu geben. Er verfüge über exakt die Skills, die in der Annonce aufgeführt seien. Er sei genau der Richtige für diese Challenge. Sie haben mich gesucht und hier bin ich, bereit, wieder tatkräftig in die Speichen der Wirtschaft zu greifen. Ich kann alles, will alles, mache alles. Ich bin gut. Outstanding. Sie brauchen genau mich.

Die ausbleibende Reaktion seines Gesprächspartners nutzt er, um eilig die Eckpunkte seines Lebenslaufes, seine größten Stärken, seine größten Erfolge und seinen unbedingten Leistungswillen hinterher zu schieben. Langjährige Führungserfahrung in der Branche, vom Trainee zum Bereichsleiter, internationale Tätigkeit, Profit- und Loss-Verantwortung für mehrere Millionen Euro und ob es sich bei dem Arbeitgeber wohl um diesen einen handele, er habe dort ja schon erfolgreich gewirkt. Bis sein Bereich mit Mann und Maus und vor allem mit ihm über Nacht an einen Investor verkauft wurde. Divestment nennt man das, Änderung der strategischen Ausrichtung, da bekommt er heute noch die Wut, wie die ihn verladen haben, aber das sagt er jetzt natürlich nicht, besser man schluckt das runter.

Pause. Dann endlich, der Berater klingt leicht genervt, ihm dauert das Gespräch wohl schon entschieden zu lang: ja, es sei diese Firma und er habe jetzt auch schon mal parallel in Bernds Profil in ZING geschaut, er sehe jetzt, was Bernd in den letzten *sechzehn* Jahren bei dem *einen* Arbeitgeber gemacht habe – ja, sich ausgeruht, auf das Altersheim vorbereitet und die Luft verbraucht oder was – und da wäre er wohl leider nicht der passende Kandidat. Sein Mandant suche nur wirkliche High-Potentials, Leute, die nach ihrem hervorragenden Abschluss und zwei oder drei Berufsjahren jetzt mal so richtig durchstarten wollten.

Bernd merkt, wie ein leichter Brechreiz in ihm aufsteigt, er wendet ein, dass auch er gerne noch mal so richtig durchstarten wolle, eben mit sechzehn Jahren Erfahrung in der Branche und im Besitz sowohl aller geforderten Skills als auch unbegrenzter Potenziale, nachgewiesen durch hervorragende Zeugnisse, unter anderem auch vom Mandanten selbst ausgestellt.

Also Zeugnisse, na da wüsste man ja, wie das liefe bei Aufhebungsverträgen: Wohlwollendes Zeugnis und so, meistens vom Betroffenen selbst verfasst. Nein, nein, das passe einfach nicht und es gäbe auch keine anderen Vakanzen für ihn. Schönen Tag noch.

## Türen

Mühsam kämpfte er den Anflug von Panik nieder, die ihn angesichts des ihm entgegenkommenden Polizeiwagens überfallen hatte. Wieder und wieder sagte er sich, dass dies nur ein reiner Zufall war, der überhaupt nichts mit den Ereignissen der letzten Nacht zu tun haben musste. Niemand hatte ihn gesehen. Es gab keine Spuren. Da war kein Mädchen. Und wenn, war es nur ein Kratzer, nicht mehr.

Er fuhr der Kreisstadt entgegen. Die Straße wand sich an einigen Bachläufen entlang, über sanfte Hügel, durch fruchtbare Feldmarken. Alle paar Kilometer kam er durch ein kleines Dorf. Die Dörfer glichen sich. Am Ortseingang ein gelbes Schild, das den Namen und Rang der Siedlung vermerkte. Die größeren Orte hatten schöne mittelalterliche Sandsteinkirchen und mindestens einen alten Herrensitz, in manchen befanden sich gleich mehrere dieser sogenannten Schlösser, die doch eigentlich nur bessere Gutshöfe waren.

Noch immer prägte die landwirtschaftliche Vergangenheit das Ortsbild. Nach und nach waren die Orte um den historischen Kern mit Kirche, Pfarrhaus, Gutshof und Gasthaus herum entstanden, kleinere Bauernstellen und bescheidene Handwerkerhäuser zuerst, dann die schachbrettartig angeordneten Siedlungshäuser der Nachkriegszeit mit Schleppgaube, Vorbau, Kleintierstall und Garage, schließlich die Bungalows und Fertighäuser der späteren Jahre und nun die schrecklichen Geschwüre der Neubaugebiete mit Häusern im wüstesten Stilmix: Schwedenhäuser, Klinkerbauten, Kalksandstein, grüne, rote, blaue Dächer, Landhausgauben, Pultdächer, Grasdächer. Häuser, eng an eng auf ihren kaninchenstallgroßen Grundstücken sitzend, welche sich nach und nach mit Garagen,

Carports und Gartenhäusern füllten. Häuser, die sich gegenseitig boshaft zu belauern schienen.

Er hatte sich oft gefragt, was diese Leute hinaus aufs Land zog. Anstatt bequem in der anonymen Großstadt zu wohnen, mussten sie jetzt vierzig Kilometer oder mehr zur Arbeit fahren, mussten sich beeilen, vor Ladenschluss noch zum Einkaufen zu kommen, konnten keinen Schritt mehr tun, ohne dass es die gesamte Straße mitbekam, blickten sich gegenseitig auf die Terrassen, in die Wohnzimmer, in die Schlafzimmer.

Wenn die ersten warmen Abende kamen, stieg aus allen Gärten der Rauch der Grillfeuer auf und vereinigte sich zu einer von Fettdunst durchzogenen Wolke, die sich, verschmutzt mit Wortfetzen, Gläserklirren, Kindergeschrei, Radiomusik, Sportnachrichten, ehelichem Gezänk und Rasenmäherlärm wie Giftgas über den Gärten ausbreitete.

Zufrieden saßen dann die Stadtflüchter auf ihren Terrassen, schauten auf ihre Thujahecken und bewachten das eine, kleine, sorgsam gepflegte Blumenbeet, dessen Anlage ihnen für ihre Illusion des Landlebens hinreichend erschienen war. Sie lauschten, was sich die Nachbarn über den anderen Nachbarn erzählten und streichelten ihre Hunde, um dann mit ihnen kurz noch Gassi zu gehen, nicht zu weit, nur gerade bis zum nächsten Feldweg, an dessen vom Urin gelbscheckigen Bankett sich die Reihe der Hundehaufen wie ein sichtbares Band der Tierliebe entlangzog.

Er hasste die Baubehörden, die solche Gebiete planten. Überhaupt diente dies doch nur dem Zweck, dass sich wieder einer der Bauern durch den Verkauf des Baulandes sanieren konnte. Und genau deshalb war der betreffende Bauer auch in einer Partei und saß für diese seit Jahren im Ortsrat. In allen Orten gab es mittlerweile diese armselig verdichteten Baugebiete. Wäre es nach ihm gegangen, wären Grundstücke mit weniger als tausend Quadratmeter gar nicht zulässig gewesen.

Und dann diese wunderbare Nachbarschaft. In den ersten Jahren fühlten sich alle als Teil einer großen Gemeinschaft, man feierte die Richtfeste und die Einweihungspartys voll Begeisterung zusammen, duzte sich, lud sich gegenseitig zu den Geburtstagen ein, pflegte solidarisch die kümmerlichen Pflanzinseln an der Spielstraße, stand in den Bedrängnissen des Bauherrendaseins zusammen und veranstaltete Straßenfeste. Diese Art der Zwangsgemeinschaft fand Bernd befremdlich. Er war froh, dass sie das alte Haus des Großvaters oben am Waldrand hatten übernehmen können. So blieb er wenigstens nicht nur von der ersten, sondern vor allem von der zweiten und dritten Phase der Nachbarschaft verschont.

In der zweiten Phase zogen sich einzelne aus der Gemeinschaft zurück, teils weil sie es satt hatten, stets dieselben Leute um sich zu haben, teils weil mit der Zeit genug vorgefallen war, aus dem die eine oder andere Animosität hatte wachsen können. Manche Nachbarn waren gar nicht so nett, wie sie anfangs schienen. Andere grenzten sich ab oder wurden ausgeschlossen. Die Grüppchen wurden deutlicher. Einladungen und Feste wurden seltener, die Ehescheidungen häuften sich und nicht selten saß dann der Scheidungsgrund direkt in der Nachbarschaft. Besonders amüsant war es, wenn sich die Paarungen innerhalb der Gruppe neu zusammensetzten und die Beteiligten – leicht durchgemischt auf die betroffen Hausstände verteilt – im Baugebiet wohnen blieben. In der Sparkasse waren dann die Häuser ausgehängt, die wegen der Scheidungen nicht mehr zu halten waren. Angesichts des reichlichen Angebots an Gebrauchthäusern fragte sich Bernd, wieso überhaupt noch jemand neu baute.

Erst in der letzten Phase, wenn die Kinder der nun nicht mehr so jungen Bauherren den Kindergarten und die Schule hinter sich gebracht hatten, kehrte dann endlich wieder Ruhe ein in den engen Straßen. Nur die Eltern blieben zurück im Neubaugebietsghetto, während die Jungen aufbrachen, um in

einem neuen Baugebiet eines anderen Ortes mit wahrscheinlich noch kleineren Grundstücken und noch seltsamer
verschachtelten Straßen denselben Kreislauf von Neuem zu
beginnen. Nach Bernds vorsichtiger Schätzung würde das Tal
spätestens nach drei Generationen komplett zugebaut sein, Ort
an Ort, Gartenlaube an Gartenlaube.

Endlich hatte er die Stadt erreicht. Er drehte auf dem über-
füllten Parkplatz der Kreisverwaltung einige Runden und
wählte dann einen der Stellplätze, die mit dem Schild „Nur für
Angestellte der Verwaltung" gekennzeichnet waren und daher
in unmittelbarer Nähe des Haupteingangs lagen.

Er stieß die schwere Glastür zur KFZ-Zulassungsstelle auf
und trat vor die im Vorraum angebrachte Informationstafel. Es
hatte sich seit seinem letzten Besuch vor einem halben Jahr
nichts verändert. Darin lag immerhin eine beruhigende Ver-
lässlichkeit. Die Deckenleuchten tauchten den mit blässlichem
PVC ausgelegten Raum und die davon abgehenden Gänge in
ein unentschlossenes Licht. Lemurengleich huschten hier und
da Beamte über die Flure und flüchteten sich nach ein paar
Metern schnell hinter die nächste nussbaumgemaserte Büro-
tür. Eine große Anzeigetafel zeigte die Nummern der
Wartemarken an, die dann nacheinander in die Büros gerufen
wurden.

Bernd drückte auf den Knopf des Wartemarkenausgabeauto-
maten, der von frustrierten oder unerzogenen Bürgern mit
etlichen Kritzeleien verschönert worden war. Er verglich seine
Nummer mit der Anzeige. Es waren noch über zwanzig Nummern vor ihm. Also suchte er sich einen der wackeligen
Holzstühle mit fleckigem Polster, die an den Wänden aufgereiht waren, und setzte sich. Der Stuhl antwortete mit einem
deutlich vernehmbaren, unanständig klingenden Geräusch,
worauf einige der anderen Wartenden ihre Köpfe hoben und
ihn irritiert anstarrten.

Die üblichen Verdächtigen, sagte er zu sich: Das Mädchen, das gerade den Führerschein in der Tasche hat und sein erstes Auto, vielleicht einen roten Corsa, zulassen will. Der pickelige südländische Jungschrauber, der im ölverschmierten Arbeitszeug für „Özmir – Autoexport/Import" einige Wagen ummelden muss. Die treusorgende Ehefrau fortgeschrittenen Alters, von ihrem ebenso treusorgenden und noch berufstätigen Ehegatten mit der Anmeldung des neuen Toyotas beauftragt – der Wagen hat Komplettausstattung, Mutter, und dabei immer noch billiger als die deutschen, den nehmen wir – und die sich dabei offensichtlich sehr unwohl fühlt, schließlich hatte das ihr Männe doch sonst immer selbst gemacht, ihr aufgedunsenes Gesicht über der Blümchenbluse schon leicht rotfleckig, der Blick fortwährend zwischen den auf dem Bildschirm angezeigten Nummern, der Wartemarke in ihrer Hand und den Nummern an den Bürotüren hin und her wandernd. Dann der Rentner, graue Kurzjacke zu grauer Hose und grauen Schuhen mit Formsohle und Klettverschluss, graues Gesicht, graue Haare, der sein – wahrscheinlich silbergraues – Auto anmelden wollte, wohl sein letztes, sicher ein Kleinwagen – mit dem Einparken war das ja nicht mehr so einfach, und das reicht uns ja auch, wir brauchen ja nicht mehr so viel.

Bernd fragte sich, wieso es noch zwanzig Nummern bis zu seiner waren. Es gab zwar etliche Türen, aber nur fünf waren nummerierte Sprechzimmer. Wenn in allen Zimmern Kunden waren, konnten es doch höchsten noch zehn Nummern sein, bis er dran wäre. Ihn beschlich die Vermutung, dass der Automat immer einige Nummern mehr generierte, als er an die Wartenden ausgab, damit sich die Staatsdiener nicht zu sehr für ihre Bürger aufopfern mussten. Sein Verdacht erschien ihm umso begründeter, je länger er das stetige Wechseln der Beamten zwischen den Bürotüren beobachtete. Wenn sich die Türen öffneten, schwappten Geräusche und Gesprächsfetzen in die Wartezone. Er glaubte Lachen und das Klirren von Gläsern zu hören. Auch schien es ihm, als ob die Wege der Diensttuenden einem bestimmten Muster folgten. Sie kreuzten die Wartezone immer wieder, verschwanden in einer der gegenüberliegenden Bürotüren, kamen kurz darauf wieder zum Vorschein, um schnellen Schrittes auf die Gegenseite zu wechseln und traten dann zur Verwirrung der Wartenden aus einer anderen Tür wieder heraus.

Konnte es sein, dass diese scheinbar absichtslosen Wege ein gemeinsames Ziel hatten? Endeten nicht alle Wege ihm gegenüber im Zimmer 4, und drang dort nicht ein Lachen und Lärmen hinter der Tür hervor, als wären viele Menschen in fröhlicher Runde versammelt?

Der Vater seines Vaters war, nachdem er aus dem Kriege wiedergekommen war und sich eine Zeit lang mit allerlei Gelegenheitsarbeiten durchgeschlagen hatte, aufgrund des Zwölfender-Gesetzes bei der Post untergekommen und hatte es sogar noch zum Postoberinspektor gebracht. Man erzählte sich in der Familie, dass der Großvater nie in seiner Amtsstube anzutreffen gewesen war, wenn man ihn in der hannoverschen Hauptpost hatte aufsuchen wollen, sodass man sich von Büro zu Büro hatte durchfragen müssen. Und dann hätte man den Großvater immer auf einer der Geburtstags- oder Jubiläumsfeiern finden können, die gerade irgendwo im Amt stattfanden, fröhlich lachend und leicht beschwipst, umringt von den Fräuleins vom Amt.

Bernd erhob sich von seinem Stuhl und ging zu der Tür, die ihm so verdächtig schien. Tatsächlich, dahinter vernahm er das Lärmen einer fröhlichen Runde. Wurde dort also auch ein Geburtstag oder ein Jubiläum begangen? Wut stieg in ihm auf. Diese verdammten Schmarotzer! Hatte er seine Zeit etwa gestohlen? War das deren Verständnis vom Dienst am Bürger und von der neuen Kundenorientierung der Verwaltung? Die konnten doch hier machen, was sie wollten. Der Bürger stellt sich gefälligst hinten an. Der Bürger wartet und hält schön den Mund!

Gewaltphantasien schossen ihm durch den Kopf. Schade, dass er keine Waffe hatte. Ein Amoklauf in der Kreisverwaltung, das wäre doch einmal eine Schlagzeile. Und er auf dem Titelblatt, in Großaufnahme, in der einen Hand ein Sektglas, in der anderen die Pistole, die er einer dieser miesen Bürokratenschlampen in den Nacken drückte, während sie in panischer Angst die Zulassung seines Autos durchführte, an den Wänden Blutspritzer und die Reste abgesprengter Hirnschalen, rund um ihn auf dem Boden die Körper der Gerichteten.

Er streckte die Hand gerade zum Türgriff aus, im Begriff diese mit einem Schlag aufzustoßen und die Bande zu überraschen und bloßstellen, als die Tür plötzlich von innen geöffnet wurde. Eine junge Frau mit blondem, zum Pferdeschwanz gebundenem Haar stand vor ihm. Sie trug eine weit ausgeschnittene rote Bluse, die ihm, der er sicher einen Kopf größer war, einen freundlichen Einblick gewährte. Er brauchte einen Augenblick, um seinen Blick von ihrem Körper zu lösen. Sie lächelte ihn an.

„Sind Sie der Nächste?", fragte sie mit entwaffnender Freundlichkeit. „Offenbar haben wir ein Problem mit den Wartemarken. Der Automat spinnt wahrscheinlich wieder."

„Äh, nein, ich glaube die anderen sind vor mir da gewesen", erwiderte er verdutzt und mit einem leichten Bedauern in der Stimme. Mit einem Kopfnicken wies er auf die anderen Wartenden. Verdammt. Das war sicher die attraktivste Sachbearbeiterin, die ihm je in der Kreisverwaltung unter die Augen gekommen war. Aber der alte Mann in Grau stakste bereits heran.

„Entschuldigen Sie, junger Mann, aber ich bin wohl vor Ihnen dran." Dass alte Menschen immer so boshaft sein mussten. Bernd trat zu Seite und der graue Kerl zwängte sich an ihm vorbei in das Büro. Kurz erhaschte er noch einen Blick der jungen Frau, versuchte ein Lächeln. Doch schon wurde die Tür geschlossen.

Er hatte noch keine zwei Minuten auf seinem verfleckten Stuhl gesessen, da wurde auch er aufgerufen – in ein anderes Büro. Die Dame dort hatte die Blüte ihrer Jahre leider schon weit hinter sich gelassen und war so korpulent, dass sich Brust und Bauch nicht mehr unterscheiden ließen. Zu klein und zu hässlich, um sich vom braunen Resopal der Amtsstube abzuheben, schaute sie ihn durch ihre Brille eulenartig und gelangweilt an. Ja, eine Wiederzulassung, aber gerne.

Auf dem Weg zum Kassenautomaten kam er wieder an der Tür von Zimmer 4 vorbei. „Frau Müller/Frau Schmidt", stand da auf dem Einsteckschild. Mit selteneren Namen hätte man vielleicht noch etwas anfangen können. Wieder eine verpasste Chance, dachte er. Doch was hätte es geändert, wenn sie ihn aufgerufen hätte? Guten Tag, ich heiße Bernd, bin geschieden, arbeitslos, habe zwei Kinder, die ich immer seltener sehe, vielleicht habe ich gestern einen Menschen überfahren, aber es könnte sein, dass ich mich gerade in Sie verliebt habe, darf ich Sie gleich hier ausziehen oder gehen wir vorher noch zu mir?

Dann rief der bullige Amtmann hinter dem Tresen der Schilderausgabe sein Kennzeichen auf, er gab seine Gebührenquittung ab, der Schaber kratzte fies über das Blech, die Zulassungsmarken wurden aufgeklebt. Und endlich zog er mit seinen ordnungsgemäß versorgten Schildern ab, ohne sich nochmals umzudrehen. So bemerkte er nicht, wie sich die Tür von Zimmer 4 kurz öffnete und ein suchender Blick über den Flur strich.

## Schande

Michael stieg die Treppe hoch in seine Etage. Auch hier im Obergeschoss des Wohnhauses war die Zeit stehen geblieben. Während unten das dunkle Braun der altdeutschen Stilmöbel dominierte, hatten seine Eltern das Obergeschoss in einem etwas moderneren Stil eingerichtet, der aber mittlerweile auch wie aus der Zeit gefallen schien. Im ersten Stock hatte es ursprünglich mehr Zimmer als im Erdgeschoss gegeben, aber einige waren nur kleine Kammern für das Personal gewesen. Sein Vater hatte vor der späten Ehe lange allein gelebt und bis dahin wenig verändert. Für seine junge Frau wurde dann aber doch umgebaut, einige Zwischenwände waren herausgebrochen, die hohen Decken teilweise abgehängt, eine moderne Küche eingebaut worden.

Neben dem ehemaligen Arbeitszimmer des Vaters gab es ein Wohnzimmer, die Küche mit angrenzender Speisekammer, das Schlafzimmer der Eltern und zwei Kinderzimmer. Das zweite Kinderzimmer, für das es nie ein Kind gegeben hatte, war später von der Mutter als Hauswirtschaftsraum und Nähzimmer genutzt worden. Ihre gute Pfaff-Maschine, die einmal ihr ganzer Stolz gewesen war, wartete dort noch immer auf die nächste Näharbeit.

Das Wohnzimmer war mit einer Wohnwand in schwarzem Schleiflack und einer bunt gescheckten Couchgarnitur eingerichtet. In der beleuchtbaren Vitrine verstaubten die Figuren aus Meißner Porzellan, die die Mutter gesammelt hatte. Im angrenzenden Essbereich mit dem Kirschholztisch und den acht dazu passenden Stühlen stand neben einer Anrichte ein Glaseckschrank, in dem fein säuberlich aufgereiht das Kristallglas stand. Etwas unpassend hatten einige ländliche Accessoires ihre Heimstatt auf den Wandborden gefunden: zwei alte Kohlebügeleisen, einige Zinnbecher und eine elektrifizierte Petroleumlampe. Aus der Sofaecke sah ihn immer die Puppe mit Porzellankopf im selbstgenähten Kleidchen an, auf dem Boden stand neben einem ausgeblichenen, staubbedeckten Trockenstrauß ein altes Spinnrad, das tatsächlich noch von der Großmutter stammte. Der achtarmige Kronleuchter über dem Couchtisch musste hingegen von der vorherigen Einrichtung übrig geblieben sein, seine Facettengläser wollten nicht recht mit der Strenge der schwarzen Schrankwand harmonieren.

Das Schlafzimmer der Eltern war ein Traum in Weiß. Ein viertüriger Kleiderschrank auf der einen Seite, das Ehebett mit den jetzt nackten, etwas durchgelegenen Matratzen auf der anderen. Hinter dem Bett ein Spiegel, an der Seitenwand gegenüber des Fensters das Hochzeitsfoto und einige Kinderbilder von Michael. Was ihn immer irritiert hatte, war die Zigeunerin in Öl mit Rose im Haar und vollem Busen unter der weißen Bluse, die dort ebenfalls hing. War dies das Idealbild einer Frau, wie sein Vater es sich erträumt hatte oder einfach nur absichtslose Dekoration?

Michael hatte dieses Schlafzimmer nur einmal benutzt, um im Ehebett seiner Eltern ein Mädchen zu entjungfern – er hatte sie dabei etwas festhalten müssen, weil sie plötzlich nicht mehr wollte und es war erstens blutig und daher zweitens unerfreulich gewesen und hatte dann drittens trotz all seiner Beschwichtigungsversuche in einer Trennung am Folgetag geendet und damit zu seinem aufrichtigen Bedauern eine Wiederholung des Vorganges im gemeinsamen Einvernehmen unmöglich gemacht. Seitdem betrat er auch dieses Zimmer nicht mehr.

Sein eigenes Zimmer hatte Michael mit den zeitlosen Möbeln eines schwedischen Möbelhauses ausgestattet. Das alte Jugendzimmer hatte er schon vor geraumer Zeit auf den Speicher geschafft, wo jetzt die Mäuse darin wohnten. Neben dem Bett war ihm vor allem der große Fernseher wichtig, der kleine Schreibtisch – nun, da er die Schule geschmissen hatte – eher weniger.

Dies war sein Rückzugsort und wenn er von der Arbeit kam, aß er unten nur kurz etwas, zweigte dann ein Bier ab und verzog sich nach oben, um vom Bett aus Fernsehen zu schauen. Den Fernseher stellte er meist auf maximale Lautstärke, um keine anderen Laute im Haus vernehmen zu müssen. Er hatte natürlich auch einen Computer, aber das Modell war veraltet, moderne Spiele liefen längst nicht mehr darauf und außerdem langweilte es ihn einfach, durch virtuelle Welten zu laufen und auf Aliens zu schießen. Er war auch nicht besonders gut darin und kam nie auf ein höheres Level.

Obwohl ab und zu Geräusche aus dem Untergeschoss zu ihm drangen, lebte er hier oben abgeschottet wie in einem Kokon. Zu seinen Schulkameraden hatte er nie einen besonders intensiven Kontakt gehabt und niemand von ihnen schien ihn zu vermissen. Natürlich war an der Schule nicht alles schlecht gewesen, einige Lehrer hatten um seine schwierigen häuslichen Verhältnisse gewusst, ihn sogar darauf angesprochen. Aber er hatte ihre Hilfe abgeblockt und immer alles abgestritten. War es denen denn überhaupt um ihn gegangen oder hatten sie nur ihr Helfersyndrom ausleben wollen?

Michael dachte wieder an die Zeit, als seine Mutter noch lebte, der Vater noch nicht so viel trank und er sich jeden Tag auf die Schule gefreut hatte. Alles war so viel heller und lebendiger gewesen. Aber wie immer, wenn er solchen Gedanken nachhing, fiel ihm sofort wieder das Fest ein, das damals stattgefunden hatte.

Der Reitverein hatte im Spätsommer einen Geländeritt veranstaltet, über die abgeernteten Felder hinauf zum Wald, dann durch den Forst bis fast an dessen westliches Ende und zurück. Er durfte auf seiner alten Fuchsstute mitreiten und es war ein sonniger Tag gewesen. Obwohl es im Wald schon nach Herbst gerochen hatte, dass man fast meinte, die ersten Pilze würden sich bald zeigen, spürte er die Kraft der Sonne durch das dichte Blätterdach der Buchen hindurch.

Er hatte es geschafft, sein Pferd an den Hilfen zu halten, selbst auf der alten Galoppstrecke mit den Naturhindernissen, die der Verein vor Jahren am Waldrand angelegt hatte, war die Stute ruhig geblieben, war nicht durchgegangen, und dies, obwohl einige Reiter, die ihre Pferde nicht hatten halten können, an ihnen vorbei geprescht waren. Er hatte jeden Sprung bewusst anreiten und so springen können, wer er es auf seinem Reitabzeichenlehrgang in Vechta kurz zuvor gelernt hatte: Tempo zurücknehmen, hinten rein setzen, eine halbe Parade, um das Pferd auf den Sprung aufmerksam zu machen, dann vorwärts zum Sprung treiben, im Absprung nach vorne gehen, die Zügel zum Pferdemaul, Knieschluss halten, die Landung sanft, ohne dem Pferd in den Rücken zu fallen, Zügel aufnehmen, das Pferd versammeln, dann den nächsten Sprung anvisieren. Alles klappte mit einer wunderbaren Automatik, so dass er noch heute glaubte, er hätte an jenem Tag jedes Stilspringen gewinnen können. Einige der anderen Reiter hatten ihm anerkennend zugenickt und er war stolz und bester Laune gewesen und als er beim Zwischenhalt an Heidmanns Jagdhütte sogar ein Bier und einen Schluck bekam, fühlte er sich schon richtig erwachsen.

Nach der Rückkehr in ihren Stall hatte er die Stute mit dem Wasserschlauch abgespritzt, dann mit dem Schweißmesser abgezogen und mit Stroh trockengerieben. Das große Tier hatte ihn dabei immer wieder mit seinem weichen Maul angestupst und ein Leckerli eingefordert, denn es wusste, dass es seine Sache diesmal besonders gut gemacht hatte. Dann war er seinen Eltern bei den letzten Arbeiten zur Hand gegangen. Den großen Kreis aus Strohballen mit der Feuerstelle in der Mitte hatten sie bereits am Vortag vorbereitet und der Hordentopf mit Erbsensuppe stand fertig in der Küche, aber die Getränke mussten bereitgestellt, der Grill angefeuert und einiges andere geschleppt, aufgebaut und vorbereitet werden. Die ersten Vereinskameraden mit ihren Familien waren bereits eingetroffen. Bald setzte die Dämmerung ein und sein Vater stach das Bierfass an, das von der lokalen Brauerei geholt worden war, und alle saßen um das Feuer und erzählten vom Ausritt, von ihren Pferden, den Tierarztkosten und all den anderen Dingen, über die Reiter nun mal so reden, wenn sie beisammen sind und nur Pferde und Pferdegeschichten im Kopf haben.

Er hatte sich neben ein Mädchen gesetzt, vielleicht zwei oder drei Jahre älter als er, das erst seit Kurzem im Verein ritt. Sie pflegte das Pferd des Rechtsanwalts und durfte es dafür regelmäßig reiten. Den Ausritt hatte sie natürlich noch nicht mitgemacht, das hatte sich der Anwalt vorbehalten, außerdem ritt sie noch nicht gut genug, um mit den anderen ins Gelände zu gehen. Michael fand, sie sah umwerfend aus in ihrem engen Shirt und der Jeans. Und ihm blieb nicht verborgen, dass auch einige der Männer das Mädchen verstohlen musterten. Unbeholfen sprach er sie an, fragte nach ihrem Pflegepferd und wann sie mit dem Reiten angefangen habe. Er musste sie dabei immerzu ansehen. Der leichte Schmollmund, die dunklen Augen, das lange kastanienbraune Haar – all das machte ihn irgendwie schwindelig. Er spürte ein seltsames Ziehen im Bauch, ein zugleich beunruhigendes und faszinierendes Gefühl.

Auf seine Versuche, ein Gespräch zu beginnen, ging sie nur zurückhaltend ein. Wohl mehr aus Höflichkeit fragte sie ihn nach seiner Stute, deren Ausbildung und ob das Pferd irgendwelche Marotten habe, also Schlagen, Buckeln, Barrenwetzen oder so. Aber über dieses harmlose Pferdegespräch und seine etwas ausufernde Schilderung des gerade absolvierten Ausrittes kam er nicht hinaus.

Also beschloss er, sich etwas zu essen zu holen und vielleicht ein Bier zu ergattern. Da die Erwachsenen bereits in recht fröhlicher Stimmung waren, schien die Gelegenheit dazu günstig. Er aß eine Wurst, nahm schnell ein fast gefülltes Glas vom Tresen, verschwand damit unauffällig im Stall und trank es gierig aus. Aber als er voll Elan zu seinem Platz zurückkehren wollte, saß dort sein Vater und erzählte wieder seine Geschichten. Das Mädchen hing gebannt an seinen Lippen. Es blieb ihm also nichts anderes übrig, als sich ein weiteres Bier zu organisieren, wobei er sich diesmal einen tadelnden Blick des Reitlehrers einfing, der sich ebenfalls gerade ein Bier zapfen wollte. Beim dritten Bier war er geschickter – und anschließend schon richtig beschwipst.

Dann ging der Abend so dahin und niemand beachtete ihn weiter. Die Erwachsenen waren mit sich selbst beschäftigt, erzählten und lachten, das Tablett mit den Schnapsgläsern machte immer wieder die Runde. Er saß ein wenig abseits dabei, schlich dann wieder durch den Stall, ging zwischendurch im Haus aufs Klo, saß dann wieder unbeachtet am Rande des Strohkreises.

Später lief er zur Pferdekoppel hinunter, kletterte auf den hölzernen Zaun, setzte sich auf den oberen Querriegel und sah über das still liegende Tal. In den Häusern waren die Lichter angegangen und ab und zu trug der Wind Geräusche heran. Ein Auto fuhr auf der Passstraße, eine Tür schlug, ein Rollladen wurde ratternd heruntergelassen, Lachen schallte vom Hof herüber. Wie gern hätte er sie jetzt neben sich gehabt. Über der Weide stieg leichter Nebel auf. Es hatte sich nun doch merklich abgekühlt.

Er beschloss, endlich ins Haus zu gehen. Vorher würde er aber noch einmal nach den Pferden sehen. Er schlenderte zum Stall, öffnete die hintere Tür ganz vorsichtig, um die Tiere nicht zu erschrecken, und trat auf die Stallgasse. Er machte kein Licht, weil sich seine Augen draußen bereits an die Dunkelheit gewöhnt hatten. Vom Hof her hörte er wieder das Lachen und Gläserklirren der Feier. Die Pferde standen ruhig in ihren Boxen, gleichmäßig zermahlten sie mit ihren Backenzähnen das Heu. Er stand kurz da und lauschte. Und hörte noch etwas anderes, etwas, das wie ein Stöhnen klang, dann das Rascheln von Stroh. Es kam aus einer der leeren Boxen auf der anderen Seite der Stallgasse. Er selbst hatte diese Boxen vor einigen Tagen ausgemistet und frisch eingestreut.

Vorsichtig schlich er vorwärts und lugte über die Bretterwand. Im Halbdunkel des Stalles sah er einen Mann mit dem Rücken zu ihm stehen. Michael hätte die Umrisse des Mannes unter hunderten von Menschen erkannt. Und vor dem Mann schien jemand zu knien. Es war das Mädchen. Sein Vater stand da, breitbeinig, und drückte den Kopf des Mädchens immer wieder an sich. Michael erstarrte vor Schreck. Wenn sein Vater sich jetzt umdrehte? Er hielt den Atem an, machte sich ganz klein und schlich lautlos aus dem Stall. Ein kleiner Kreis von Gästen saß noch immer um das Feuer und lärmte ausgelassen. Seine Mutter sah er nirgends. Von der Entdeckung wie betäubt, war er unfähig einen klaren Gedanken zu fassen. Schnell ging er hinüber zum Haus. Er wollte nur noch hoch auf sein Zimmer, in sein Bett kriechen und sich die Decke über den Kopf ziehen. Schon auf der Treppe hörte er das Schluchzen seiner Mutter aus dem Elternschlafzimmer.

## Schwere

Immer wieder diese Tage. Nur dieser einzige Gedanke: Er ist nichts mehr wert, schafft es nicht, ist nicht gut genug, ein Versager, ein Nichts. Am besten er ginge in den Wald. Sein Vater hatte immer gesagt, wer die Familie nicht mehr ernähren kann, hat sein Existenzrecht verwirkt.

Hat er nicht stets all jene verachtet, die nicht arbeiten und nichts erreichen? Er muss seine eigenen Maßstäbe jetzt auch gegen sich selbst gelten lassen, da gibt es keine Ausnahme, das Gesetz gilt für und gegen einen jeden auf dieser Erde. Er ist der Verachtenswerte, der Unwürdige, der Paria.

Wer in fast zwei Jahren nur schlappe fünfzig Bewerbungen zusammenbringt, hat es nicht besser verdient. Wer den falschen Weg einschlägt, der hat eben eine schlechte Wahl getroffen. Die Wahl aber hatte er gehabt, wie ein jeder. Seine Qualifikationen, von wegen, die sind doch blanker Unsinn, welche besitzt er denn außer seinem Hochmut und seiner Arroganz, die beide auf nichts fußen als auf Einbildung. Nun muss er dafür eben die Verantwortung tragen und die Zeche zahlen.

Und hat er sich nicht selbst vom Leben ausgeschlossen mit seinem Totalversagen? Er kennt niemanden, der ihm noch helfen könnte. Er hat keine Netzwerke. Der berufliche Umgang mit anderen ist von Natur aus kein privater. Man kann nicht jemandem sein Vertrauen schenken, nur weil derjenige zufällig in derselben Firma arbeitet. Gibt es da nicht eher allen Grund, sich nicht zu vertrauen? Vertrauen und Offenheit werden doch im Management nur vorgetäuscht. Stattdessen lügt man sich an, bläht sich auf wie der Gockel auf dem Mist, gönnt dem anderen keinen Stich. Für diese Aufschneiderei war er sich immer zu fein gewesen. Wo, fragt er sich, haben die anderen gelernt, so zu sein?

Zu oft hatte er diesen Typus getroffen: Kollegen, die immer so taten, als sei die Firma ihr Leben. Die das „Wir" so groß im Munde führten. Und dann wechselten sie zur Konkurrenz und plötzlich war die neue Firma wieder das einzig Wahre, der Sinn des Lebens. Was für lächerliche Possen. Warum verlangen Arbeitgeber eigentlich, dass ihre Mitarbeiter sowohl sich selbst als auch ihre Firma belügen? Hatte in der Wirtschaft Integrität jemals etwas gezählt?

Er vermeidet es, am Tage im Ort gesehen zu werden, zu Zeiten, die bei anderen Fragen aufwerfen würden. Geht erst am späten Nachmittag zum Einkaufen. Fährt morgens nicht durch das Dorf. Obwohl dies völlig sinnlos ist. Es lässt sich ja doch nicht vermeiden, dass er zur falschen Zeit sichtbar wird. Wenn der Postbote kommt, nimmt er das Päckchen persönlich entgegen, nie muss etwas bei den Nachbarn für ihn abgegeben werden. Oder wenn der Ableser wegen des Wasserzählers auftaucht. Immer ist er daheim. Er hat nie jemandem gesagt, warum. Er hat es versucht, aber es geht nicht. Er kann es nicht aussprechen. Auch wenn es längst alle wissen. Er kann es in ihren Blicken sehen.

Das Interesse am Leben schwindet wie man selbst. Er hat sich abgewöhnt, die Nachrichten zu schauen. Polit-Talkshows erträgt er nicht mehr. Was soll ihn eine Gesellschaft interessieren, deren Normen er eingehalten und übererfüllt hat, und die ihn doch auf den Müllhaufen wirft? In der man von Rente mit siebenundsechzig schwadroniert, wo doch für ihn schon mit siebenundvierzig alles vorbei ist?

Ein jeder ist seines Glückes Schmied. Man kann alles schaffen, wenn man nur will. Hat er jeden Ehrgeiz verloren, will oder kann er nicht, warum strengt er sich nicht genug an, ist er nun also nicht mehr seines Glückes, sondern eben gerade seines Unglückes Schmied? Ein gut erzogener Versager, ein

Mann ohne Biss und ohne einen Funken Ehre im Leib? Ja, ohne Ehre, denn er ist ja noch immer und unverständlicherweise hier, verbraucht Luft, geht mit seinem Hund durch den Wald, fährt mit seinen Wagen umher, repariert ein Haus, das ihn nicht mehr braucht.

Dazu noch die Schmerzen. Immer häufiger verweigern ihm die Beine unvorhersehbar ihren Dienst. Er zieht mal das eine, mal das andere Bein nach, hinkt gleichsam seinem früheren Dasein hinterher, wankt wie ein Wiedergänger durch sein erloschenes Leben. Sinnlosigkeit und Leere. Bald zu Asche verbrannt, unkenntlich gemacht.

Er liegt im Bett, unfähig aufzustehen. Warum soll er überhaupt noch etwas tun? Es gäbe so viel zu tun, aber alles, was er anfangen wird, wird ihm nur wieder misslingen und ohnehin vergeblich sein. Die Liste der unerledigten Dinge spult sich vor seinem inneren Auge ab, wieder und wieder. Ein Problem nach dem anderen, niemals zu lösen. Ein Berg des Versagens. Er liegt wie eingefroren, die grenzenlose Erschöpfung hält ihn fest umklammert, eine Tränenspur rinnt auf das Kopfkissen. Er hört das Fiepen vor der Tür. Der Hund muss raus, reiß dich endlich zusammen! Er stemmt sich mühsam hoch, kämpft dagegen an. Es geht nicht, er sinkt zurück in die Kissen. Später, er wird ihn später in den Garten lassen und die Pfütze einfach aufwischen. Wenn die Welt ihn schon vergessen hat, soll sie ihn jetzt gefälligst in Ruhe lassen. Er will nicht mehr. Er kann nicht mehr.

Das Leben entgleitet ihm. Der Countdown läuft bereits. Lange schon, zu lange. Er wird noch ein paar Blindbewerbungen schreiben, aber niemand wird ihm mit mehr als einer formellen Absage antworten. Er wird sein Hirn weiter unablässig nach einer rettenden Idee zermartern, doch da wird weiter nur Leere sein. Er wird die Sachen verkaufen, auch den Alfa, dann irgendwann das Haus. Er wird nur einen schlechten Preis bekommen. Wozu noch handeln? Bis dahin stehen ihm noch ein, zwei weitere Jahre des Martyriums bevor, dann endlich wird er aufgeben dürfen.

Für die andere Lösung werden ihm die Kraft und auch der Mut fehlen. So wird er nach und nach alles, was ihm wichtig ist, verlieren. Der Ausverkauf seines Lebens wird aufgeführt und er hat den Ehrenplatz in der ersten Reihe.

## Suche

Der Münsterländer zerrte an der Leine. Heidmann ging mit großen, festen Schritten voran. Die Männer folgten ihm in respektvollem Abstand.

Heidmann hatte sich bereits mehrfach nach ihnen umgedreht und jedes Mal missmutig den Kopf geschüttelt. Jetzt hielt er an, baute sich vor ihnen auf und taxierte sie mit der Autorität des alten Reserveoffiziers. Die Männer stoppten und nahmen automatisch Haltung an. Heidmann ließ einen herablassenden Blick seiner stahlblauen Augen über die verfrorene kleine Truppe vor ihm schweifen und blaffte sie dann im besten Kasernenton an: „Was soll das denn werden? Ihr sollt hier verdammt noch mal nicht in Schützenreihe gehen, sondern seitlich ausschwärmen!" Er verdrehte die Augen angesichts der verständnislosen Blicke. „Ist das so schwer zu begreifen? Wollt ihr den Wald durchsuchen oder wie die Idioten hinter mir herlatschen? Macht das doch einfach wie bei der Treibjagd, das kennt ihr doch, ihr Trottel!"

Die Männer schauten sich betreten an. Dann verteilten sie sich murrend, sodass sich eine Kette bildete, alle zehn, fünfzehn Meter ein Sucher. Schließlich schritten sie auf Heidmanns Zeichen voran in den Hochwald. Bernd ging mit seinem Hund rechts außen, als letzter in der Reihe. Er blickte an der Kette der Männer entlang. In der Mitte Heidmann, dann nach links Brunkmeyer in seiner Manchesterhose, dann Dreyer, Paulmann und Lange, schließlich Tomczak. Nach rechts schlossen sich Meyer, Fischer, Marhenke und Nolte an, dann er.

Langsam ging es den Hang hinauf. Über ihnen die Passstraße, unter ihnen im Tal der Ort. Neuschnee lag dicht über der

Laubdecke, die Schneewolken hatten sich oben am Bergrücken festgesetzt. Bei jedem Schritt sank er durch die dünne Schneedecke in das darunterliegende Laub, das trocken knisterte. Wildspuren liefen kreuz und quer über den Boden. Er sah die Spur eines Hasen, kleine Tapsen im Dreiertakt, dann kam ein stark belaufener Wildwechsel mit den zarten Schalenabdrücken der Rehe. Wie auf Kommando begannen die Männer zu rufen. Aber nicht: „Haas opp!", wie auf der Treibjagd, sondern den Namen des vermissten Mädchens. Unter der dicken Jacke wurde es ihm langsam zu warm.

Weiter oben am Hang wurde das Gelände uneben, Bachläufe und Ablaufrinnen hatten sich tief in die Erde eingegraben. An den Flanken der Einschnitte lugten Sandsteinschichten hervor. An ihnen erkannte man, wie sich der Berg einst aufgefaltet hatte, die Bruchlinien zwischen den Schichten verliefen leicht schräg. Diese Tektonik hatte es früheren Generationen ermöglicht, durch waagerechte Stollen, die man direkt in den Berg hinein trieb, an das schwarze Gold – die Wealdenkohle – zu gelangen, das der Berg noch immer barg. In den fünfziger Jahren des vergangenen Jahrhunderts, als der erste Kohlehunger der Nachkriegszeit gestillt und Energie billiger zu haben war, hatte man die vielen Kleinbergwerke aufgegeben. Die Preussag hatte eine der größeren Zechen auf der anderen Seite des Berges noch etwas länger betrieben, aber mit dem großen Zechensterben war dann auch damit Schluss gewesen. Trotzdem waren die Zeugnisse des jahrhundertelangen Abbaus im Wald und im Tal unübersehbar: Bremsbahnen und Abraumhalden, vereinzelte Kummerhaufen, Grundmauern alter Zechenhäuser, zugemauerte Stolleneingänge. Die Natur hatte sich fast alles wieder zurückgeholt, aber für den Kundigen waren auch die überwucherten Relikte noch immer zu erkennen.

Der Großvater hatte noch selbst vor Kohle gelegen und das war wörtlich zu verstehen, denn die Kohle war von den Hauern aus dem kaum halbmeterstarken Flöz unter schwierigsten

Bedingungen, seitlich liegend, mit der Keilhaue gebrochen worden. In flachen Kästen hatten die Schlepper die Kohle dann aus dem Streb zur Strecke gezogen und in die oft noch von Hand geschobenen Förderwagen verladen, die man in den alten Bergbaugemeinden heute gern an Erinnerungsorten aufstellte, oft mit Blumen bepflanzt und silbern angestrichen, obwohl sie doch im Dienst nur rostig oder vom Kohlenstaub schwarz gewesen waren.

Die Arbeit unter Tage musste mörderisch gewesen sein und die Bergleute besonders harte Kerle. Aber sie hatten ihr Auskommen gehabt und waren stolz auf ihre Arbeit gewesen, die Bergarbeiterhäuser in den umliegenden Orten zeugten von bescheidenen, aber soliden Verhältnissen. Bernd erinnerte sich noch an ein Bergfest, das er in seiner frühesten Jugend erlebt hatte, und wie die ehemaligen Bergmänner in ihren schwarzen Uniformen mit weißem Federbusch vorn im Umzug mitmarschiert waren und ringsumher der Ruf „Glück Auf" erklang. Aber alt wurden sie früher nicht, die Bergleute. Zu schnell raffte sie die Bergsucht dahin, Staublunge und Rheuma. Der Großvater hatte es seltsamerweise später am Magen gehabt. Aber er war auch nur wenige Jahre unter Tage gewesen und hatte nach der Schließung auf Dreher umgeschult.

Der tiefhängende Ast einer Buche peitschte ihm ins Gesicht. Irritiert blickte er sich um. Wieso dachte er schon wieder über die alten Geschichten nach? Sollte er nicht besser hellwach sein? Aber die anderen waren noch da, gingen noch in der Reihe, die Kette war intakt geblieben, wenn auch etwas auseinandergezogen. Er war, in seine Gedanken versunken, wie die anderen stetig bergan gegangen. Jetzt ließ er seinen Blick über den Berghang streifen. Die Fichtenschonung kurz über ihm lag direkt unterhalb der Kurve. Links davon und weiter oben gelegen, duckte sich Heidmanns Jagdhütte an den Hang. Er konnte ihren Schatten nur erahnen, das dichte Krüppelholz davor versperrte die Sicht.

Sein Puls beschleunigte sich. Er sah erneut hinauf zur Schonung, zögerte erst, gab sich dann einen Ruck, ging beherzt einige Meter weiter bergauf, hielt wieder inne. Dort wird sie liegen, durchfuhr es ihn, es kann gar nicht anders sein. Ich habe sie erwischt, sie ist von der Straße in das Unterholz gelaufen, wirr vor Angst und Schmerz und dort ist sie zusammengebrochen und verreckt. Wenn wir sie bisher nicht gefunden haben, muss sie dort sein.

Auf keinen Fall wollte er die Schonung als Erster betreten. Auch Marhenke und Nolte hatten nun, links von ihm gehend, beinahe den Rand der Schonung erreicht. Marhenke sah zu ihm herüber, zeigte dann mit ausgestrecktem Arm in die Schonung und nickte ihm auffordernd zu. Bernd blieb einfach stehen und tat, als ob er die Geste nicht verstünde. Nun blickte auch Nolte fragend herüber. Bernd rührte sich nicht.

Niemand außer ihm hatte eine Ahnung, was wirklich passiert war. Immer wieder hatte er versucht, sich den genauen Ablauf in Erinnerung zu rufen. Die Kurve, die Zigarette, das Glühen des Anzünders, die Gestalt vor ihm, das Geräusch des Aufpralls, der vorbeihuschende Schatten, sein Rufen ohne Antwort, das einsame Tackern des Warnblinklichts. War es so gewesen? Oder hatte er alles nur geträumt? Er war ja wie in Trance gefahren, ganz in Gedanken. Immer wieder sah er die Gestalt am Wagenfenster vorbeifliegen. Er hatte alles nur schemenhaft wahrgenommen, aber jetzt in seinen Kopf sah er es klar und deutlich, sah durch das Wagenfenster das Gesicht und den überraschten, fragenden Blick des Mädchens.

Er konnte sich ausmalen, was mit ihr geschehen war: Der Spiegel hatte ihr die Seite aufgerissen und dabei eine lebenswichtige Arterie zerfetzt, sie hatte sich von der Straße weg in den Wald geschleppt wie ein waidwundes Tier, verwirrt, blutend, halb bewusstlos, und war dann elendig und einsam zugrunde gegangen. Und sie war noch immer hier, genau in der Schonung vor ihm. Und sie würde dort gefunden werden.

Heute oder an einem anderen Tag. Die Forensiker würden an ihr Partikel finden, die auf einen Unfall hinwiesen, dann würde man aus der Auffindesituation der Leiche auf die Unfallstelle schließen können, schließlich würden sich zwei Zeugen an seinen auffälligen Besuch an dieser Stelle am Folgetag ihres Verschwindens erinnern. Und dann, nach einiger Zeit zwar, aber dennoch mit der unaufhaltsamen und unabänderlichen Präzision eines Uhrwerks, würden sie ihn haben.

In diesem Augenblick erlöste ihn Heidmanns Rufen. Es war im Suchtrupp vereinbart worden, dass sie so lange einen Abschnitt durchkämmen würden, bis Heidmann als Führer das Signal zum Abbruch geben würde. Dann sollten alle bergab zurück zu ihren Ausgangspositionen gehen und gemeinsam würden sie den nächsten Streifen links oder rechts ihres vorherigen Suchareals in Angriff nehmen. Bernd verstand nicht, warum Heidmann die Suche in diesem Abschnitt so verfrüht abbrach und sie zu sich zurückkommandierte. Aber es hätte nicht besser laufen können.

Wie er erwartet hatte, verliefen auch die folgenden Bestreifungen der anderen Bereiche ergebnislos. Bei jeder der Aktionen war er ruhiger geworden. Die Gefahr schwand, je weiter sich die Gruppe von der Straße entfernte. Während die anderen Treiber immer lustloser und abgekämpfter wirkten, wurde Bernd immer energischer. Er rief ständig Sandras Namen, wühlte mit seinem Stock wie ein Besessener im Laub, inspizierte jedes Fuchsloch und kroch in jedes Gestrüpp. Als sie endlich zurück zum Dorf gingen, nickte Heidmann ihm anerkennend zu.

*Die Schwärze löst sich auf. Wieder meint sie, etwas in der Dunkelheit zu erkennen. Der Schmerz lodert noch immer. Sie friert, Kälte nistet zwischen ihren Beinen. Ein Lufthauch? Sie hebt den Kopf und starrt in die Dämmerung, kämpft gegen den Wunsch an, wieder in die Dunkelheit zu fallen. Ein Bett, sie liegt auf einem Bett, kann nur den Kopf drehen. Sie spürt das raue Seil, das ihre Arme festhält. Dann den Schmerz in ihrer Seite. Ihre Beine spürt sie nicht.*

## Dorfkrug

Am Abend vorher war Bernd – ganz gegen seine Gewohnheit – in den Dorfkrug gegangen. Er hatte nach der Rückkehr aus der Kreisstadt die Schilder an den Passat geschraubt und den Alfa mit einer Plane abgedeckt, wie er es jeden Winter tat, und den restlichen Nachmittag die Garage aufgeräumt. Dann hatte er entschieden, in der Kneipe zu essen und sich etwas umzuhören. Vom Haus waren es knapp zehn Minuten hinunter in den Ort, also ging er zu Fuß, durch den leichten Schneefall, der wie in der Nacht zuvor eingesetzt hatte, und die kalte frische Luft machte seinen Kopf wieder frei.

Der Dorfkrug war ein umgebauter Bauernhof, die Schänke und zwei Clubräume befanden sich im zweistöckigen Haupthaus, in der angrenzenden Scheune war ein Saal untergebracht, seitlich ergänzte ein flacher Anbau mit der Bundeskegelbahn das Ensemble. Noch bevor er die Kneipe erreicht hatte, roch er sie. Der unverkennbare Duft von altem Frittierfett lag über der Straße.

Als er die Eingangstür aufstieß, schlug ihm Bierdunst und kalter Zigarettenrauch entgegen. Im schummrigen Licht des Eingangsflures, nur von den schwachen Glühbirnen einer altmodischen Schwanenhalswandlampe erhellt, fiel sein Blick auf den verstaubten Videospielautomaten mit den abgebrochenen Joysticks und die dahinter aufgestapelten, staubigen Kinderhochstühle. Auf dem dunkel verdreckten, leicht klebrigen Boden war eine helle Spur blank ausgetreten, die zu den Toiletten im hinteren Bereich führte. Er sog die Luft tief ein und meinte eine leichte Basisnote von Klostein zu erkennen. Das Ziehen in seiner Blase erinnerte ihn daran, dass er sich vor seinem Abmarsch zu Hause nicht erleichtert hatte. Also folgte er der Spur auf dem Boden und dem Geruch bis zu den Toiletenräumen.

Die Farbe an der Tür zum Männerklo war um die Klinke herum abgegriffen, die Schwelle davor ausgetreten. Er öffnete die Tür und trat in den Ammoniakdunst der Herrentoilette. Als er am Pissoir stand, öffnete sich die Tür erneut und der alte Brunkmeyer trat ein, grüßte kurz und stellte sich neben ihn. Der Alte knöpfte umständlich seine Hose auf und blieb dann eine Zeit lang fast regungslos stehen, bis er mit dem unterdrückten Stöhnen des Prostatakranken endlich Wasser lassen konnte.

„Alles gut, Herr Brunkmeyer?", fragte Bernd vorsichtig.

„Nichts ist gut, junger Mann. Komm du mal erst mal in mein Alter, dann ist eben nichts mehr mit zwei Minuten und fertig", antwortete der Alte brummig.

„Gibt's was Neues?", erkundigte Bernd sich wie nebenbei, er hatte sich mittlerweile die Hände gewaschen und sich mit dem speckigen Grubenhandtuch abgetrocknet, das mit einem Klebehaken an den lindgrünen Fliesen neben dem Waschbecken befestigt war, dabei schaute er Brunkmeyer vorsichtig von der Seite her an, um keine Reaktion zu verpassen.

Brunkmeyer, der immer noch mit hochgezogenen Schultern mit seinen Schmerzen kämpfte und bemüht war, seinen kümmerlichen Strahl nicht abreißen zu lassen, gab nur zurück: „Die Sandra von den Ebelings ist verschwunden. Und dabei haben wir doch neulich gerade erst über die Kleine gesprochen, nicht wahr? Und jetzt ist sie einfach weg, wie vom Erdboden verschluckt. Tja, so Sachen gibt's."

Bernd drehte sich der Magen um. Er musste sich kurz an den Türrahmen lehnen, bis er sich wieder gefasst hatte. „Das ist ja schrecklich, wirklich, einfach so verschwunden?", sagte er und versuchte mitfühlend, aber nicht zu interessiert zu klingen.

„Die Polizei war doch heute schon hier, bei den Eltern, aber von denen weiß keiner was", erwiderte Brunkmeyer, der nun auch endlich fertig war und direkt zur Tür ging. Bernd folgte ihm in die Gaststube, wo Brunkmeyer sich zu den anderen Alteingesessenen an den großen runden Stammtisch setzte, während Bernd einen kleinen Tisch seitlich wählte.

Nach einer Weile kam die Wirtin an seinen Tisch und hielt ihm die speckige Karte in dem braunen Kunstledereinband hin, die er artig entgegennahm und aufschlug. Die Wirtin war fast achtzig, sie trug eine silbergraue Perücke und eine blaugraue Kittelschürze mit einem großblumigen Muster. Er bestellte erst einmal ein Herrengedeck, dann sah er in die Karte. Diese enthielt die üblichen Verdächtigen: Schnitzel in den Standardvarianten Jäger, Zigeuner und Hawaii, Currywurst, Sülzkotelett mit Bratkartoffeln, Strammer Max, Gulaschsuppe, Schinkenbrot.

Sein Blick wanderte durch den Raum. Im Fernseher auf der Wandkonsole lief eine Vorabendserie. Das Licht in der Vitrine mit den Vereinspokalen des Schützenvereins war eingeschaltet worden. Vor dem Tresen, an dem die Wirtin nun Gläser spülte, standen vier mit rotem Kunstleder bezogene Barhocker. Hinter dem Tresen ragte der Glasschrank auf, von einem Sammelsurium unterschiedlichster Gläser gefüllt. Am Stammtisch, dessen Bestimmung durch ein schmiedeeisernes Schild in der Mitte kenntlich gemacht war, wurde aufgeregt diskutiert. Dort saßen die alten Bauern und Heidmann, der Jagdpächter. Der war ja eine Instanz im Ort, führte gern das große Wort und fand im Dorfkrug immer ein dankbares Publikum. Sicher würde Bernd hier etwas aufschnappen können.

Die Wirtin schlurfte heran, ihre Füße in Pantoletten mit zur Perücke farblich passenden silbergrauen Bommeln, die gewickelten Beine in hautfarbenen, blickdichten Strümpfen, und brachte das kleine Pils und den Klaren. Wortlos blickte sie ihn mit wässrigen Augen an und er orderte eine Currywurst mit Pommes. Die große Currywurst mit der vor Speisestärke glänzenden Fertigsoße war das einzige genießbare Gericht hier und das Frittierfett würde hoffentlich heiß genug sein, um alle Keime abzutöten.

Während er auf sein Essen wartete, wurde das Gespräch am Stammtisch wieder lauter. Dass Sandra verschwunden war, war wohl schon allgemein bekannt, denn solche Nachrichten gingen im Dorf in Windeseile von Tür zu Tür. Aber Heidmann wusste natürlich wieder mehr als die anderen. Sandra sei gestern Abend mit einem Jungen aus dem Ort zu dem Waldparkplatz am Pass gefahren. Nolte rief sofort dazwischen, dass da doch ständig Autos mit Paaren stünden, die im Auto vögelten, und dass man so etwas nicht dulden könne.

Heidmann hielt kurz in seiner Rede inne, bedachte Nolte mit einem mürrischen Blick und fuhr fort: Dazu sei es nicht gekommen, denn soweit er wisse, sei das Mädchen bereits vorher aus dem Wagen getürmt. So habe es jedenfalls der Junge erzählt. Die Eltern hätten morgens sofort die Polizei verständigt, nachdem sie bemerkt hatten, dass Ihre Tochter nicht nach Hause gekommen war. Und dann hätte man Daniel Müller – der wäre nämlich mit ihr dort auf dem Parkplatz in dem Auto gewesen – verhört. Aber schlussendlich habe die Polizei die Eltern auch nur vertröstet. Es sei ja völlig normal, dass Jugendliche mal kurz verschwänden und sie sollten sich keine Sorgen machen, schließlich würden fast alle jugendlichen Ausreißer spätestens nach drei Tagen wieder wohlbehalten zu Hause auftauchen oder aber irgendwo in der Stadt von der Polizei aufgegriffen. Und zunächst werde die Polizei keine größere Suchaktion veranlassen, zumal es mehr als unwahrscheinlich sei, dass sich das Mädchen im heimischen Wald – also vor der eigenen Haustür – verlaufen haben könnte und sicher stecke etwas ganz anderes dahinter. Und dann waren die Eltern befragt worden, so als hätten sie mit der Sache selbst etwas zu tun und wären Verdächtige: Hatten sie ihre Tochter schlecht behandelt, ihr keine Freiheiten gelassen oder sie wegen des bevorstehenden Abiturs unter zu großen Druck gesetzt? Oder gab es da vielleicht einen geheimen Freund, von dem die Eltern nichts wussten?

Damit war Heidmann wieder bei seinem Lieblingsthema angelangt, denn er begann sich lautstark über das totale Versagen der Polizei auszulassen. Wie sie die Kleinen jagten und die Großen laufen ließen, wegen Falschparkens den normalen Bürger verfolgten, aber wenn dann ein Kind verschwände, interessiere es die Staatsmacht natürlich nicht. Das sei doch typisch für diese durch und durch verkommene Gesellschaft, wenn es kein Steuergeld zu holen gab, war der Bürger dem Staat doch völlig gleichgültig. Aber das Dorf könne die Sache ja auch selbst in die Hand nehmen, schließlich sei man seinen Nachbarn so etwas schuldig, auch wenn die ja nicht von hier waren, aber wie wäre das wohl, wenn einem selbst so etwas passierte und niemand würde sich kümmern und überhaupt müsse man sich später dann wenigstens nichts vorwerfen.

Endlich brachte die Wirtin die Currywurst. Die Wurst schwamm in einem See aus rotem Ketchup, Currypulver war wie ziellos darüber verteilt worden. Daneben türmte sich ein beachtlicher Berg Pommes, einige davon auffällig dunkel, die waren wohl vom Vortag übrig geblieben und nun zum zweiten Mal frittiert worden. Bernd pikste mit der Gabel in die Wurst, nahm dann das Messer und schnitt durch die faltige, trockene Pelle. Die Wurst gab ein leicht quietschendes, fast leidendes Geräusch von sich. Er hielt sich das erste Stück kurz unter die Nase und betrachtete es dann eingehend. Die Wurstscheibe roch nach nichts außer nach leicht ranzigem Frittierfett und im Anschnitt waren die Knorpelstücke des billigen Fleischbräts zu erkennen. Immerhin roch sie nicht angegangen, sodass er das Stück nochmals in den Ketchup-See tunkte, die Gabel dabei schnell einmal drehte, bis die rote Tunke gleichmäßig verteilt war, und es sich dann entschlossen in den Mund steckte. Er schloss die Augen und kaute langsam. Durch das Kauen zerlegte sich das Wurststück in seinem Mund in den äußeren, trockenen und den inneren weicheren Teil, der eine eher gummiartige Konsistenz aufwies. Er sortierte das Gemenge vorsichtig mit der Zunge und schluckte zunächst die festen Teile. Dann kaute er das Innere nochmals durch, fühlte dabei die festen Knorpelstücke, die der Cutter nicht hatte klein schlagen können, und schluckte dann auch diesen Teil hinunter. Schnell schob er ein paar der Pommes nach. Die Pommes waren außen kross, innen aber matschig und weich, billige stranggepresste Ware also, nicht aus der vollen Kartoffel geschnitten.

Trotzdem war das, was sich jetzt in seinem Mund geschmacklich entfaltete, unvergleichlich. Der Nachhall der Wurstscheibe, vermischt mit dem Geschmack des fettigen, leicht verbrannten Kartoffelteigs, abgerundet durch das säuerlich-scharfe Ketchup und das Currypulver ergaben eine unglaubliche Komposition. Es war der absolut ultimative Imbissgeschmack, eine Zusammenfassung aller Imbissbuden gleichsam, in denen er je in seinem Leben gegessen hatte oder noch essen würde. Lange hatte er sich nicht so zu Hause gefühlt, wie in diesem Augenblick.

Heidmanns Rede hatte unterdessen allgemeine Zustimmung am Stammtisch gefunden. Und während Bernd weiter sein Essen bearbeitete, kamen die wildesten Spekulationen darüber auf, was passiert sein könnte. Vielleicht hatte Sandra direkt durch den Wald nach Hause laufen wollen und war dabei gestürzt oder ein Keiler hatte sie angefallen und ihr eine Schlagader aufgeschlitzt. Oder sie hatte den Weg an der Straße genommen und ein Autofahrer hatte sie gekidnappt. Oder sie war doch einfach nur von Zuhause abgehauen, nach Amsterdam, wie es die jungen Leute jetzt alle taten. Und außerdem wusste man doch, wie frühreif die war, ganz schön willig bestimmt und wer weiß, mit wem die es schon alles getrieben hatte und hatte man sie nicht neulich mit diesem älteren Kerl in Hannover gesehen, wahrscheinlich war sie mit dem einfach durchgebrannt.

Erst als Marhenke, der als etwas sonderbar galt, meinte, Sandra wäre von Außerirdischen mitgenommen worden, die sie nun für abscheuliche Experimente benutzen würden, schlug Heidmann, der seine Tischgenossen erst hatte reden lassen, dann aber immer unruhiger geworden war, mit der Faust auf den Tisch und donnerte, sie sollten jetzt alle mal ihre dummen Sabbel halten, soviel Unsinn auf einmal habe er lange nicht mehr gehört und jetzt gäbe es erst mal eine Runde für alle, aber morgen früh erwarte er jeden um Punkt zehn Uhr am Waldrand beim Hochsitz und dann würden sie zusammen den Wald durchsuchen, wie es die Polizei schon längst hätte tun sollen und dann würde man schon sehen.

Es war kaum acht Uhr, als sich die Runde auflöste. Heidmann entschuldigte sich, er müsse noch mal im Revier nach dem Rechten sehen. Beim Hinausgehen trat er kurz an Bernds Tisch.

„Du bist doch morgen auch mit dabei?", fragte er und Bernd, der mittlerweile beim vierten Herrengedeck angelangt war, nickte nur stumm.

*Der Schmerz ist eine lodernde Flamme, die sie verzehrt.*
*Sie atmet gegen Stoff. Es ist auf ihr, keucht. Endlich fällt*
*sie zurück in die Dunkelheit wie in ein sanftes Glück.*

## Trauer

Der Tag der Beisetzung war ein grauer, hoffnungsloser Novembertag. Dumpfwattig stand der Nebel über den Feldern, der Wald oberhalb des Dorfes war wie vom Dunst verschluckt. Einzelne Krähenschreie drangen aus der Nebelwand. Das Totenglöcklein der Kapelle bimmelte penetrant und blechern, mehr Geräusch als Ton. Das spitze Bimmeln biss sich in seinen Ohren fest, strömte von dort in seinen Kopf und schlug ihm unablässig von innen an die Schläfen. Der Vater war mit ihm nach vorne gegangen, ohne auch nur einen Blick an die Sitzreihen links und rechts des schmalen Mittelganges zu verschwenden. Dabei hielt er die Hand seines Sohnes wie in einem Schraubstock umklammert und zerrte ihn so hinter sich her. Vor dem Sarg hielt er an, ließ Michaels Hand los, faltete seine Hände in Höhe seines Gemächtes, setzte einen ernsten, in sich gekehrten Gesichtsausdruck auf und bewegte lautlos die Lippen. Michael tat es ihm nach.

Aber sein Kopf war wie leer gefegt gewesen, nicht ein einziger klarer Gedanke darin. Welches Gebet hätte er damals auch sprechen sollen? Hätte er Gott darum bitten sollen, dass er seine Mutter in seinen Himmel aufnahm? Hätte er der Mutter danken müssen für ihre Liebe und dafür, wie klaglos sie ihr Los getragen hatte? Hätte er sie anklagen sollen, sich nicht gewehrt zu haben, nicht weggegangen zu sein und so ihrer beider Leben weggeworfen zu haben? Weshalb hatte sie sich ohne jegliche Gegenwehr ausgeliefert, wieso das Elend dieser Ehe so lange ertragen? Was hatte sie geglaubt zu verlieren, wo doch alles schon längst verloren gewesen war?

Er hatte die Blicke der anderen in seinem Rücken gespürt. Der Vater hatte lange regungslos mit ihm vor dem Sarg gestanden. War das Schweigen, das sie dort umfangen hatte, Verachtung gewesen, Mitleid oder Hohn? Michael hatte kaum ein Geräusch aus den Bankreihen vernehmen können, in der Erinnerung schien es ihm, als hätte das ganze Dorf vor Spannung gemeinsam den Atem angehalten, begierig darauf, zu sehen, wie der Vater sich verhalten würde, hier vor Gott und vor dem Sarg seiner Frau, die lieber an Krebs gestorben war, als noch länger mit ihm zusammenleben zu müssen. Aber der Vater hatte einfach nur dort gestanden, regungslos und stumm. Erst nach einer Weile war wieder Bewegung in die Trauergemeinde gekommen. Michael hatte ein unterdrücktes Hüsteln hören können, dann das Rascheln von Kleidung und das leichte Knarren der Sitzbank, wenn jemand seine Sitzposition wechselte, ein paar geflüsterte, fast gezischte Worte, schnell dem nächsten Banknachbarn ins Ohr geraunt, trockenes Räuspern hier und da, das rasselnde Atemgeräusch eines Asthmatikers in einer der ersten Reihen. Endlich hatte der Vater erneut Michaels Hand ergriffen und ihn zu den leeren Sitzplätzen in der ersten Reihe gezogen.

Die Pastorenstelle des Kirchspiels war damals vakant gewesen und so hatte ein Pastor aus einer der Nachbargemeinde den Trauergottesdienst gehalten. Diesem Pastor, der das Dorf und seine Leute nicht kannte, hatte sein Vater beim Trauergespräch ungestört all jene dicken Lügen auftischen können, mit denen er schon seit Jahren lebte. In der Trauerrede war viel von Liebe, Treue und Aufopferung die Rede, von Zweisamkeit und gegenseitigem Verständnis und einem glücklichen gemeinsamen Leben. Nun habe es Gott in seinem unergründlichen Ratsschluss gefallen, unsere liebe Schwester in Christus heimzurufen und zu sich zu nehmen. Und im Willen des Herrn, der sich jedem menschlichen Urteil entzöge, liege trotz aller Trauer und Kümmernis immer auch ein tieferer Sinn.

In Michael wallte noch heute Zorn auf, wenn er an diese Trauerrede dachte. Nicht Gott hatte es gefallen, seine Mutter abzuberufen, es war eine Zellmutation gewesen, ein hinterhältiger, mieser Tumor. Ihm und nicht Gott hatte es gefallen, sich in seiner Mutter auszubreiten, sie mit Metastasen zu durchziehen, ihre Schmerzen langsam und unerbittlich ins Unerträgliche zu steigern, bis sie schreiend nach immer mehr Morphin verlangte. Und der dabei mit teuflischem Geschick ihre lebenswichtigen Organe lange genug funktionieren ließ, um sie dieses Geschenk Gottes, des allmächtigen Schöpfers des Himmels und der Erde, in vollen Zügen auskosten zu lassen und der wahren Gnade des Herrn, der den Krieg, die Beulenpest und den Brustkrebs erschaffen hatte, teilhaftig zu werden.

Was für ein unerträglicher Selbstbetrug lag in dieser dümmlichen Religion? Einzig geschaffen, um sich das Leid schönzureden, die Ungerechtigkeiten der Welt zu entschuldigen und dem simplen Prinzip des Zufalls, dem der Mensch seit ewigen Zeiten unterworfen war, einen tieferen Sinn anzudichten.

Wieso brachten sich die Christenmenschen nicht gleich alle selbst um, um das ganze Elend einfach abzukürzen und direkt in den Himmel zu kommen? Aber das hatte man ihnen ja klugerweise auch gleich verboten. Nur Gott kann das Leben geben und nehmen. Von wegen Hand an sich legen, das irdische Jammertal ist gefälligst zu ertragen, Gottes Reich ist nicht von dieser Welt, die Belohnung gibt es später. Da hatten doch die Kreuzzüge ihre Vorteile gehabt. Fiel man für die heilige Sache, konnte man sich die weiteren Leidensjahre ersparen und mit berechtigter Hoffnung auf ein ewiges Leben frühzeitig dem jüngsten Gericht entgegenträumen. Das war auch so ein Punkt, den die moderne Theologie gern unterschlug: Nein, die Mutter kam jetzt noch nicht in den Himmel. Erstmal musste sie schlafen und warten, bis der Messias zurück auf Erden käme, was er ja dummerweise seit immerhin zweitausend Jahren versäumt hatte. Und wenn er dann mal endlich erschiene, käme erst einmal das große Zählen, Wiegen und Richten und dann – vielleicht – der Eingang ins Paradies. Nichts da mit automatischer, direkter Himmelfahrt.

An den Rest der Trauerfeier hatte Michael nur verschwommene Erinnerungen. Aber es war kaum geweint worden. Er hatte den falschen Worten gelauscht und seine Trauer war immer mehr in Wut umgeschlagen. Die Lieder waren ihm unbekannt gewesen, der schleppende Gesang der Gemeinde leierte träge durch die Friedhofskapelle. Der schlichte Sarg hatte nur einen spärlichen Blumenschmuck gehabt, zwei Kränze hatten davor gelegen, einer von der Bauernschaft und einer von den Landfrauen. Später am Grab, nach den letzten verdrehten Worten des Pastors, hatte der Vater in seinem altmodischen schwarzen Anzug aufrecht und stramm dagestanden, den Blick starr auf einen unsichtbaren, fernen Punkt vor ihm gerichtet, hatte die Beileidsbekundungen teilnahmslos entgegengenommen und dabei weder einem der Kondolierenden in die Augen gesehen, noch ein Wort des Dankes erwidert. Michael hatte daneben gestanden, ebenfalls stumm, und der Boden unter seinen Füßen hatte leicht geschwankt. Als erstes wurde seinem Vater kondoliert, dann kam er an die Reihe. Durch den Tränenschleier wirkte alles wie verwaschen. Seine Hand wurde ergriffen, sanft gedrückt und einige tröstende Worte gemurmelt: „Ein unerwarteter Verlust", „So eine gute Seele", „Und immer so zufrieden mit allem", und bei einigen der Frauen hatte er geglaubt, einen mitleidigen Blick zu erkennen.

Der Leichenschmaus war im Saal des Dorfkrugs abgehalten worden. Obwohl sein Vater eigentlich niemanden dazu eingeladen hatte, war die gesamte Dorfgemeinschaft wie selbstverständlich vom Friedhof direkt in die Kneipe gegangen, wo es Plattenkuchen und Kaffee gab. Michael vermutete, dass die Leute nicht gekommen waren, um seinem Vater beizustehen. Die Mehrzahl war damals sicher nur gekommen, um sich noch einmal auf Kosten des großen Thiels an Kuchen und Kaffee schadlos zu halten, jetzt wo dieser doch fast pleite war, und manche davon wiederum hofften für den späteren Verlauf auch auf härtere Getränke. Und sie sollten nicht enttäuscht werden. Sobald der Pastor gegangen war, ließ sein Vater auch Bier und Korn ausschenken. Und nur eine Stunde später war er schon so sturzbetrunken, dass ihn zwei der kräftigsten Bauern stützen und zum Hof zurückführen mussten. Michael hatte die Tür aufgeschlossen und der Vater war hindurch getaumelt, dann durch den Flur in das untere Wohnzimmer gewankt, wo er auf das Sofa gefallen und sofort eingeschlafen war.

## Schuld

Er schlug zu. Die Schaufel krachte auf den Rücken des Alten. Der schrie, versuchte wieder hochzukommen. Der erste Schlag hatte ihn unerwartet getroffen und eine blutige Spur quer über sein Gesicht gezogen. Beim zweiten Schlag mit der Unterseite der flachen Schaufel erwischte Michael ihn sauber am Kopf, so dass er in die Knie ging. Jetzt schlug er ihm auf den Rücken. Die Schaufel hatte keine richtige Wucht, war zu leicht und kurz überlegte er, ob er in den Stall laufen und einen Spaten oder die Fällaxt holen sollte. Aber dann würde der Alte sich wieder aufrappeln und ins Haus flüchten. Doch diesmal nicht, dieses Mal würde er es zu Ende bringen. Er fasste den Schaufelstiel weiter am Ende an, holte schwingend aus und schlug mit aller Kraft zu, so wie er sonst die Spaltaxt auf dem Hauklotz führte. Dabei zielte er auf den Hinterkopf. Nach dem zehnten Schlag lag der Alte endlich still vor der Treppe, das Gesicht in der großen mit Dreckwasser gefüllten Pfütze, und rührte sich nicht mehr. Jetzt war es gut. Endlich vorbei. Er hatte so lange gewartet, ihm immer wieder eine Chance gegeben. Aber jetzt war es gut. Das war er ihr schuldig gewesen.

Am Morgen war Yvonne ausgezogen. Sie hatte ihre paar Habseligkeiten in ihren Wagen gepackt, mehr als zwei Koffer waren es nicht, die sie auf die Rückbank geworfen hatte, dann war sie einfach eingestiegen und langsam vom Hof gefahren. Der Alte hatte erst nur stumm daneben gestanden, dann aber, als der Wagen anfuhr, getobt und geflucht und war schließlich in seinen Hausschuhen neben dem Wagen hergelaufen. Er hatte an der Wagentür gerüttelt, dagegen getreten und mit der verstümmelten rechten Faust auf das Dach des Wagens geschlagen. Aber Yvonne hatte sich nicht einmal mehr zu ihm umgedreht.

Michael, der vom Gezeter und Geschrei geweckt worden war und im Schlafanzug in der Eingangstür stand, – für heute war er nicht zum Roden eingeteilt worden und an seinen arbeitsfreien Tagen blieb er meistens bis zum Mittag im Bett – wurde mit einem „Was stehst du hier rum und glotzt, du Trottel?" bedacht, dann stürmte der Alte an ihm vorbei in das Wohnzimmer, riss das Barfach auf und setzte die Flasche Mariacron an. Michael war ihm gefolgt, lehnte sich in den Türrahmen und sah ihm dabei zu. Erst als die Flasche halb leer war, setzte der Alte ab, bemerkte, dass Michael dort regungslos in der Tür stand und fuhr ihn an: „Na, mein Junge, das ist dir doch jetzt sicher ein innerer Reichsparteitag, nicht wahr? Steht da herum und freut sich 'nen Ast, der Rotzbengel, anstatt zu arbeiten wie anständige Leute!"

Der Alte nahm einen weiteren großen Schluck und setzte zur großen Vernichtungsrede an: „Aber das schaffst du ja sowieso nicht, machst lieber Aushilfsarbeiten im Wald wie ein Tagelöhner. Du bist ja überhaupt kein Thiel. Ein Thiel geht nicht in den Wald und schuftet, außer es ist sein eigener Wald. Aber du warst dir ja immer für alles zu fein." Ein weiterer Schluck aus der Flasche. „Wer weiß, wo deine Mutter dich überhaupt aufgelesen hat. Dich hat wahrscheinlich irgendein Vertreter gemacht, der gerade vorbeikam. Deine Mutter hat ja jedem schöne Augen gemacht, außer ihrem eigenen Mann."

Michael hatte sich angeekelt abgewendet und war wortlos gegangen. Nichts brachte seinen Vater mehr in Wut, als wenn man ihn, den großen Thiel, einfach stehen ließ. Als er auf der Treppe war, hörte Michael das Bersten von Glas und einen tierischen Schrei.

Michael wusch sich und zog sich an. Dann ging er wieder nach unten und lief durch den Flur zur Haustür. Ein Blick in das Wohnzimmer zeigte ihm, dass der Alte die Weinbrandflasche in den Glasschrank geworfen hatte. Die Hälfte der Scheibe hing noch im Rahmen, dahinter lag alles durcheinander. Der Alte saß im Sessel und sah nicht auf, vor ihm stand nun eine Flasche Korn. Michael lief ins Freie und stieg in seinen Wagen. Mit durchdrehenden Reifen fuhr er vom Hof. Jetzt bloß weg hier, sagte er sich.

Er fuhr durch den Ort und bog dann nach links in Richtung der Passstraße ab. Er erreichte den Parkplatz, wo das Mädchen verschwunden war. Dann bog er in den kurzen Stichweg ein, hielt dann an und stieg aus. Lange stand er regungslos neben seinem Wagen. Er musste nachdenken, überlegen, was er jetzt tun sollte. Die Luft war kalt hier oben, es war etwas mehr Schnee gefallen als unten im Tal und auf dem Schotter lag bereits eine geschlossene Schneedecke. In der Ferne konnte er das Kreischen der Motorsägen und das Brummen der Forstmaschinen hören. Endlich stieg er wieder ein. Er würde einfach auf die Autobahn fahren und dann irgendwohin.

Auf der Straße hinunter ins Dorf kam ihm eine Gruppe von Männern entgegen. Vorneweg Heidmann mit seinem Münsterländer, dann einige andere Dörfler, darunter auch dieser komische Haltig, der oben am Wald alleine wohnte und immer mit seinem alten Alfa durch den Ort röhrte, ja selbst der irre Marhenke war dabei. Ganz am Ende schleppte sich der alte Brunkmeyer hinterher, den Cordhut wie immer weit in den Nacken geschoben. Als Michael die Kolonne passierte, hob er mechanisch zwei Finger der rechten Hand und grüßte halbmilitärisch. Heidmann hatte ihn natürlich längst erkannt und grüßte ebenso zurück. Die anderen waren zu beschäftigt damit, mit ihrem Anführer Schritt zu halten, um Michael überhaupt wahrzunehmen. Im Rückspiegel sah er noch, wie die Männer in die Feldmark links der Straße abbogen, dann hatte er die letzte Kurve vor dem Ort durchfahren und die Gruppe war außer Sicht.

Als Michael kurze Zeit später die Autobahn erreichte, wählte er die erste Auffahrt, Richtung Norden. Er drückte das Gaspedal durch und der Astra beschleunigte langsam und zäh auf hundertzwanzig Sachen. Tausend Gedanken rasten ihm durch den Kopf. Erst nach einer ganzen Weile, während der er dumpf brütend hinter dem Lenkrad gesessen hatte und immer wieder gegen einen Weinkrampf ankämpfen musste, sah er auf die Tankanzeige. Der Zeiger stand bereits kurz vor Rot. Er fischte sein Portemonnaie aus der hinteren rechten Gesäßtasche. Ein Zwanziger und ein wenig Hartgeld. Seine Bankkarte würde auch nichts nützen. Der Lohn vom Forst würde erst nächste Woche überwiesen werden, meist war das Geld selbst am Ersten noch nicht auf dem Konto. Und er hatte vorgestern Abend noch eingekauft. Von wegen kein Beitrag zum Haushalt. Er war es doch, der alles am Laufen gehalten hatte. Ohne ihn wären die doch glatt verhungert. Was vielleicht auch eine gute Lösung gewesen wäre. Er war kein Thiel? Was bildete sich der Alte eigentlich ein, dieses versoffene Schwein?

„Ein Thiel hält sich gerade; ein Thiel kennt keinen Schmerz; einen Thiel kümmert nicht, was andere erzählen, denn was kümmert es die deutsche Eiche, wenn sich ein Schwein an ihr scheuert; was uns nicht umbringt, macht uns nur härter; immer die Zähne zusammenbeißen und feste druff!" So etwas hatte er sein Leben lang von seinem Vater gehört. Der dann aber Abend für Abend in der Kneipe verschwand und alle paar Monate ins Casino fuhr. Der – wie die Dörfler hinter vorgehaltener Hand sagten – jedem Rock nachlief, den er sah.

Natürlich hatte Michael sofort begriffen, was sein Vater da im Stall gemacht hatte. Er war ja nicht zurückgeblieben, ganz im Gegenteil, er hatte auch schon damals fast jeden Abend an sich herumgespielt. Die Mutter hatte ihn später einmal ermahnt, seine Stofftaschentücher in der Wäsche röchen immer so streng, ob er nicht Tempos benutzen könne. Und er war rot geworden und schnell in sein Zimmer gelaufen.

Die Sache mit Nicole, so hieß das Pferdemädchen vom Fest damals, hatte dann doch noch ein Nachspiel gehabt. Im Verein sprach man hinter vorgehaltener Hand vage darüber, dass da etwas vorgefallen sei und das Mädchen, das sonst immer von seinen Eltern zum Reiten gebracht worden war, tauchte im Reitstall nie wieder auf. Michael fragte sich, wer außer ihm an diesem Abend noch mitbekommen hatte, was in der Pferdebox passiert war. Das war doch sicher aufgefallen: Thiel weg, das Mädchen weg, dann kamen beide erhitzt zurück, wahrscheinlich war es für die Erwachsenen ganz offensichtlich gewesen. Soweit er wusste, hatte es aber keine Anzeige gegeben, schließlich war Nicole schon sechzehn gewesen.

Einige Tage später aber waren die Eltern des Mädchens auf dem Hof vorgefahren und mit seinem Vater im Arbeitszimmer verschwunden und dann nach längerer Zeit grußlos wieder gefahren. Hatte der Alte etwa Schweigegeld gezahlt?

An der nächsten Ausfahrt fuhr er ab, dann gleich an der gegenüberliegenden Auffahrt wieder auf, nun in Richtung Süden. Die schneebedeckte Ebene links und rechts der Autobahn lag kahl und leblos da. Er fuhr langsam, um Benzin zu sparen. Erst nach einer halben Stunde kam in der Ferne der bewaldete Höhenzug in Sicht, hinter dem das Dorf lag. Jetzt, am Vormittag, war die Autobahn wenig befahren. Er fror und stellte die Heizung höher.

Seine Mutter war immer recht still gewesen. Nie hatte er erlebt, dass sie ihrem Mann widersprochen hätte. Trotz der ständigen Nörgelei. Das Essen schmeckte nicht, war nicht rechtzeitig fertig oder aber zu früh, die Wäsche war nicht ordentlich gemacht, das Haus nicht vernünftig geputzt. Sie gab zu viel Geld aus, konnte nicht wirtschaften, verschwendete das Erbe. Er mochte ihre Puppen nicht, die sie überall platzierte, fand die Porzellanfiguren in der Vitrine lächerlich und konnte erst recht nicht die bunten Kleider ausstehen, die sie für sich nähte. „Damit gehst du mir nicht vor die Tür!" Überhaupt konnte sie froh sein, dass er sie genommen hatte, ein mittelloses Arbeiterkind, da hätte es für ihn auch ganz andere Möglichkeiten gegeben und einige hätten dann auch noch was an den Füßen gehabt. Und hatte er ihr nicht alle Wünsche erfüllt, das halbe Haus umgebaut für eine Verrückte und da wäre doch ein bisschen Dankbarkeit und Häuslichkeit wirklich nicht zu viel verlangt.

Michael hatte diese Seite seines Vaters bis zu jenem Fest gar nicht wahrgenommen. Für ihn war es vollkommen normal, wie der Vater seine Mutter behandelte. Genauso normal war es auch, dass er einfach ein paar Tage fort war, erst spätabends heimkam und beim Frühstück noch nach Alkohol roch.

Aber mittlerweile hatte er es begriffen. Der große Thiel war immer schon ein Schweinehund gewesen, kein großer Held. Genau wie die anderen Thiels vor ihm. Waren nicht schon beträchtliche Ländereien vom Großvater verkauft worden, um dessen großbäuerlichen Lebensstil zu finanzieren? Damit hatte der Niedergang doch schon begonnen.

Brunkmeyer hatte einmal etwas angedeutet, hatte ihm zugeraunt: „Dein Vater ist schon ein echter Thiel, immer ein großes Maul, aber wenig dahinter und die Frauen daheim die Arbeit machen lassen." Und Michael hatte sich daraufhin ein wenig umgehört, erfuhr hintenherum nach und nach, was die Leute im Dorf über die Thiels dachten. Der Großvater war ein Hundertprozentiger gewesen, genau wie der alte Heidmann. „Immer vorne mit dabei, solange es nichts kostete", hatte Brunkmeyer gesagt, „und als die Tommies dann kamen, war er ruck, zuck entnazifiziert, natürlich nur als Mitläufer eingestuft, und dann gleich wieder dick im Geschäft. Hat für die britische Transportkolonne gearbeitet und da konnte er ja schieben, was das Zeug hielt. Aber die Arbeit auf dem Felde, die schmeckte ihm nicht, da hatte er seine Leute für. Außer natürlich die Pferdezucht, ja, da war er ganz groß dabei mit seinen Staatsprämienstuten. Nur brachte das schon damals nichts mehr ein, verbrannte nur Zeit und Geld."

Sein Vater dagegen hatte zumindest anfangs versucht, das Verbliebene zusammenzuhalten. Nach dem, was die Leute erzählten, hatte der Vater nach der Hofübernahme wirklich hart gearbeitet, selbst mit angepackt, hatte trotz des schweren Bodens Gemüse- und Kartoffelanbau ausprobiert. Aber die Entscheidungen traf weiterhin der Senior und so blieb es am Ende bei Getreide, Rüben und der kleinen Bullenmast. Und auch die Pferde blieben und natürlich mussten die Thiels weiterhin die neuesten Maschinen, den größten Traktor, einen eigenen Mähdrescher und einen eigenen Rübenroder besitzen. Der Maschinenring war doch nur etwas für Kleinbauern.

Die Bank gab gerne Kredit, solange noch genug Land als Sicherheit da war. Und irgendwie war es ja auch immer weitergegangen, bis zu diesem dummen Unfall. Erst dann kam die Lawine ins Rollen, platzten die Kredite, musste der größte Teil der Ländereien und die Maschinen verkauft werden. Mit den verbliebenen Flächen war kein auskömmliches Wirtschaften mehr möglich und außerdem hatte der Alte nach dem Unfall ohnehin alles liegen lassen.

Bestimmt war er damals besoffen gewesen, als er in die laufende Maschine fasste. Wie konnte man sonst so dumm sein? Und er hatte ja noch Glück gehabt, hatte den Arm behalten, nur an der Hand fehlten drei Finger. Und die Hand funktionierte noch gut genug, um seiner Frau ein paar saftige Ohrfeigen zu geben oder Michael am Kragen zu packen und gegen die Wand zu drücken und ihn dabei anzubrüllen, was er doch für ein missratener Sprössling sei.

Nach dem Unfall war alles schlimmer geworden. Anfangs war der Vater noch kleinlaut und wie geschunden umhergeschlichen. Aber bald begann er wieder, seine Launen an ihnen auszulassen. Nun war er noch leichter zu verärgern und verlor bei dem kleinsten Anlass die Beherrschung. Und er trank schon am Morgen. Die Krankheit der Mutter wollte er nicht sehen. Zu den Behandlungen fuhr sie anfangs selbst, später kam ein Fahrdienst, um sie zur Bestrahlung abzuholen. Nie hatte er bei seinem Vater eine einzige Geste des Trostes oder des Mitleids beobachtet. Keine Berührungen, keine Zärtlichkeiten, keine Umarmungen. Stattdessen die ewigen Vorhaltungen und Beschimpfungen, fast bis zuletzt.

Als Michael zur Rübenburg zurückkehrte, war es erst Mittag. Doch der Tag war trüb und die tiefhängenden Wolken verschluckten das Licht der Sonne, so dass man hätte meinen können, es sei bereits später Nachmittag und die Dämmerung habe begonnen. Der Schnee auf dem Hof hatte am Morgen alles mit einer milden, einheitlich weißen Decke überzogen. Nun war sie zu Matsch geschmolzen. Vor der Treppe zum Haus sah Michael die dunkle Fläche der großen Pfütze. Wie viele Jahre lebten sie jetzt schon damit, um sie herumgehen zu müssen, anstatt direkt quer über den Hof zu laufen? Das Mineral, das zur Ausbesserung geliefert worden war, lag seit Jahren unberührt seitlich des Koppelweges hinter dem Pferdestall. Quecken, Schachtelhalm und Löwenzahn gediehen prächtig darauf und im Sommer krönten Silberdisteln den Haufen.

Michael stellte seinen Wagen ab, holte dann Schubkarre und Schaufel aus der Scheune und fuhr die Karre hinter die Scheune, um den Splitt aufzuladen. Es war anstrengend, mit der Schaufel die obere, mittlerweile von dichtem Wurzelwerk durchzogene Schicht abzustechen, um dann an das saubere Material darunter zu kommen. Der Splitt löste sich nur in größeren Brocken. Michael musste sie mit der Schaufel klein schlagen, bevor sie in die Karre kamen. Und das Mineral war feucht und schwer und schon nach ein paar Minuten des Schaufelns begann er in seiner Jacke zu schwitzen. Als die Karre bis zum Rand gefüllt war, schob er sie langsam zurück zum Hof.

Michael hatte gerade die erste Ladung Splitt in die Pfütze geworfen, als er seinen Vater in der Haustür auftauchen sah.

„Was soll das denn hier werden, du Missgeburt?", schrie er ihn schon von der Eingangstreppe her an. Mit vor Zorn verzerrtem Gesicht, die Augen blutunterlaufen, ging er auf seinen Sohn los. „Nur gut, dass deine Mutter nicht mehr erlebt, was du für ein nichtsnutziger Schmarotzer geworden bist!" Michael, der gerade eine weitere Schaufel Mineral in den Schlamm werfen wollte, hielt in der Bewegung inne und schaute seinen Vater verächtlich an. „Dir werde ich schon zeigen, wie man sich seinem Vater gegenüber zu benehmen hat!", schrie der Alte und holte mit der rechten Hand zum Schlag aus. Aber Michael war schneller.

## Zwiespalt

Als es ihn selbst erwischte, hatte er es nicht so leicht abtun können. Er sollte die Hostessen einweisen, ihnen erklären, für welche Firma sie hier auftraten und welche Produkte vertrieben wurden. Für die Messe waren zwei Hostessen gebucht worden. Die eine war Studentin der Tiermedizin aus Cloppenburg, blond, groß und sportlich. Die andere studierte Betriebswirtschaft, überschlank, fast püppchenhaft zart, dabei brünett mit dunklem Teint und Mandelaugen.

Natürlich hatten die Kollegen gleich eindeutige Kommentare abgegeben, welche der beiden sie durchaus mit auf ihr Hotelzimmer nehmen würden. Ihm dagegen war das Rasseweib, das sich seiner Ausstrahlung bereits vollständig bewusst war und im Wissen um die eigene Wirkung wie ein Model auf dem Stand umher stolzierte, herzlich gleichgültig. Die Blonde jedoch hatte ihn von Anfang an beunruhigt.

Ihm war klar, dass er unbedingt die Kontrolle behalten musste. Also benahm er sich betont professionell, sprach kühl und reserviert mit ihr und nicht mehr und länger als nötig, vermied es, ihr in die Augen zu sehen. Und doch betrachtete er sie ständig, verfolgte jeden ihrer Schritte. Er ließ es wie zufällig und absichtslos erscheinen und tat, als würde etwas in ihrer Nähe seine Aufmerksamkeit erfordern.

Ehe er sich versah, begannen sich verbotene Gedanken in seinem Kopf einzunisten. Wie sie wohl ohne Kostüm aussah? Ob sie einen Freund hatte? Aber er blieb vorsichtig, hielt weiter Abstand, senkte sofort den Blick, wenn sie in seine Richtung schaute. Dann, im Laufe des zweiten Messetages, wurde er leichtsinnig.

Er hatte schon lange verloren, bevor sich ihre Blicke trafen. Um sie unauffällig im Auge behalten zu können, hatte er sich seitlich am Empfangstresen postiert. Sie stand am Rand des Standes vorne am Gang, ein paar Prospekte in der Hand, die sie an Besucher verteilen sollte. Und dann wandte sie sich einfach zu ihm um und sah ihm direkt in die Augen. Als hätte sie die ganze Zeit über genau gewusst, dass er sie heimlich ansah. Und er drehte sich nicht weg. Lange, viel zu lange schauten sie sich an. Ihr Blick durchdrang ihn, durchschaute ihn, füllte ihn aus. Und er stand da wie gebannt, unfähig seinen Blick von dem ihren zu lösen, sein Herz raste vor Verlangen und gleichzeitig fühlte er eine kalte Angst in sich aufsteigen. Er war jetzt in Gefahr, alles war in Gefahr. Und doch sah er ein Versprechen in ihrem Blick, unverstellt, offen, direkt und während er stumm dastand und sie über das Gewirr des Messestandes fixierte, begannen sein Verstand und dieses unbeherrschbare Gefühl einen aussichtslosen Kampf.

Als er am Ende dieses Messetages vom Stand ging, war sie plötzlich neben ihm. Wie selbstverständlich gingen sie nebeneinander durch die Hallen in Richtung Ausgang. An einem der Stände wurde eine Party gefeiert. Er organisierte zwei Gläser Wein und sie suchten sich einen Platz am Rand. Eine Cover-Band spielte sich durch die Charts. Die Unterhaltung blieb unverfänglich, der übliche Small Talk. Er sprach über die Firma und die Messe und erkundigte sich, wie es ihr auf der Messe gefiele. Sie erzählte von ihrem Studium, von den Prüfungen, dem ewigen Lernen. Ihre Stimme war warm und klangvoll, ihr Lachen ungekünstelt. Wegen der Lautstärke der Band konnte man kaum sein Gegenüber verstehen. Um sich zu unterhalten, mussten sie eng beieinander sitzen und sich die Worte wechselseitig direkt ins Ohr sprechen.

Er spürte ihre Wärme, roch das leichte Parfum mit blumiger Note, ihr Mund direkt an seinem Ohr, eine Strähne ihres Haares in seinem Gesicht, ihr Atem an seinem Hals. Wie unabsichtlich rückte sie noch näher zu ihm und er fühlte ihren warmen Oberschenkel durch seine Anzughose hindurch. Der Drang, sie zu berühren, wurde immer unerträglicher. Endlich löste er sich von ihr, sprang auf, stammelte etwas wie: „Ist ein langer Tag gewesen, ich sollte nicht zu spät im Hotel sein", und wandte sich zum Gehen. Doch sie war ebenfalls sofort auf den Beinen, blieb neben ihm und begleitete ihn ungefragt und schweigend bis zum Ausgang.

Am folgenden Tag hatten sie dann ständig zusammen ge-standen. Die Gespräche blieben weiter oberflächlich: über das Wetter, den Messedienst, das Studium, der Traum von der kleinen eigenen Praxis, Pferde und deren Krankheiten. Keiner überschritt die unsichtbare Schwelle. Und doch sagten ihre Bli-cke ihm etwas anderes und er hörte andere Worte als die, die sie aussprach. War es nur seine Einbildung gewesen? Es kam nie eine Andeutung von ihr, keine Erkundigung nach seiner Familie, kein auffälliger Blick auf seinen Ehering, keine Bemer-kung zur abendlichen Einsamkeit oder gar sonst ein Hinweis.

Das sofortige Gefühl vorbehaltloser gegenseitiger Vertraut-heit hatte ihn verblüfft. Wie konnte das sein? Es hatte sich angefühlt, als hätten sie sich schon lange vorher gekannt. Da-bei hatte er dieses Mädchen vor drei Tagen zum ersten Mal gesehen. Gingen da die Triebe des einsamen Ehemannes mit ihm durch, bildete er sich diese Zuneigung nur ein, hatte er al-les nur falsch verstanden? Plötzlich verstand er die kitschigen Phrasen der Schlager. Etwas zog wie eine Urgewalt an ihm und er konnte kaum dagegenhalten. Er war jetzt zu oft in ihrer Nähe, es fiel auch den Kollegen langsam auf, dass er einer der Hostessen zu viel Aufmerksamkeit schenkte, sie fingen schon an zu frotzeln, dass er doch sicher vor dem Messefest seinen Ehering ablegen würde und ob er abends gut versorgt sei. Wenn er das nicht unter Kontrolle bekam, würde es eine Kata-strophe geben.

Er achtete während der verbleibenden Tage auf deutlich mehr Distanz und versuchte, beide Hostessen mit der gleichen professionellen Reserviertheit zu behandeln. Er konzentrierte sich auf die Beratungsgespräche und verließ das Messefest früh und ohne mit ihr gesprochen oder gar getanzt zu haben. Ab und zu fing er einen fragenden Blick von ihr auf, den er ignorierte.

Jeden Abend rief er Miriam an, die dann mit ihrer ersten Tochter neben sich und der zweiten unter dem Herzen zu Hause auf dem Sofa saß und ihm langatmig ihren gesamten Tagesablauf schilderte, während er im Hotelzimmer am Vorhang stand und durch die regennassen Scheiben auf die verwaschenen roten Lichter der nahen Schnellstraße hinabblickte. Er brauchte nur ab und zu ein „Hmm", „Natürlich" oder „Aber so was auch!" einzuwerfen, Miriam redete einfach weiter. Sie berichtete ihm haarklein, was ihre Tochter am Tage getan, geplappert oder kaputtgemacht hatte, welche unglaublichen Schwierigkeiten ihre wahre Löwenmutter wieder hatte bewältigen müssen und dass doch die Mutterrolle immer noch gesellschaftlich unterbewertet sei. Am Ende erkundigte sich Miriam dann immer pflichtschuldig nach seinem Messetag und er – ermüdet vom langen Zuhören – sagte, es sei wie immer gewesen, nichts was erwähnenswert wäre, er machte das ja schon zum fünften Mal, was sollte ihn da noch aufregen.

Bevor er dann einschlafen konnte, musste er den Druck abbauen. Aber in seinen Phantasien konnte er sich nicht auf Miriam allein konzentrieren, andere Bilder schoben sich davor, die ihm – obwohl nur die Erfindung seiner Verliebtheit – realer schienen als die Erinnerung an den Körper seiner Frau, als an das, was er selbst gesehen, selbst berührt, selbst gefühlt hatte.

Wenn er jetzt daran zurückdachte, war es ihm unbegreiflich, dass schlussendlich doch nichts vorgefallen war. Alles was je hätte sein können, hatte nur in seinem Kopf stattgefunden.

Statt seiner hatten sich die Kollegen auf dem Messefest auf die Pirsch begeben. Und doch war er mit einem Gefühl tiefer Schuld nach Haus gereist, als habe er seine Frau tatsächlich betrogen.

Als er ein Jahr später wieder auf der Messe war – sein Bereich war einer anderen Konzerngesellschaft zugeschlagen worden, sodass sich sein Messestand in diesem Jahr in einer der anderen Hallen befand –, war er am ersten Abend nach Messeschluss wieder zur alten Messehalle gegangen, zu jener Stelle, an der sie sich im Jahr zuvor kurz und förmlich voneinander verabschiedet hatten. Es war, als zöge ihn dieser Ort magisch an. Während er sich der Halle näherte, wurde ihm bewusst, wie sehr er ein Wiedersehen herbeigesehnt hatte. Und er musste sich eingestehen, dass er ein ganzes Jahr darauf gehofft hatte. Ein langes Jahr, in dem er immer gewusst hatte, was sie wirklich für ihn bedeutet hatte. Ein Jahr der inneren Zerrissenheit, der Schuldgefühle, des Zweifels. Er fühlte sich plötzlich stark, mutig, voller Tatkraft. Und kam sich doch zugleich lächerlich vor, wie er mit weit ausholenden Schritten durch die Gänge stürmte, um einem Gespenst nachzujagen, seinem fixen Traum, auf das Unwahrscheinlichste des Unwahrscheinlichen hoffend. Als wäre es erst gestern gewesen, dass er sie hatte stehen lassen, sah er noch immer ihren fragenden, bittenden Blick, den er unbeantwortet gelassen hatte. Warum hatte er sie nicht einfach in seine Arme geschlossen, warum war er nicht wenigstens dieses eine Mal mutig gewesen? Und wie konnte es passieren, dass sie ihn nur durch seine eigenen Gedanken noch immer derart in Besitz nahm?

Er schaute kurz auf den Hallenplan und sah, dass der Aufbau nahezu gleich war. Eine andere Firma hatte ihren Platz aus dem Vorjahr eingenommen, aber das Muster der Gänge war fast unverändert. Er verlangsamte seine Schritte, näherte sich vorsichtig, ging eng an der Seitenwand eines Nachbarstandes entlang.

Dann entdeckte er sie. Aufrecht und stolz stand sie da und schaute suchend über die zum Ausgang flutende Besuchermenge. Aus seinem Traum war Gewissheit geworden. Sie wartete. Auf ihn.

In diesem kurzen Augenblick hatte er sich entscheiden müssen. Ein paar Schritte ins Licht und er träte, hier mitten auf dieser profanen Industrieschau, in ein neues, unbekanntes Leben. Nur wenn er blieb, wo er war, sich einfach wegduckte ehe sie ihn bemerkte, würde er sein altes Leben behalten können. Niemals, nie vorher und niemals danach, hatte er in seinem Leben je einen solchen Zwiespalt erlebt. Die freudige Erregung, mit der er hierher gekommen war, schlug in Panik um. Er musste sich entscheiden, jetzt, hier, sofort, es gab kein Zurück. Sie war gekommen, zu ihm, auch sie hatte ihn das ganze Jahr im Herzen getragen. Jetzt hieß es, mutig zu sein, endlich einzustehen für das, was er so tief in sich fühlte, was ihm in diesem Augenblick zu absoluter Gewissheit geworden war. „Nur mit dem Herzen sieht man gut", schoss ihm der abgedroschene Spruch des kleinen Prinzen durch den Kopf, „geh jetzt weiter und höre nur dieses eine Mal auf dein Herz!"

Aber die andere Stimme in ihm wurde lauter. Sprach von Kindern und Treue und von Altersunterschieden. Er machte einen kleinen Schritt vorwärts und die innere Stimme begann fast zu schreien, klagte ihn an, bezichtigte ihn der Verantwortungslosigkeit und des Verrates, erinnerte ihn lautstark an all die Unsicherheit und Gefahren, die ihn erwarten würden.

Und er, was hatte er getan? Er war die letzten Schritte nicht gegangen, war feige zurückgeschlichen, in einen Seitengang abgebogen und aus der Halle gelaufen. Noch heute erfüllte ihn die Erinnerung daran mit Trauer. Er hatte sie verraten, hatte sich selbst verraten. Er hatte ein Wunder der Liebe erlebt und war nicht fähig gewesen, es anzunehmen. Nie würde sich dieser Moment wiederholen. Damals aber war er stolz gewesen, der größten Versuchung seines Lebens widerstanden zu haben. Er hatte das Erlebte als Beweis seiner Stärke, seiner Treue und Standhaftigkeit gesehen und es eine Zeit lang sogar bedauert, dass er Miriam davon nichts hatte erzählen können. So hatte er sich selbst belogen.

Wie Mehltau legte sich der doppelte Verrat auf seine Seele. Die Liebe zu Miriam kam ihm nun schal und falsch vor. Nie hatte er in ihren Augen das lesen können, was er in den Augen der Anderen gesehen hatte. Er hatte es immer wieder überprüft, aber Miriams grüne Augen, die ihn früher so fasziniert hatten, blieben stumm. Er bekam Angst, dass sie eine Veränderung bemerkte, spüren könnte, dass etwas in ihm zerbrochen war, fühlen würde, dass die Liebe in ihm erloschen war. Und er schämte sich seiner Feigheit.

Oft hatte er sich später gefragt, wie sein Leben verlaufen wäre, wenn er damals aus dem Schatten ins Licht getreten wäre. Immer wieder sah er ihr Gesicht vor sich, stellte sich vor, wie sie ihn erkannte, ihm mit offenen Armen entgegenlief und ihn an sich presste. Wäre sie die Liebe seines Lebens gewesen? Hätte dann er Miriam verlassen und nicht Miriam ihn? Und wäre er dann heute ebenso glücklich mit ihr wie Miriam mit ihrem Neuen? Würde er Miriam vor den Telefonaten mit den Kindern dann auch immer auf unerträgliche Weise von seinem neuen Glück und der wunderbaren, erfüllten Partnerschaft berichten und betonen, wie einfühlsam und rücksichtsvoll, wie temperamentvoll und doch zugleich fürsorglich seine neue Partnerin wäre, während er Miriam am anderen Ende der Leitung beleidigt schweigen hörte? Doch darüber nachzudenken war genauso sinnlos und unergiebig wie sein Grübeln über all die anderen „Was-wäre-wenn-Fragen", die ständig in seinem Kopf kreisten. Er hatte Miriam ja nicht einmal in Gedanken hintergehen können, ohne sich dafür mit jahrelangen Qualen und Selbsthass zu bestrafen. Wie hätte er sie je verlassen können? Am Ende war sie es, die ging, trotz der Kinder. Sein Opfer war vergeblich gewesen.

# Reise

Langsam trieb der schwarze Plastiksack in der Mitte des Flusses davon. Leichter Schneegriesel fiel auf das trockene, gelbe Gras der Uferböschung. Über dem Kamm des Wesergebirges war die untergehende Sonne kaum noch zu erahnen. Michael fror.

Seine Mutter hatte immer eine Kreuzfahrt machen wollen. Wenigstens eine kleine bezahlbare, einmal Travemünde – Oslo und zurück oder vielleicht sogar bis hinauf zum Geirangerfjord. Sie hatte immer wieder mit Bedauern in der Stimme davon gesprochen, dass ihr Mann, der Bauer, sich aus so etwas nichts mache und dass sie es sich ja ohnehin nie würden leisten können. Einmal die Mitternachtssonne erleben, einmal einen Fjord befahren, wo die Orte wie an die Felsen geklebt aussahen, auf kleinen Vorsprüngen der Steilwände gelegen, die tausend Meter unter dem Meeresspiegel begannen und dann jäh in den Himmel hinaufragten. Wasserfälle sehen, die hunderte von Metern hinunterstürzten, die klare Seeluft atmen, in der Sonne auf dem Achterdeck sitzen, vielleicht in eine warme Decke gehüllt, und dem Geschrei der Möwen lauschen.

Es war schwer gewesen, den Körper aus dem Kofferraum herauszuhieven, deutlich schwerer, als ihn auf dem Hof hineinzuwerfen. Er hatte sich an die Erste-Hilfe-Schulung aus der Fahrschule erinnert und versucht, den Rettungsgriff anzuwenden. Unter den Achseln hindurchgreifen, mit beiden Händen einen der Unterarme umfassen und sich dann aufrichten und ziehen. Aber der Alte war sehr schwer und unhandlich. Michael hatte ihn schon fast aus dem Wagen gezogen, nur die Beine waren noch im Kofferraum, die alte Bundeswehrdecke, mit der der Körper während der Fahrt bedeckt gewesen war, hing wie eine Schürze über die Stoßstange bis auf den Boden herab, als etwas den Alten im Wagen festhielt. Vielleicht hatte sich der steif abgewinkelte linke Fuß irgendwo verfangen. Keuchend und mit aller Kraft hatte er gezogen und dann hatte sich der Alte plötzlich gelöst und war ihm entgegengerutscht. Überrascht wie er war, war ihm der schwere Körper aus den Händen geglitten und mit dem Kopf seitlich hart auf den Schotter des Weges aufgeschlagen. Es hatte ein lautes, trockenes Knacken gegeben. Der Mund des Alten war danach seltsam verzogen, mit offenen Augen hatte das Gesicht seines Vaters ihn anschließend noch verächtlicher und angewiderter angestarrt.

Michael hatte ihn in die schwarze Silagefolie eingerollt, die er in der Scheune gefunden hatte, und das Paket mit blauem Strohbindegarn verschnürt. An den Füßen trug sein Vater nun keine Stiefel mehr, sondern die beiden gusseisernen Bügeleisen aus dem Wohnzimmer.

Natürlich war es leichtsinnig gewesen, den Stapellauf hier direkt am Wasser und unter freiem Himmel vorzunehmen. Aber er hatte den Alten so schnell wie möglich vom Hof haben wollen. Nun konnte er nur darauf hofften, dass um diese Jahreszeit und an dieser abgelegenen Stelle weder Angler noch Spaziergänger auftauchen würden. Er hatte sich beeilen müssen, zumal die Dämmerung bereits einsetzte.

Am schwierigsten war es gewesen, das Paket über die Uferböschung ins Wasser zu befördern. Das Ufer des Flusses war mit einer Schüttung aus grobem Schotter befestigt. Michael hatte ins Wasser gehen müssen, um das Paket von dort aus über den Schotter zu zerren. Er sah, wie die Folie dabei von den scharfkantigen Steinen aufgeschlitzt wurde und erneut hatte ihn kalte Angst überkommen.

Er hatte bis zur Hüfte im winterkalten Fluss gestanden und panisch an dem Bündel gezerrt. Als es sich mit einem Ruck gelöst hatte und endlich neben ihm ins Wasser geklatscht war, war er bereits komplett durchnässt gewesen.

Die Folie hatte sich zwischen der Verschnürung leicht aufgebläht, während das Flusswasser schon von unten eindrang. Dass ihm das Paket jetzt bloß nicht direkt am Ufer absoff! Eilig war er zur Böschung zurück gewatet, hatte das andere Ende, welches durch das Gewicht des Eisens schon im Uferschlamm eingesunken war, angehoben und das Bündel Richtung Flussmitte geschoben.

Der Flussgrund fiel hier steil ab und er hatte achtgeben müssen, dass ihn das Wasser nicht mitriss. Ein letzter kräftiger Schubs und endlich war das Paket von der Strömung erfasst worden. Jetzt schaute er dem langsam davontreibenden dunklen Fleck nach. Die Sonne ging unter.

Niemand wird diesen alten Hurenbock vermissen, dachte er. Auf dem Hof würde er frischen Splitt verteilen, die Schaufel zusammen mit dem Portemonnaie und dem Ausweis in der alten, vollgelaufenen Güllegrube versenken. In ein paar Tagen würde er bei der Polizei melden, dass der Alte abgängig wäre. Und dass es ihn anfangs nicht beunruhigt habe, weil der alte Thiel ja bekanntlich öfter mal auf Tour ging. Es könnte ihn ja auch irgendeine Straßennutte abgemurkst haben oder einer von Yvonnes ehemaligen Zuhältern. Die hatten doch sicher noch eine Rechnung mit ihm offen. Michael würde ein paar Andeutungen in diese Richtung machen. Und da er nur Schulden erbte, würde man keine Habgier unterstellen können. Sicher würde man den Fall dann bald zu den Akten legen.

Eilig lief er zurück zum Wagen. Er breitete die blutbefleckte Decke auf dem Boden aus, legte die blaue Folie, mit der er den Kofferraumboden ausgelegt hatte, darauf, streifte dann seine Arbeitshandschuhe ab und warf sie auf den Haufen. Danach nahm er den Radmutternschlüssel aus der seitlichen Kofferraumverkleidung und legte ihn mittig auf die Folie. Nun klappte er die Seiten der Decke wechselseitig zur Mitte, faltete sorgsam ein Rechteck, halbierte es nochmals und rollte das Ganze fest zusammen. Schließlich schlang er kreuzweise Bindegarn darum und sicherte alles mit mehreren festen Doppelknoten. Anschließend ging er zum Ufer zurück und warf die Rolle weit in den Fluss hinaus. Die Wolldecke saugte sich sofort voll Wasser und der Packen trieb nur noch wenige Meter in der Strömung, bevor er geräuschlos unterging.

Michael blieb für einen Moment am Ufer stehen. Er spürte jetzt, wie die Kälte durch seine nassen Sachen kroch. Noch einmal suchte er die Flussoberfläche stromabwärts ab, aber in der Dämmerung war auf der dunklen Oberfläche nichts mehr zu erkennen. Soweit er wusste, gab es von hier bis zur Nordsee keine Staustufen und Schleusen mehr. „Dann gute Fahrt, alter Herr", dachte er bei sich und musste unwillkürlich lächeln.

## Dickicht

Bernd stieg mit gleichmäßigen, stetigen Schritten den Berghang hinauf. Zwischen den Buchen des Hochwaldes konnte er unten im Tal die Lichter des Ortes sehen. Alles wirkte friedlich und verträumt. Wenn man nicht wusste, wie viel Missgunst und Unfriede unter diesen Dächern hauste, hätte man das Dorf für eine ländliche Postkartenidylle halten können. Aber tatsächlich war dies nur ein schöner Schein, auch wenn man nach außen das Bild der intakten bäuerlichen Dorfgemeinschaft pflegte. Die wenigsten der Bauernhöfe würden von der jungen Generation weitergeführt werden können. Der moderne Ackerbau verlangte nach großen Flächen mit guten Bodenpunkten, aber die Äcker hier – vor langer Zeit dem Wald abgetrotzt – waren eher karg und steinig. Vieh wollte keiner mehr auf dem Hof haben, denn es schrie, stank, wurde krank und konnte nicht allein gelassen werden. Für den Gemüseanbau waren die Böden zu schwer, der Großmarkt weit entfernt und außerdem hatte es niemand jemals ernsthaft versucht. Also würden die kleinen Höfe verschwinden und ihr Land würde an die größeren Bauern verpachtet werden und dies würde sich fortsetzen, bis höchstens zwei Betriebe von hinreichender Größe verblieben, die rentabel zu betreiben waren.

In der Landwirtschaft arbeitete – außer den wenigen Bauern selbst – keiner der Einwohner mehr. Knechte und Mägde gab es schon seit fünfzig Jahren nicht mehr, höchstens hier und da einen angestellten Traktorfahrer auf einem der größeren Höfe. Das Geld des Ortes wurde längst außerhalb verdient, in den Handwerksbetrieben des Umlandes und in den Fabriken und Büros der Stadt. Die alten Strukturen hatten sich überlebt. Nie-

mand würde den Dorfladen weiterbetreiben oder die Dorf-
kneipe bewirtschaften, wenn die jetzigen Inhaber aufgaben
oder gar das Zeitliche segneten. In den Vereinen, vor allem im
Reitverein, gaben schon lange die Zugezogenen und Ortsfrem-
den den Ton an. Das Neubaugebiet am Rand des Ortes wuchs
beständig und das eigentliche Ortsbild, als eine am Knoten-
punkt zweier alter Poststraßen entstandene Siedlung mit
rundum verstreuten, einzeln gelegenen Bauernhöfen, wurde
zunehmend unkenntlich. So verlor sich das Dorf immer mehr
in der Beliebigkeit moderner Schlafstädte, glich sich den Nach-
barorten zunehmend an, die sich ihrerseits ebenso verän-
derten, versank im ununterscheidbaren Brei der Siedlungen im
Speckgürtel der Landeshauptstadt.

Mit einsetzender Dämmerung hatte er das Haus verlassen
und war dem Feldweg hinauf zum Wald gefolgt. Während des
Marsches war das letzte fahle Licht geschwunden. Am Waldrand hatte ihn Finsternis umfangen und obwohl sich seine
Augen schon an die nächtliche Dunkelheit gewöhnt hatten,
hatte er kaum den Weg vor sich ausmachen können. Jetzt,
oben im Hochwald, reflektierten die verbliebenen Schneereste
das Restlicht gerade so weit, dass er sich orientieren konnte.
Die morgendliche Suchaktion steckte ihm in den Knochen, die
Oberschenkelmuskeln schmerzten bei jedem Schritt. Immer
wieder hatten sie den Wald durchkämmt, waren bergauf und
bergab gegangen, bis die Suche am frühen Nachmittag abgebrochen worden war. Sicher saßen die anderen jetzt schon
wieder im Dorfkrug und räsonierten über die fehlende Unter-
stützung durch die Behörden.

Auch Bernd hatte sich darüber gewundert, dass die Polizei
keine erkennbaren Maßnahmen getroffen hatte, um das ver-
schwundene Mädchen zu finden. Wahrscheinlich hatten sich
aus der Aussage des Jungen keine verwertbaren Anhaltspunk-
te ergeben. Die Polizei hatte die Strecke vom Pass ins Dorf
mehrfach abgefahren, aber man hatte entlang der Straße keine

Hinweise oder Spuren finden können. Und auch die nachbarschaftliche Suchaktion war ergebnislos geblieben.

Bernd stapfte weiter vorwärts, es fiel ihm schwer, die Füße zu heben. Er blieb mit dem Fuß an einem Baumstumpf hängen und stolperte in einen Busch. Die dürren Zweige klatschten ihm ins Gesicht, von einem überhängenden Ast fiel Schnee in seinen Nacken. Er fluchte. Er war einfach zu erschöpft, um mit einem ordentlichen Tritt zu gehen. Aber er musste weiter, wollte endlich Gewissheit. Erneut strauchelte er, sein rechter Fuß war plötzlich bis über den Knöchel in den Boden eingesunken – vielleicht ein Kaninchenloch oder der im Laub versunkene Eingang eines verfallenen Fuchsbaus? Ein Bänderriss nachts mitten im Wald hätte ihm gerade noch gefehlt. Er entschied sich, nun doch die Kopflampe einzuschalten. Das hatte er eigentlich vermeiden wollen, denn solange er sich noch im Hochwald befand, würde man den Lichtschein leicht erkennen können. Nun folgte er dem scharf umrissenen Lichtfleck vor seinen Füßen.

Endlich hatte er die Fichtenschonung erreicht. Er wandte sich nach rechts und ging ein weiteres Stück parallel am unteren Rand der Schonung entlang, bis er die erste Feuerschneise sah. Solche Schneisen wurden in regelmäßigen Abständen in die Schonungen geschlagen, um bei einem Waldbrand die Ausbreitung des Feuers zu erschweren. Er folgte der zweiten Schneise ins Innere der Schonung.

Die breiten Feuerschneisen liefen bergwärts durch die Schonung, zusammen mit den parallel zum Hang gelegenen kleineren Schneisen teilten sie das Waldstück in gleichmäßige Quadrate. In ihnen standen die Fichten eng mit schwer zu durchdringendem Unterholz. Bernd kannte diese Stelle des Waldes gut. Er war schon oft hierher gekommen, weil es ein guter Standort für Maronen war.

Die Schneise, der er folgte, führte ihn durch die gesamte Schonung hindurch und endete am Fuß einer steilen Böschung. Oberhalb der Böschung lag die Straße mit der Kehre. Hier würde er sie finden müssen. Von oben kam jetzt das Motorengeräusch eines herannahenden Wagens. Er blickte auf und sah, wie der Lichtschein der Scheinwerfer den Luftraum über ihm zerschnitt, der Umriss des Langholzstapels, der dort am Straßenrand aufgeschichtet lag, war schemenhaft zu erkennen.

Jetzt musste er sich konzentrieren und systematisch vorgehen. Erst die Böschung absuchen, dann um jedes Quadrat einmal auf den Schneisen außen herum, schließlich in engen Schlangenlinien das Innere absuchen. Im Schein der Kopflampe begann Bernd seine Arbeit. Unablässig stapfte er umher, folgte seinem dampfenden Atem und kämpfte sich durch das Dickicht der Bäume. Es waren sechzehn Felder, die er würde absuchen müssen und jedes Mal, wenn er seine Suche in einem der Quadrate beendet hatte, machte er eine kleine Pause und dann auf der Strichliste in seinem Kopf einen breiten Strich. Die Zeit schien sich endlos dehnen zu wollen.

Als er auch das letzte Quadrat hinter sich hatte, keimte langsam so etwas wie Hoffnung in ihm auf. War alles nur ein übler Spuk gewesen?

Und das Blut und der abgebrochene Spiegel? Das waren keine Einbildungen, sondern klare Beweise. Oder war der Spiegel schon im Parkhaus abgebrochen gewesen? Er schaute beim Fahren auf der Landstraße ja fast nie in den rechten Außenspiegel. War es denn überhaupt Blut oder vielleicht nur rote Farbe von einem Schild oder einer Absperrbake? Hatte er einen anderen Wagen touchiert, ohne es zu merken? Etwa im Parkhaus? Das zersplitterte Glas, das er aufgelesen hatte, konnte ebenso gut von einem anderen Wagen stammen. Aber sie hatte ihn doch angesehen, war am Wagen vorbeigeflogen und es hatte diesen Knall gegeben! Er zitterte. War er jetzt langsam dabei, den Verstand zu verlieren?

Bernd schloss die Augen, atmete tief ein und aus – mit Lippenbremse, wie es ihm die Therapeutin gezeigt hatte –, zählte zwanzig Atemzüge und öffnete erst dann wieder die Augen. Nur jetzt nicht durchdrehen! Das Mädchen war an der Straße entlang gegangen und nun war es verschwunden. Und er musste es angefahren haben, kein Zweifel.

Bis jetzt hatte er nach einem auf dem Boden liegenden Körper gesucht. Aber den hatte er nicht gefunden. Also musste sie es weiter geschafft haben, als er vermutet hatte. Und doch hatte sie der Suchtrupp trotz gründlicher Suche nicht finden können. Nun erst begann er, den Boden nach Fußspuren abzusuchen. Wohin hatte sie sich verkrochen? Der Boden in der Schonung war noch mit einer dünnem Schneeschicht bedeckt, die Sonne hatte das Dickicht der Schonung tagsüber nicht durchdringen können. Wann war der Schnee gefallen? Am Morgen nach dem Unfall oder später? In der Nacht war die Straße doch trocken gewesen.

Er stand jetzt wieder am oberen Rand der Schonung, direkt an der Böschung unterhalb der Kurve, und betrachtete den Waldboden um sich herum. Der Boden war übersät mit Spuren. Große Füße hatten regelmäßige Abdrücke in die angefrorene obere Laubschicht gestanzt. Er folgte den Abdrücken ein Stück. Die Spur verlief stetig und in einer Linie parallel zur Schonung, dann kam aus einer der Schneisen eine weitere Spur und gesellte sich zur ersten und nach der nächsten Schneise eine weitere. Es waren seine eigenen Spuren, denen er folgte! Er seufzte und blickte verzweifelt zum Himmel. Durch die nun weniger dicht hängenden Wolken fiel ein schwacher Schimmer von Mondlicht auf den Wald.

Hoffnungslos! Wenn ihre Spuren hier vorher irgendwo zu finden gewesen waren, so hatte er sie nun selbst gründlich zertreten. Wieso war er nicht überlegter vorgegangen? Er hätte die Schonung zunächst außen herum nach ihren Fußspuren absuchen müssen und erst danach im Inneren. Wie immer in seinem Leben war seine ganze Anstrengung umsonst gewesen. Wieso war er überhaupt vor drei Tagen zu diesem Bewerbungsgespräch gefahren? Er wusste doch schon vorher, dass sie ihn nicht nehmen würden. Er hatte es nur getan, um sich nicht selbst vorwerfen zu müssen, es nicht versucht zu haben. Aber welchen Preis musste er jetzt dafür zahlen?

Wo wäre er hingelaufen, wenn er an ihrer Stelle gewesen wäre? Angenommen, sie wäre die Böschung heruntergestürzt und hätte nicht die Kraft gehabt, zurück hinauf zur Straße zu gelangen. Dann müsste sie hier irgendwo liegen. Den Wald weiter unten hatten sie doch schon am Morgen durchsucht. Er wandte sich nach links und ging am Rand der Schonung entlang.

Von der Ecke der Schonung führte ein schmaler Pfad seitlich den Hang hinauf. Bernd war nicht sicher, ob es eher ein Wildwechsel oder aber ein Trittpfad war. Auf jeden Fall war hier etwas gelaufen, das Laub unter dem Schnee war aufgewühlt. Aber warum sollte jemand mit Verletzungen noch tiefer in den Wald hineinlaufen, statt auf dem direkten Wege aus dem Wald heraus? Da oben war nichts, was Hilfe versprach. Bernd folgte dem Pfad, der zunächst sanft den Hang hinaufführte, bevor er stetig steiler wurde. Dann erkannte er endlich weit oben den dunklen, undeutlichen Schatten, auf den er zuhielt. Es war Heidmanns Hütte.

Hier oben hatten sie nicht gesucht, Heidmann hatte sie kurz davor zurückgerufen. War das Mädchen doch bis hierher gelangt? Mit neuer Energie stieg Bernd den Trittpfad weiter hinauf. Schon kurze Zeit später lag das Gebäude vor ihm.

Die Hütte war auf einem Sockel aus grob behauenen Sandsteinen errichtet worden, Steine, wie sie sich in den alten Steinbrüchen ringsumher zuhauf fanden. Wegen der Hanglage ragte der Sockel an der bergabwärts gerichteten Giebelseite fast mannshoch aus dem Berg heraus. Zu der dort eingelassenen Stahltür, hinter der sich vermutlich ein Keller verbarg, führten zwei steinerne, vermooste Trittstufen.

Das Hauptgeschoss darüber war aus Holz, das mit Schieferschindeln gedeckte Dach ging seitlich über die mit Holzbohlen belegte Veranda hinaus. Türen und Fenster waren einheitlich grün gestrichen, die Hütte selbst hatte durch die unzähligen Schichten brauner und schwarzer Farbe einen schwer zu bestimmenden Farbton angenommen. Im fahlen Licht des Mondes wirkte jetzt alles gleichermaßen grau.

Wenn Heidmann die Hütte verließ, verschloss er die Fenster stets mit Fensterläden aus Stahlblech, die er seitlich an jedem Fenster angebracht hatte. Zu oft hatte es Einbrüche und Vandalismus gegeben.

„In der heutigen Zeit hat doch niemand mehr Respekt vor dem Eigentum anderer", hatte Heidmann oft genug betont, wenn er wieder von einem der Vorfälle erzählte. Tatsächlich hatten sich seine Sicherungsmaßnahmen bewährt. Aber dafür fand er weiterhin regelmäßig kleine Hinterlassenschaften der Besucher auf seiner Veranda. Dosen, Bierflaschen und aufgerissene Verpackungen oder Essensreste waren da noch die harmloseren Anzeichen der Verwahrlosung unserer Gesellschaft, wie er es nannte.

„Das Pack scheißt dir doch glatt vor die Tür", hatte er sich einmal ereifert und Bernd hatte die Verärgerung des Jägers nachvollziehen können, konnte er doch ebenfalls keinerlei Verständnis für derartige Sauereien aufbringen. „Und das, obwohl ich das Aborthäuschen nebenan immer offen lasse. Aber wahrscheinlich ekeln sich diese blöden Städter vor dem Plumpsklo und benutzen lieber die blickgeschützte Veranda. Wenn ich da mal einen erwische, gibt's eine Ladung Schrot auf den nackten Hintern!" Bernd wunderte das längst nicht mehr. In jeder Schutzhütte im Wald lagen in den Ecken Papiertaschentücher und oftmals war der Geruch so eindeutig, dass man auch bei Regen lieber draußen stehen blieb, als sich unterzustellen.

„Verdammte Städter", hatte Heidmann abfällig gesagt, „denen sollte ich auch mal in den Vorgarten scheißen."

Der gewundene Pfad, dem er bergauf gefolgt war, führte direkt zur Treppe vor der Kellertür und machte von dort noch einen weiteren Schlenker bis hinauf zur Veranda. Der Lichtkreis der Kopflampe fiel jetzt auf die schwere Stahltür. An einer Öse am rechten Türrahmen hing ein mächtiger Querriegel lose herunter, in der gegenüberliegenden Öse steckte ein offenes Vorhängeschloss. Heidmann musste vergessen haben, den Sicherungsriegel vorzulegen. Neben der Tür bemerkte Bernd eine kleine, mit eingelassenen Moniereisen gesicherte Öffnung, schmal wie eine Schießscharte. Von innen war etwas dagegen geschoben, vielleicht eine Spanplatte, von der Feuchtigkeit aufgequollen und mit Schimmelflecken übersät. Bernd schaute nach oben und der Lichtkegel seiner Kopflampe wanderte mit der Bewegung die Hüttenwand hinauf.

Der Fensterladen des Fensters über ihm war nicht geschlossen. Schnell schaltete Bernd die Lampe aus. War Heidmann womöglich hier, in der Hütte? Er sollte ihn besser nicht treffen. Wie wollte er erklären, warum er hier nachts umherstreifte? Bernd verharrte und lauschte. War da gerade ein Geräusch gewesen? Aber über ihm hinter dem Fenster war kein Lichtschein zu sehen. Er wusste, dass der Jäger manchmal in der Hütte schlief, um dann am frühen Morgen auf die Pirsch zu gehen. Aber machte er das auch jetzt, im beginnenden Winter? Zu dieser Jahreszeit herrschte doch morgens noch gar kein Büchsenlicht. Schlief Heidmann gar bei offenem Fenster direkt über ihm? Bernd hatte die Hütte nie betreten, aber er vermutete, dass sie aus nicht mehr als zwei Räumen bestand, wahrscheinlich nur aus einer Stube und einem kleinen, abgeteilten Schlafraum.

Unwillkürlich duckte Bernd sich und schlich dann vorsichtig den Pfad zurück. Erst weiter unten, im Schutz der Büsche, hielt er an und blickte zurück. Die Hütte lag noch immer wie verlassen da, kein Laut war zu hören. Er atmete tief durch, sog den Geruch des Waldes ein, schmeckte den Nachklang des Herbstlaubes über der erdigen Grundnote feuchten Lehms, den dumpfen Odem aus modrigem Holz, Fäulnis und beständiger Zersetzung, vermischt mit der Schneeluft des beginnenden Winters.

Und dann war da noch etwas, jetzt trat es deutlicher hervor. Ein leichter Geruch nach Holzbrand hing in der Luft. Der Ofen in der Hütte wurde also gerade befeuert. Er beschloss, sich nochmals zu vergewissern. Er tastete sich durch das Dickicht der Büsche und schlug dann einen Bogen seitlich durch den Hochwald, ohne seine Lampe wieder einzuschalten und immer ängstlich darauf bedacht, keinerlei Geräusche zu verursachen. Ohne das Licht der Lampe war es schwer, sich zu orientieren, die Stämme der Buchen waren nur als tiefschwarze Schatten auszumachen, mehrfach strauchelte er oder kam in dichtes Unterholz. Knackte ein Ast unter seinen Füßen, schien es ihm wie ein lautes Krachen, das kilometerweit durch den Forst hallte. Sofort hielt er dann in der Bewegung inne, verharrte für eine Weile bewegungslos und horchte angstvoll in die Dunkelheit. Aber außer seinem eigenen Atem und dem pochenden Schlag seines Herzens in seinen Ohren war nichts zu vernehmen. Ab und zu ertönte der gedämpfte Schrei eines Tieres. War das ein Fuchs oder eine Wildkatze gewesen? Es hatte fast menschlich geklungen.

Endlich erreichte er das kleine Plateau weiter oben, wo der Fahrweg zur Hütte endete. Und tatsächlich, dort stand der Kombi. Also war Heidmann in der Hütte, wie Bernd es vermutet hatte. Wenn er dem Jagdpächter jetzt nur nicht noch direkt in die Arme liefe. Vielleicht war Heidmann nochmals zu seinem Wagen gegangen, hatte etwas holen wollen, sein Gewehr oder Proviant und stand hier jetzt ebenfalls lauschend in der Dunkelheit und fragte sich, welches Tier dort im Gebüsch umherkroch. Oder er hatte Bernd schon längst erspäht, ihn mit seinem lichtstarken Nachtglas erfasst, hatte seinen Weg durch den Hochwald die ganze Zeit verfolgt. Besaß nicht jeder Jäger heute auch ein Nachtsichtgerät? War die mehrschüssige Büchse bereits gespannt und angelegt, um dem dümmlichen Keiler, der dort im Wald so rumorte, eine Kugel zu verpassen?

Bernd überlegte, wo Heidmanns Revier endete. Ganz genau wusste er es nicht, aber es musste sich um die Hütte herum und hangabwärts erstrecken. Auf jeden Fall würde es nicht über den Kammweg hinausgehen, weil dort die Kreisgrenze verlief. Schließlich entschied er sich, weiter durch den Hochwald bergauf bis zum Kamm aufzusteigen und westwärts – von der Hütte weg – zu gehen. Er würde einen langen Umweg in Kauf nehmen müssen und erst auf der anderen Seite des Ortes über den breiten Holzabfuhrweg zurück ins Tal absteigen können, aber er wollte jede ungewollte Begegnung vermeiden. Innerlich fluchte er über den Rückweg, der nun so viel beschwerlicher werden würde als geplant. Und über die Naivität, mit der er die Sache angegangen war.

Was war wirklich an jenem Abend geschehen? Was war Einbildung und was war real, warum blieb das Mädchen trotz aller Suche verschwunden und wieso hatte er sie in der Schonung nicht finden können? Das machte alles keinen Sinn.

Und doch war er unendlich erleichtert, dass das Schreckliche, das Unsagbare, heute Abend nicht eingetreten war. Er hatte nicht vor ihrem entstellten, toten Körper knien müssen, um sie zu entkleiden und ihre Sachen in den stabilen Müllsack zu stopfen, den er mitgenommen hatte, und den er dann am nächsten Tag, nachdem er ihre persönlichen Sachen, die Tasche mitsamt Inhalt, die Ausweise, Karten und das Portemonnaie, ihren Schmuck und die Ringe, die er von ihren steifen Fingern hätte abziehen müssen wie ein Raubmörder, in seinem Kaminofen verbrannt und den verbleibenden Schlackeklumpen in seinem Garten vergraben hätte, irgendwo in hundert Kilometer Entfernung an einem der Autobahnparkplätze in einen Abfallcontainer hatte werfen wollen. Auch hatte er seinen Klappspaten nicht benutzen müssen, um ein Loch von etwa einem halben Meter mal ein Meter fünfzig zu graben – eine Arbeit, für die er mindestens zwei Stunden veranschlagt hatte –, an jener Stelle mit dem weichen, wurzelfreien Boden, die er vom Pilzsammeln gut kannte, hatte nicht ihren Körper umfassen und keuchend über seiner Schulter tragen, in das Loch werfen und verscharren müssen, um dann – obwohl er die Stelle mit Laub und trockenen Ästen sorgfältig getarnt hätte – mit der Furcht leben zu müssen, ein Wildschwein oder ein streunender Hund könne sie, durch den verlockenden, süßlichen Aasgeruch angelockt, ausgraben und ihre Körperteile im Wald verstreuen.

Als Bernd über eine Stunde später endlich den Waldrand erreichte und das Dorf still im Tal liegen sah, stiegen ihm vor Erschöpfung Tränen in die Augen.

*Durst. Die Zunge klebt am Gaumen. Sie muss husten. Der Schmerz durchfährt sie erneut mit heißem Strahl. Ein Schatten neben ihr bewegt sich. Jemand umfasst ihren Nacken, stützt ihren Kopf. Sie spürt etwas Kaltes und Hartes an den Lippen. „Trink!" Gierig trinkt sie und lässt den Kopf dann erschöpft sinken.*

## Laden

Die roten Klinker an der Wetterseite waren übersät mit abgeplatzten Stellen, die die Wand zwischen den mit Angebotsplakaten beklebten Reklameflächen pockennarbig aussehen ließen. An einigen Stellen hatte jemand die Steine mit einem zu hellen Mörtel verfugt. Graue Eternit-Wellplatten bedeckten das Walmdach des langgestreckten Gebäudes. An der Front zur Straße war das Erdgeschoss vor Jahrzehnten mit gelben Fliesen verblendet worden, aber der Frost hatte seitdem etliche davon abgesprengt oder reißen lassen. Ein besonders tiefer Riss führte vom Fensterbrett des Ladenfensters zur unteren linken Hausecke.

„Dein Dorfladen" stand mit großen Lettern auf dem Schild über dem Eingang. Der Schriftzug war auf eine Folie gedruckt und auf das alte EDEKA-Leuchtschild geklebt worden, an den Seiten hatte er sich jedoch bereits wieder gelöst, sodass die blauen Großbuchstaben darunter sichtbar waren. Das Scherengitter, das nachts den etwas zurückgesetzten Eingangsbereich sicherte, hing windschief und unordentlich zusammengeschoben in seiner Wandbefestigung. Rechts in der Nische vor der Tür standen zwei Steigen Grünkohl auf einem kleinen Tisch.

Die Türglocke schellte schrill, als Daniel die Tür zum Laden aufstieß. „Guten Morgen, Frau Lange", grüßte er die Frau an der Kasse artig wie ein Schulkind, das seinen ersten Lutscher kauft. Frau Lange nickte ihm freundlich zu, wie immer trug sie einen weißen Kittel mit blauen Aufschlägen. Mit ihrem kurz geschnittenen schlohweißen Haar, der dunklen Hornbrille und der stämmigen Statur hätte man sie auch für einen Mann halten können. Sie hatte den Laden vor einigen Jahren zusammen mit ihrer Partnerin übernommen, nachdem der alte Kaufmann aufgegeben hatte. Man erzählte sich, dass die beiden im Nachbarort sogar in einem Haus zusammenlebten, beides Witwen, die einander – von den ehelichen Zwängen befreit – im gesetzteren Alter gefunden hatten.

Seine Mutter hatte neulich gesagt, dass der Laden nicht mehr lange durchhalten würde. Daniel ging an dem kleinen Stand mit welkem Gemüse und fleckigem Obst vorbei, dann an den Regalen mit Trockenwaren, Nudeln, Mehl und Dauerkonserven. Erst kürzlich hatten sie die Verkaufsregale um die oberste Ebene verkürzt, einfach die Träger mit dem Trennschleifer grob abgeflext, die Schnittkanten glänzten noch, scharfkantig und nicht entgratet, blank im Licht der Leuchtstoffröhren.

„Das haben die doch nur gemacht, damit man nicht merkt, dass der Laden nur noch zur Hälfte gefüllt ist", hatte seine Mutter spitz angemerkt. Sie hatte immer ein Auge auf alle Veränderungen im Laden, denn früher, als es noch ein richtiger EDEKA gewesen war, hatte seine Mutter hier selbst gearbeitet. Und dass der Großteil des Inventars noch aus dieser Zeit stammte, konnte selbst Daniel erahnen. Eine zweite große Gefriertruhe für die Fertiggerichte, gebraucht gekauft und mit abgestoßenen Ecken, war hinzugekommen, die Fleischtheke mit Frischfleisch und Hausmacherwurst jedoch, wo er als Kind immer eine Scheibe Fleischwurst geschenkt bekommen hatte, war einem weiteren Kühlregal mit abgepackter Fertigware gewichen. Zwar wurde der Bäckertresen noch immer von einem Bäcker aus der Umgebung beschickt, aber viele der Weidenkörbe waren leer und stets gab es altes Brot vom Vortag zum halben Preis. Hundefutter und Süßkram hingegen waren reichlich vorhanden, das lief wohl ganz gut, und verglichen mit dem verstaubten Weinsortiment war das Regal mit den Spirituosen gut gefüllt: Weizenkorn, Stonsdorfer und Grüner für die Herren, Apfelkorn und Schlehenfeuer für die Damen.

Andere Regale boten die Dinge des täglichen Bedarfes: Fein-strumpfhosen, Damenbinden, Waschmittel, Wurzelbürsten. Die Mutter betonte immer, früher sei der Laden eine echte Goldgrube gewesen. Die Leute des Dorfes hätten einfach alles dort gekauft, selbst dann noch, als schon die ersten großen SB-Märkte in der Kreisstadt aufgemacht hatten.

„Auf unsere Qualität konnte man sich eben verlassen", sagte sie dann. „Und wenn man schnell was brauchte, musste man nicht so weit fahren". Darauf folgte meist die Geschichte vom Rheuma in ihren Fingern, das sie sich angeblich durch das ewige Kramen in der Kühltruhe zugezogen hatte.

Daniel bemerkte sehr wohl die Spinnweben zwischen den Gittern der Deckenlampen und die abblätternde Farbe an den Wänden. Im gefliesten Boden waren die Fehlstellen einfach mit grauem Estrich ausgefüllt worden. Er stand gerade vor dem Regal mit den Süßigkeiten und ließ seinen Blick über die Reihen von Mars-, Snickers- und Bounty-Riegeln streifen, als die Türglocke schellte. Daniel blickte auf: Der Jagdpächter trat ein.

Heidmann schaute sich kurz im Laden um, nahm dann einen der angerosteten Einkaufskörbe, die am Eingang auf Kunden warteten, und begann zielstrebig, die Regale abzulaufen. Gulaschsuppe, Brot, eine große Fleischwurst, Margarine, Milch, eine Packung Käse, Toilettenpapier und Feuchtetücher wanderten in seinen Korb. Daniel stand noch immer unschlüssig an seinem Platz, hin und hergerissen zwischen Twix, Mars und einer Tafel weißer Crunch-Schokolade. Über die abgesägten Regale hinweg konnte er alles gut beobachten. Und langsam wurde er neugierig. Heidmann war doch verheiratet und Männer seines Alters kauften nur höchst selten selbst ein, das überließen sie lieber ihren Frauen.

Seine Mutter sagte immer, dass Männer ohnehin nicht einkaufen könnten. Sie hätten keinen Sinn dafür, würden sich die Preise nicht merken, nicht sehen, ob das Gemüse frisch war oder schon angegangen, sie schauten nie auf das Haltbarkeitsdatum, bräuchten ewig und vergaßen dann auch noch die Hälfte. Sein Vater sei dafür der schlagende Beweis.

Heidmann kam jetzt auf ihn zu. Daniel trat etwas zur Seite und grüßte den älteren Mann eilfertig, Heidmann jedoch würdigte ihn keines Blickes und hielt direkt auf das Schnapsregal zu. Schnell ließ er drei Flaschen Weizenkorn in seinen Korb gleiten und marschierte zur Kasse.

Plötzlich ging die Türglocke erneut. Der arbeitslose Ingenieur, den manche „den Spinner" nannten und der oben am Waldrand in dem alten Fachwerkhaus wohnte und immer mit seinem Sportwagen durch den Ort fuhr, trat ein. Als der Mann Heidmann erblickte, der gerade seinen Einkauf bezahlen wollte und dabei einige Worte mit Frau Lange wechselte, ging er direkt hinüber zur Kasse. Ohne auf Frau Lange zu achten, sprach er den Jagdpächter aufgeregt an. Heidmann erwiderte etwas mit seiner sonoren Stimme, es klang beschwichtigend und unangenehm berührt.

Daniel versuchte das Gespräch zu verstehen.

„... noch immer nicht gefunden!", sagte der Spinner und: „Drei Tage schon ...", schließlich folgte eine Frage, es klang wie: „... kein Lebenszeichen?" Heidmann, dem das aufgeregte Auftreten des anderen allem Anschein nach peinlich war, schien den Mann beruhigen zu wollen. „Hat doch keinen Sinn, sich darüber aufzuregen, ... wir haben es ja versucht, wird sich alles finden ...", antwortete der Jäger ruhig, nahm sein Wechselgeld entgegen und verließ den Laden. Der Spinner blieb unschlüssig stehen und schaute Heidmann mit verdutzter Miene hinterher. Dann ging er langsam zurück zum Eingang, nahm sich endlich einen Korb und begann, lustlos die Auslage zu mustern.

## Fährte

Bernd stand vor dem Regal mit Hundefutter. „Saftige Brocken vom Rindfleisch mit Huhn und Gemüse", las er. Klang wie auf der Speisekarte eines gutbürgerlichen Restaurants. Das war doch irgendwie pervers, dass er seinem Hund ein ganzes Gericht mit bestem Fleisch kaufte, während er selbst meistens von Nudeln mit Tomatensoße lebte. Eigentlich bekam der Hund ja auch nur das billige Trockenfutter aus dem Raiffeisen-Markt, fünfzehn Kilo zu zehn Euro, das musste reichen. Aber heute würde es mal etwas richtig Gutes geben, der Hund hatte schließlich die halbe Nacht fiepsend und jaulend hinter der Haustür gelegen, nachdem sein Herrchen spätabends einfach ohne ihn in den Wald gegangen und erst am frühen Morgen zurückgekehrt war.

Heidmanns Reaktion gab ihm Rätsel auf. Wieso hatte dieser auf seine Nachfrage zum Stand der Dinge so abweisend reagiert? Schließlich war es doch Heidmann gewesen, der sich voller Mitgefühl für die verzweifelten Eltern über die mangelnde Aktivität der Polizei aufgeregt und dann am Vortag die Suche organisiert hatte. Und jetzt war ein „wird sich alles finden, nur keine Hektik" alles, was er zu sagen hatte?

Dann bemerkte er den Jungen im vorderen Teil des Ladens, der auffällig lange das Süßigkeitenregal musterte. Bernd ging auf ihn zu. „Hallo Daniel? Du heißt doch Daniel, oder?" Der Junge betrachtete weiter die Auslage und antwortete nicht. „Du hast doch die Sandra als Letzter gesehen. Was ist denn da passiert, wieso ist sie an dem Abend verschwunden?" Bernd erschreckte sich selbst über die plumpe Art, mit der er Daniel ansprach. Er wäre sicher kein guter Ermittler geworden. Sollte man nicht erst Vertrauen aufbauen und nur indirekt nach dem

Sachverhalt fragen, sodass der Verdächtige von selbst erzählte und dabei dann mehr preisgab, als er wollte? „Du kennst mich doch, ich bin der Bernd, beim letzten Schützenfest haben wir doch gemeinsam ...“

„Ich weiß, wer Sie sind“, fiel ihm Daniel ins Wort, er hatte sich plötzlich umgewandt und sah Bernd feindselig an. „Ich habe der Polizei bereits alles erzählt, Sie geht das gar nichts an!“

„Aber man ist doch auch Nachbar, hier im Dorf machen wir uns alle Sorgen“, entgegnete Bernd beschwichtigend. „Fragst du dich denn nicht, wieso Sandra noch immer verschwunden ist? Das ist doch komisch, einfach so weg und niemand hat eine Ahnung.“ Daniel zuckte mit den Schultern und schaute Bernd gleichgültig an.

„Ich weiß nur, dass sie noch ganz lebendig war, als sie aus meinem Auto gesprungen und davongelaufen ist. Mehr kann ich auch nicht sagen.“ Daniel sah zur Kasse und machte Anstalten weiterzugehen. Bernd stellte sich ihm in den Weg.

„Wo war denn das genau? Und warum ist Sandra überhaupt vor dir weggelaufen? Ist was zwischen euch vorgefallen, ein Streit oder so?“

„Ist doch nicht Ihr Problem oder haben Sie etwa endlich einen neuen Job und sind jetzt auch bei der Polizei?“ Was für ein kleines, pickliges Arschloch, dachte Bernd. Er baute sich vor Daniel auf, den er um mindestens einen Kopf überragte.

„Jetzt hör mal zu, Freundchen“, stieß er drohend hervor und war kurz davor, den Jungen am Kragen zu packen. „Ich weiß ganz genau, wo du herkommst. Mutter Putze, Vater Quartalssäufer, Bruder verhaltensauffällig, du brauchst hier nicht auf großen Macker machen!“ Daniel sah ihn finster an, wirkte jetzt aber doch eingeschüchtert.

„Wir waren auf dem Waldparkplatz oben am Pass, abends so gegen elf. Sie wissen schon. Dann ist sie aufgesprungen und zur Straße gelaufen. Keine Ahnung warum. Und jetzt lassen

Sie mich durch." Bernd trat zur Seite und Daniel stürmte aus dem Laden, ohne einen der Schokoriegel mitgenommen zu haben. Bernd ging langsam zur Kasse.

Frau Lange, die den Vorfall natürlich mitbekommen hatte, beugte sich über den kleinen Kassentisch zu ihm. „Das ist doch wirklich merkwürdig, das mit dem Mädchen. Spurlos verschwunden seit drei Tagen. Wenn der Daniel mal nicht doch was damit zu tun hat. Der Junge ist doch nicht ganz normal, genau wie sein Vater. Der soll sich früher auf den Festen immer an die Frauen rangemacht haben, so ein kleiner Grabscher war das wohl, ekelhaft. Seine Frau kann einem ja nur leidtun, schuftet den ganzen Tag, putzt und macht, und ihr lieber Gatte kommt kaum noch aus dem Bett."

Bernd murmelte irgendetwas Belangloses, zahlte und wollte gerade den Laden verlassen, aber die Inhaberin hatte noch eine weitere Neuigkeit für ihn. Ob er denn schon mitbekommen habe, dass Brunkmeyer die kleine Wohnung im Obergeschoss vermietet habe, jetzt wo die Oma im Pflegeheim war. Da würde bald eine junge Frau einziehen, eine vom Landratsamt, eine Beamtin, – das sei doch wie ein Sechser im Lotto für Brunkmeyer – und auch so nett, sie wäre schon hier im Laden gewesen. In diesem Moment klingelte hinten im Büro das Telefon. Frau Lange verließ ihren Kassenplatz und Bernd konnte sich dem Gespräch entziehen. Nachdenklich verließ er das Geschäft.

Eigentlich tat ihm Daniel leid. Er hatte sich zwar gerade wie ein Arschloch benommen, aber wer konnte es ihm verdenken? Von einem quasi Fremden im Laden ausgefragt zu werden, zu einer Sache, die ihn bestimmt belastete, war nicht angenehm. Und was den Vater betraf, dessen Stelle in der Fabrik für Motorteile war wahrscheinlich ebenso wegrationalisiert worden, wie Bernds eigene Stelle. Da hatten wieder ein paar Controller am grünen Tisch ihre Bleistifte gespitzt und aus war es. Und wie schwer es einem irgendwann fiel, morgens überhaupt noch aufzustehen, wenn man keine Aufgabe mehr hatte, wusste Bernd genau. Er selbst trank auch zu oft und zu viel, wenn die Tage lang und leer waren. Im Grunde konnte man vor der Mutter nur den Hut ziehen, die war sich für keine Arbeit zu schade, putzte in den guten Häusern, machte Besorgungen für die alten Leute, hielt das kleine Haus in Schuss. Und Daniel war nicht dumm und hatte es immerhin auf das Gymnasium geschafft. Hatte der nicht eigentlich eine kleine Freundin oben im Neubaugebiet? Die, die er schon einmal mit Sandra durch den Ort hatte flanieren sehen? Er würde das bei Gelegenheit in Erfahrung bringen. Aber eins war klar: Das Mädchen am Pass musste Sandra gewesen sein, kein Zweifel. Alles passte zusammen. Nur dass Sandra nicht wieder aufgetaucht war.

## Schützenfest

„Siehst du bitte nach deinem Vater", hatte seine Mutter gesagt. Also war er losgegangen. Als er sich dem Festplatz näherte, stieg ihm der Geruch von Bratwurst und gebrannten Mandeln in die Nase.

Auf dem kleinen Platz war ein Karussell aufgebaut worden, eines von diesen Modellen des Typs „Krake", die sich steil aufrichteten und bei denen sich zusätzlich auch die Gondeln um die eigene Achse drehten. Es gab eine Schießbude und einen Verkaufswagen mit Süßkram: Mandeln, kandierte Äpfel, Zuckerwatte. Der Pizzabäcker war auch da. Dessen Calzone fand Daniel besonders ekelhaft. Vorgebackene, fettige Teigtaschen, mit Dosenpilzen, Salami und billigem Käse gefüllt, die dann nochmals kurz in ranziges Frittierfett geworfen wurden und einem tagelang schwer im Magen lagen.

Der Wurststand der Feuerwehr daneben war da vielversprechender. Daniel gönnte sich erstmal eine Bratwurst. Seine Mutter hatte ihn mit einem kleinen Schein bestochen, damit er sich überhaupt auf den Weg machte. Die trockene Toastscheibe wanderte gleich in den Mülleimer, Senf brauchte er nicht. Er trennte den Kartonstreifen von der rechteckigen Bratwurstpappe ab und umfasste damit die Wurst. Die Bratwurst war genau richtig, schön heiß, außen kross, nur ganz wenig verkohlt und nicht zu stark gewürzt. Zufrieden kauend bereitete er sich innerlich auf seine Mission vor. Seine Mutter schickte meistens ihn, um seinen Vater von derartigen Veranstaltungen abzuholen. Sie selbst wollte sich diese Schmach nicht mehr antun.

Es gab einige Feste im Dorf. Das Jahr begann mit dem Osterfeuer, oben auf Noltes Wiese am Wald, von wo aus man das ganze Tal überblickte, dann folgten das Schützenfest, das Sängerfest, alle zwei Jahre das kleine Straßenfest im Neubaugebiet und am Ende des Jahres – wenn man es denn dazu zählen wollte – das Weihnachtsreiten des Reitvereins.

Meistens klappte das Abholen ganz gut. Daniel musste nur den richtigen Zeitpunkt abpassen. Kam er zu früh und war der Vater noch nicht richtig betrunken, weigerte er sich. Dann gab es Streit und Widerworte. Warum sollte der Vater auch mittendrin aufhören, wenn er mit seinen Kumpeln in der Kneipe saß oder mit den Feuerwehrkameraden die neue Motorspritze begoss. Und wie hätte das denn auch bitte ausgesehen, wenn er sich von seinem halbwüchsigen Sohn, diesem kleinem Besserwisser, nach Hause kommandieren ließe und wie sich seine Frau das wohl vorstellte? Das kam doch gar nicht in die Tüte!

Daniel musste also den Zeitpunkt erwischen, an dem der Alte bereits gut abgefüllt war und sich bereitwillig abführen ließ, andererseits aber noch weitgehend selbständig gehen konnte. Nur gut, dass sich sein Vater meist nicht mehr daran erinnerte, wie er am Abend ins Bett gekommen war. Aber es kam auch vor, dass er am nächsten Morgen, wenn er wieder nüchtern war, die Mutter anraunzte, sie hätte ihn zum Gespött des Dorfes gemacht. Die Mutter sagte dann nur, das schaffe er schon ganz gut selbst mit seiner Sauferei und dann wurde der Vater wieder kleinlaut und der Vorfall wurde nicht mehr erwähnt.

Daniel war froh, dass Babsi es kategorisch abgelehnt hatte, dieses Dorffest zu besuchen. Auch andere Schulkameraden würden heute wohl eher nicht hier sein. Der erste Abend war traditionell den Älteren vorbehalten, am Samstag zur Zeltdisco kamen dann auch die Jungen, die Schüler und die auswärtigen Jugendlichen. Aber heute blieb das Dorf noch unter sich.

Daniel musste zunächst den Zustand seines Vaters beobachten. Sicher war er irgendwo an der Theke zu finden. Daniel würde sich im Hintergrund halten, noch zwei, drei weitere Runden abwarten und dann, wenn sein Erzeuger schon etwas teilnahmslos ins Leere starrte, zugreifen.

Im Zelt schlug ihm warme, abgestandene Luft entgegen, eine Mischung aus Bierdunst, Schweiß und Eau de Cologne. Das Festzelt war mit grünen Birken geschmückt, an der Decke hingen bunte Luftballons. Bierbänke standen an Tischen mit weißen Papierdecken, an der Stirnseite links die große Theke, von den Männern umlagert, rechts in der anderen Ecke das kleine Podium für die Kapelle.

„Oldies-Night – Es spielen die Karls!", war auf den Plakaten annonciert worden. Auf dem Podium spielten drei Musiker fortgeschrittenen Alters Schlagzeug, Keyboard und Bass, sie trugen rote Westen mit silbernen Knöpfen und dazu schütteres Haupthaar. Vor dem Podium drehten sich die Paare auf der Tanzfläche.

Daniel verschaffte sich ein erstes grobes Lagebild, während er langsam die Strecke vom Zelteingang zur Theke abschritt. Sein Vater stand seitlich an der Theke, rechts von ihm der alte Thiel mit seiner Entourage: Heidmann, Brunkmeyer, Nolte und Paulmann. Thiel war wieder groß in Form und erklärte den anderen die Welt, das erkannte Daniel sofort, obwohl im Lärm des Zeltes kein Wort zu verstehen war. Sein Vater beteiligte sich nicht am Gespräch. Er stand etwas abseits und betrachtete sein Bierglas.

Die Kapelle intonierte gerade die letzte Strophe des Weser-Liedes und viele im Zelt sangen lauthals mit. Dann rief plötzlich eine Stimme aus dem Lautsprecher: „Damenwahl", und bevor Daniel sich versah, steuerte eine dralle Endfünfzigerin auf ihn zu, ergriff seine Hand und zog ihn auf die Tanzfläche. Widerstand war zwecklos. „Santa Maria" erklang. Er versuchte, sich an die in der Tanzstunde erlernten Schritte zu erinnern, aber seine Partnerin führte ihn bereits im deutschen Einheitsschritt, zwei links, eins rechts, über den Tanzboden. Das war jetzt mehr als peinlich, nur gut, dass er keine Mitschüler entdeckt hatte. Die Frau drückte ihn fest an sich, sodass er die Spitzen ihres Mieders fühlen konnte. Ihr erhitztes breites Gesicht, Nase und Wangen stark gerötet, die Oberlippe behaart, näherte sich dem seinen bedrohlich. Sie schien entzückt, einen so jungen Tänzer ergattert zu haben. Zur „Schwarzen Barbara" ging es weiter im Kreis. Dann setzte die Musik kurz aus. Michael versuchte, sich dem Griff seiner Tanzpartnerin zu entziehen, aber die hielt seine Hand mit der Kraft jahrelanger Landarbeit fest umschlossen.

Jetzt sang die Kapelle: „Der schönste Mann ist der Weihnachtsmann", und ein erwartungsvolles Raunen ging durch das Publikum. Daniel wusste, dass sich nun etwas Unangenehmes anbahnen würde. Dann, bei der zweiten Strophe, änderte die Kapelle den Refrain in: „Der schönste Mann ist der Pillermann", worauf allgemeines Juchzen ausbrach. „Ach, was singt er denn nun schon wieder?", rief Daniels Tanzpartnerin begeistert, warf beide Arme in die Luft und offenbarte dabei ihr Achselhaar. Ein deutlicher Schweißgeruch stieg auf. Daniel nutzte die Gelegenheit, nickte kurz entschuldigend und verließ die Tanzfläche.

Sein Vater stand noch wie zuvor an der Theke und Daniel schob sich nun durch das Gedränge zu ihm hin. Als er endlich neben seinem Vater stand, stupste er den Alten vorsichtig an. Der ignorierte die Berührung zunächst, erst nach dem dritten Stupser drehte er sich um und sah Daniel ausdruckslos an. „Mutter sagt, du sollst jetzt heimkommen", brüllte Daniel seinem Vater ins Ohr. Der musterte ihn mit schwammigem Blick, als sähe er das Gesicht seines Sohnes gerade zum ersten Mal. „Was willst du denn schon wieder hier? Sieh zu, dass du Land gewinnst. Und sag deiner Mutter, sie kann mich mal!" Er lallte deutlich. Dann drehte er sich wieder zum Tresen und verlangte nach einem weiteren Bier.

Daniel stand abwartend daneben, sah zu, wie der Vater umständlich sein Geld aus der Hosentasche kramte und das Bier bezahlte. „Komm, lass uns nach Haus gehen, du hast doch jetzt schon lange genug."

„Nur noch austrinken", nuschelte sein Vater, hob das Glas und leerte es mit einem Zug. Daniel hakte seinen Vater unter und schob ihn behutsam zum Ausgang. Der wehrte sich nicht, sondern trottete brav neben ihm her. Vom Zelteingang aus blickte Daniel ein letztes Mal zurück. Auf der Tanzfläche war jetzt eine Polonaise unterwegs. „Und Erwin fasst der Heidi von hinten an die Schultern ...", hörte er noch, bevor sie ins Freie traten.

Als sie am Karussell vorbeikamen, waren einige Männer gerade dabei, Marhenke, der nicht mehr stehen konnte, in eine der Gondeln zu verfrachten. Johlend drückten sie ihn in den Sitz und ließen dann den Sicherheitsbügel zuschnappen. „Eine Freifahrt für unseren lieben Marhenke", hörte er sie rufen, höhnisches Gelächter folgte. Daniel blieb stehen und beobachtete gespannt das Schauspiel. Dabei hielt er seines Vaters Arm weiter fest umklammert, nicht dass dieser zurück ins Bierzelt liefe.

Marhenke versuchte noch kraftlos, sich zu befreien und aus der Gondel auszusteigen, aber der Bügel war bereits eingerastet und hielt ihn fest. Schon lief das Karussell an. Erst langsam, dann immer schneller drehte sich das Traggestell in die eine und unter ihm die Gondeln an ihren Aufhängungen in die andere Richtung. Zur Untermalung dröhnte lauter Lärm aus den Boxen – Hupen, Sirenen und Turbinengeräusche – ‚um das Gefühl von Geschwindigkeit zu verstärken. Schließlich trat der Hubzylinder unter lautem Knarzen in Aktion und der Krake begann sich aufzustellen.

Immer wenn die Gondel mit Marhenke vorbeirauschte, konnte Daniel kurz dessen verzerrtes Gesicht sehen. Marhenke schien während der Fahrt immer mehr in sich zusammenzu-

sinken, hing schräg in seinem Sitz, den Kopf seltsam nach außen geneigt. Hatte er das Bewusstsein verloren? Daniel zog
seinen Vater instinktiv einige Schritte zurück. Schon klatschte
vor ihnen Erbrochenes ins Gras. Die Männer, die Marhenke in
die Gondel gesetzt hatten, standen neben ihnen und schlugen
sich laut lachend auf die Schenkel.

Endlich lief das Karussell aus, kam zum Stehen, die Bügel
schnappten auf. Marhenke, der regungslos in seinem Sitz gehangen hatte, rappelte sich auf, fiel aus der Gondel auf den
Boden und kroch dann auf allen Vieren seitlich in Gras. Dort
sackte er mit einem dumpfen, grunzenden Laut zusammen.

Daniel wandte sich ab und zog seinen Vater fort. Der schaute gleichgültig ins Leere, so als hätte er von all dem nichts
mitbekommen. Ein Sanitäter vom Roten Kreuz hastete an ihnen vorbei. Als sie den Plattenweg zu ihrem Haus hinauf-
gingen, konnte er den Lärm des Festes noch immer deutlich
vernehmen.

## Weihnachtsreiten

„Durch die ganze Bahn Wechsel", kommandierte der Reitlehrer. Michael gab eine halbe Parade außen, visierte den Bahnpunkt an und ritt aus der Ecke auf einer geraden Linie zum Bahnmittelpunkt. Am anderen Wechselpunkt stellte er das Pferd um. „Umsitzen, umstellen, umfassen", sagte er zu sich. „Das innere Sitzbein belasten, die innere Hand leicht eindrehen, außen nachgeben, innerer Schenkel am Gurt treibend, äußerer Schenkel verwahrend hinter den Gurt, in der Bewegung bleiben, den Sattel auswischen, Fußspitzen parallel zum Pferdeleib, Blick frei geradeaus."

Gebetsmühlenartig wiederholte er im Kopf das Gelernte. „Wenn der Sack richtig liegt, sitzt du korrekt", sagte der Reitlehrer immer. „Locker bleiben, keinen Rundrücken machen, mit dem Kreuz treiben." Das Pferd vor ihm trug eine rote Schleife im Schweif. „Nicht zu dicht aufreiten, immer die korrekte eine Pferdelänge Abstand halten, das vor dir ist ein Schläger." Die Zuschauer auf der Tribüne ahnten nicht ansatzweise, wie er sich konzentrieren musste, wie ihm der Schweiß über das Gesicht lief und dass die zu enge Reitkappe an der Stirn zwickte und juckte wie verrückt, obwohl er sich nicht kratzen durfte.

Oben auf der Tribüne, die mit stolzen Eltern gefüllt war, erschien nun Frau Ebeling mit ihrem Mann. Die Stimme des Reitlehrers sackte um mindestens eine halbe Oktave nach unten, wurde noch kerniger, noch männlicher. Jetzt teilten sich die Reiter in zwei Gruppen. Auf das Kommando des Reitlehrers hin wendete jeder zweite Reiter in der Mitte der kurzen Seite ab und wechselte auf die gegenläufige Hand. Die Quadrille wurde spiegelbildlich in zwei Abteilungen zu vier Mann geritten. Präzision war wichtig, wenn bei manchen Bahnfiguren die Reiter der einen Abteilung diagonal durch die Reihe der anderen Abteilung ritten. Die Devise des Reitlehrers in den letzten Wochen duldete keinen Widerspruch: „Das wird bis zur Vergasung geübt – ich will, dass auch der Letzte hier die Aufgabe im Schlaf beherrscht!" Und so hatten sie zweimal die Woche gemeinsam die Quadrille geritten. Und das Üben hatte sich ausgezahlt.

Michael ritt an der Spitze der zweiten Abteilung. Weil sich seine Stute auf den Zügel legte, hatte er sich in der letzten Übungsstunde Blasen an beiden Ringfingern zugezogen. Jetzt rieb der Stoff der Reithandschuhe in den offenen Wunden und es brannte bei jeder Bewegung.

Der Alte stand ebenfalls auf der Tribüne und schaute ihm missmutig zu. Sicher hatte er schon mehrere Glühweine hinter sich. Und genauso sicher war sein vernichtendes Urteil über die Reitkünste seines Sohnes schon längst gefällt. Er würde seinem Sohn später haarklein erläutern, was er wieder alles falsch gemacht hatte, wie sich der Alte wieder einmal für seinen Sohn hatte schämen müssen: „Keinen Biss, keine innere Haltung, da waren wir früher anders, wir wollten noch etwas erreichen, aber die heutige Jugend, die ist ja nur noch satt und ohne Ehrgeiz!"

Alles lief wie am Schnürchen. Und irgendwann, Michael kamen die Minuten wie Stunden vor, waren alle Figuren beendet und das Kommando zum Aufmarschieren schallte durch die Bahn. Von der kurzen Seite her ging es jetzt im versammelten Trab zur Tribüne. Abstand zum Nebenmann halten, dann am Zirkelpunkt durchparieren zum Stehen. Die Pferde standen exakt auf einer Linie, mit Blick zur Tribüne, seine Stute kaute zufrieden auf dem Gebissstück. Dann, auf ein weiteres Kommando, der Gruß. Großer Beifall brauste auf.

Die Reiter lobten ihre Pferde, saßen ab und führten die Tiere nacheinander aus der Bahn. Jeder wurde von seinem Anhang begeistert empfangen. Kinder streichelten die Pferde, Eltern lobten ihre Kinder. Als Michael aus der Bahn ging, stand dort niemand. Sein Vater hatte sich nicht die Mühe gemacht, von der Tribüne herunterzukommen. Dabei war doch alles so gut gelaufen. Er hatte sich nicht einen Patzer geleistet, sein alter Goldfuchs hatte trotz der Aufregung den Rücken hergegeben, war an den Hilfen geblieben und brav gegangen.

Der Reitlehrer stand schon mit Ebelings zusammen und ließ sich für die gelungene Vorführung beglückwünschen. Einige der älteren Reiter forderten lauthals einen Glühwein, die Mädchen lachten erleichtert und alberten herum, kurze Zeit später führten sie die Pferde zum Stallgebäude, ihre Familien im Gefolge.

Er bat eines der Reitmädchen, kurz sein Pferd zu halten und holte seine Sachen aus der Ecke hinter der Bande, wo er sie vor der Quadrille deponiert hatte. Dann legte er seiner Fuchsstute die schwere Decke über, schloss die Schnallen an der Brust und die Schlaufen an der Hinterhand und befestigte die Bandagen mit den Reflexionsstreifen an den Vorderbeinen. Eine Zeitlang stand er noch unschlüssig herum, ob ihn jemand wegen der gelungenen Vorführung ansprechen würde. Der Warmhaltebehälter mit dem Glühwein dampfte unweit von ihm oben auf der Tribüne. Becher wurden durchgereicht. Gelächter erklang.

Durch die aufgeschobene Hallentür sah er draußen die Kutsche für den Auftritt des Weihnachtsmannes vorfahren. Der Verein hieß zwar offiziell „Reit- und Fahrverein", aber gefahren wurde nur noch einmal im Jahr, immer zum Weihnachtsreiten. Brunkmeyer zog dann den historischen Landauer aus der Scheune, spannte die alte Braune von Heidmann ein und rumpelte auf den stahlbereiften Rädern durch den Ort bis vor die Reithalle, wo das Christkind zustieg. Michael wusste nicht, welchem der älteren Reitmädchen diesmal die Ehre zuteil geworden war, im weißen Hemd und mit Engelsflügeln ausstaffiert, die kleinen Tüten mit Süßigkeiten an die Kinder zu verteilen. Dass Brunkmeyer auf dem Bock saß, war jedenfalls unverkennbar: Unter dem Weihnachtsmannkostüm lugten die Manchesterhosen weit heraus. Der Reitlehrer stolzierte jetzt die Treppe von der Tribüne herab und kam auf Michael zu. Michael wusste, dass er alles richtig gemacht hatte. Mit seiner erfahrenen Stute hatte er die zweite Abteilung zusammengehalten. „Mach hier mal Platz, die Kinder wollen in die Bahn", war alles, was er zu hören bekam.

Michael zog sich die Jacke an, band links die Stiefellampe um und führte seine Stute auf den Vorplatz vor der Reithalle. Dort saß er auf, um zurück zum heimischen Stall zu reiten. Hinter ihm hörte er, wie die Kinder kreischend in die Bahn stürmten. Zuhause im Stall würde er das Pferd mit sauberem Stroh abreiben, die Pferdeäpfel aus den Boxen nehmen, einstreuen und füttern. Und dann würde er sich in die Stube setzen und ein wenig fernsehen.

## Brauner Kohl

Die Kaffeetasse vor ihm war angeschlagen. Oben am Rand fehlte ein kleines Stück des weißen Porzellans. Er hob die Tasse an und musterte sie interessiert. Ein Riss zog sich von der angeschlagenen Stelle die Wandung hinab. Der Riss war leicht bräunlich verfärbt, wie ein Haar, das innen in der Tasse klebte.

Die Tische waren im Saal zu zwei langen Reihen zusammengeschoben worden. Bei den großen Kaffeetafeln nach den Beerdigungen machten sie es genauso. Jedes Gedeck bestand aus einem großen Teller und einer Kaffeetasse. Außer einer grünen Stoffserviette, die auf jedem der Teller wie hingeworfen lag, gab es keinen Tischschmuck. Im Licht der Leuchtstofflampen, in deren Kuppeln sich die Schatten toter Insekten abzeichneten, wirkte die Gesichtshaut der Gäste seltsam fahl. So als wären sie alle bereits von einer todbringenden Krankheit gezeichnet, ohne sich des nahenden Endes bewusst zu sein.

Der Alte knuffte ihn mit dem Ellenbogen an und schnell stellte er die Tasse zurück auf den Tisch. Rechts neben Michael saß der irre Marhenke, gegenüber Nolte mit Frau, daneben Herr und Frau Brunkmeyer. Michael hätte lieber am anderen Tisch bei den Jugendlichen gesessen, zwischen den Reitmädchen in ihren bunten Blusen, dort steigerte sich die Stimmung bereits hörbar. Stattdessen saß er bei den Senioren, den Bauern und Gründungsmitgliedern.

Der Alte sprach jetzt über ihn hinweg mit Marhenke. Es ging um die Ernte und den vielen Regen der letzten Tage. Michael beugte sich etwas vor und sah die Tafel hinunter. Frau Ebeling und der Reitlehrer steckten schon wieder ihre Köpfe zusammen. Sicher schwärmte sie ihm von ihrer neuen Stute vor.

Michael kannte den Text schon auswendig: „Eine ganz Liebe, wirklich aus der besten Linie und dann auch noch so gut ausgebildet, na ja, das kann sich ja auch nicht jeder leisten, jetzt reite ich aber auch nur noch L-Lektionen!" Dann plinkerte sie den neben ihr sitzenden Reitlehrer mit großen Augen an, während ihr Mann abwesend vor sich hin starrte. Sicher antwortete der Reitlehrer jetzt bestätigend: „Ja, gnädige Frau, die haben wir doch gut ausgesucht, nicht wahr?", und sah sie dabei verschwörerisch an. Kein Wunder, dass dieses Pferd das beste der Welt ist, dachte Michael sich, für dich springen ja bei der Vermittlung auch satte zehn Prozent Provision raus. Und dann noch diese tiefe Dankbarkeit der stolzen Besitzerin. Da gab es nach der Einzelreitstunde sicher noch ein paar weitergehende Lektionen.

Endlich wurde die Tür zum Saal aufgestoßen und die Wirtin erschien mit den mit Schlachtebrühe gefüllten Kaffeekannen. Für einen kurzen Augenblick wurde es erwartungsvoll still im Saal, Stühle wurden in Position gerückt, Servietten entfaltet, Zigaretten in Aschenbechern ausgedrückt, Biergläser abgestellt. Die Wirtin bugsierte die Kannen auf eine Anrichte, kam dann mit der ersten an ihren Tisch und begann, die Tassen zu füllen.

Die wässrige Schlachtebrühe ergoss sich in seine Tasse, heiß, dampfend, ohne jede Einlage, zwei einsame Fettaugen dümpelten verschämt auf der Oberfläche. Der Lärm im Saal schwoll jetzt wieder an, zufriedenes Schlürfen erklang um ihn herum. Er hob seinen Blick und sah, wie Nolte ihm gegenüber seine Tasse schwungvoll ansetzte, sich sofort an der heißen Brühe den Mund verbrannte und vor Schreck einen Gutteil der Brühe über seinen grauen Pullover verschüttete, was von seiner Frau sofort mit einem spitzen „Pass doch auf, du oller Döskopp!" kommentiert wurde.

Michael pustete vorsichtig in die Tasse, um sich nicht ebenfalls zu verbrühen. Die Flüssigkeit roch und schmeckte nach nichts. Der Alte meckerte ihm ins Ohr: „Na, an dieser Brühe wurde das Fleisch doch wohl auch nur vorbei getragen, was?", und kippte schnell ein Bier nach.

Ja, wenn er wenigstens auch ein Bier hätte! Aber natürlich wieder kein Bier für ihn. Er würde bis zum Ende mit seiner Cola auskommen müssen. „Du nicht! So weit kommt das noch!", hatte der Alte ihm sofort zugezischt, als er die Hand zum Tablett ausgestreckt hatte. Während sich die Erwachsenen wieder planmäßig volllaufen lassen würden, war er zu einem Nachmittag unbarmherziger, nüchterner Klarheit verdammt. Hoffentlich war sein Vater nachher so zu, dass er seinen Sohn nicht mehr beachtete. Dann würde er sich schon noch etwas organisieren.

Nun wurde der Braune Kohl aufgetragen. Große Schüsseln mit grünlich-brauner Masse, andere mit farblosen, leicht glasigen Kartoffeln, schließlich die Platten mit Bregenwürstchen und Bauchfleisch. Michael angelte sich eine Wurst von einer Platte, häufte ein paar Kartoffeln daneben und klatschte einen Schlag des braunen Matsches darüber. Der Kohl rann wie dünner Rahmspinat zwischen die Kartoffeln. Vorsichtig stach er die pralle Wurst an der ihm abgewandten Seite an. Das Fett spritzte quer über das Tischtuch und tropfte am Bierglas seines Gegenübers herunter. Er zerdrückte zwei Kartoffeln und vermengte sie mit dem Kohl, dann häufte er das Gemisch auf seine Gabel, garnierte es reichlich mit Senf und schob es sich schließlich in den Mund.

Das Zeug schmeckte wirklich so, wie es aussah. Es mussten furchtbare Zeiten gewesen sein, damals, als das Wintergemüse nur aus Grünkohl und Steckrüben bestand. Den Grünkohl seiner Mutter hatte er immer gern gegessen, aber das hier? Schnell schnitt er eine dicke Scheibe von der Bregenwurst. Damit ließ sich der stechende Kohlgeschmack etwas ausgleichen. Dann also nur die Wurst, das war wenigstens etwas. Der Verein zahlte das Essen und irgendwie musste man sich ja schadlos halten. Aber offenbar war er der Einzige, dem das Essen nicht schmeckte. Rund um ihn herrschte ein gefräßiges Schweigen.

Nolte hatte sich beim Anschneiden der Wurst weniger vorgesehen, neben den Wasserflecken der Brühe zierten nun auch noch dunkle Fettspritzer den Pullover. Seine Frau kam aus dem Schimpfen gar nicht mehr heraus. Michael fiel auf, dass Frau Nolte dabei überhaupt nicht bekümmert wirkte. Im Gegenteil, sie hatte sichtlich Freude daran, wie ihr Mann sich zunehmend bekleckerte. Mit Genugtuung verkündete sie, wie typisch das für ihn wäre und diese ständigen Unachtsamkeiten ihres Mannes würden ja nur allzu klar zeigen, dass er ihre Arbeit als Hausfrau geringschätzte, ja geradezu verachtete. Und sie müsste das alles wieder richten. Was das für Arbeit machte, die eingesauten Sachen sauber zu bekommen, und ihr Leben war doch ohnehin schon ein einziges Waschen, Bügeln und Putzen. „Aber das sieht mein lieber Mann ja nicht", rief sie aus. Michael schaute auf. Er hatte Frau Nolte eigentlich nie richtig als Frau wahrgenommen. Sie war für ihn eher ein Inventar, eine Kittelschürze mit Beinen, die einfach zu Nolte dazugehörte, genau wie seine großen karierten Schnupftücher und seine grüne Joppe. Er musterte sie genauer. Er sah eine zu kurz gewachsene, dickliche Frau, das graue Haar im Nacken zu einem Knoten gebunden, Nase und Wangen des feisten Gesichtes mit roten, fein verästelten Äderchen übersät, deren Bluse mit der Perlenanstecknadel so gefährlich über ihrem Busen und den Speckrollen darunter spannte, dass er nur hoffte, die Knöpfe würden nicht abspringen, wenn sie sich noch weiter aufregte.

Er fragte sich, ob Frau Nolte jemals schön gewesen war, so wie seine Mutter vor der Krankheit, und warum Nolte, der eigentlich noch immer ganz passabel aussah, gerade sie geheiratet hatte.

Frau Nolte kam jetzt immer mehr in Fahrt. „So sind sie, die Männer, die wissen ja überhaupt nicht, was sie an ihren tüchtigen Frauen haben", verkündete sie mit größter Bestimmtheit. Dabei blickte sie über ihr Doppelkinn erwartungsvoll in die Runde. Die anderen Damen am Tisch nickten zustimmend.

„Meiner würde sogar im Arbeitszeug zum Grünkohlessen kommen, wenn ich ihn nicht beizeiten vom Trecker holen würde", kam von der einen Seite.

„Genau wie unser Vater, wenn ich dem keine frischen Unterhosen rauslege, zieht der doch eine Woche dieselbe Böckse an", kam von der anderen. Die Herren der Schöpfung – sein Vater ausgenommen, der eine weitere Wurst von einer der Platten angelte – starrten derweil stumm auf ihre Teller. Durch den fehlenden Widerspruch ermuntert – Michael glaubte ein hinterhältiges Funkeln in ihren Augen zu erkennen – setzte Frau Nolte ihre Rede fort und wandte sich dabei an ihren Mann: „Wenn du mich nicht hättest", begann sie die große und ewige Wahrheit ihres Lebens zu offenbaren und Michael ergänzte im Kopf: „... hätte er wohl eine andere", aber dann fuhr die Bauersfrau mit unüberhörbarer Herablassung fort: „... kämst du doch im Dreck um!"

In diesem Moment fiel Michael wieder ein, warum Nolte diese kleine, bösartige Frau neben sich dulden musste. Er war sich nicht mehr sicher, wer ihm von dem Kindergrab erzählt hatte, das es auf dem Friedhof gab, es konnte Brunkmeyer oder sogar der Alte selbst gewesen sein. Nein, es war sicher der Alte selbst gewesen, der es erzählt hatte, seinem Sohn zur Warnung.

Zwar hatte Nolte einen erwachsenen Sohn, der auf dem Hof mitarbeitete und diesen bald übernehmen würde. Sein erstes Kind aber hatte er nach einem Zeltfest mit einer kleinen, pummeligen Hauswirtschaftsschülerin gezeugt. Auf jenem Fest, so hatte sein Vater berichtet, hatte sich Nolte in halbtrunkenem Zustand abschleppen lassen. Wahrscheinlich hatte er es nur aus Mitleid getan. Das Mauerblümchen aus dem Nachbarort hatte nicht so ausgesehen, als drehten sich die Kerle nach ihr um. Und sie hatte wohl nur Mut gefasst, weil er schon leicht angetrunken war. Jedenfalls wurde er von ihr einfach bei der Damenwahl gepackt, auf den Tanzboden gezogen und dann nicht mehr losgelassen. Den ganzen Abend hing sie an ihm wie eine Klette und der steife Jungbauer musste tanzen, bis ihm schwindelig wurde. Und dabei machte die Kleine ihm so schöne Augen, wie er es sonst von den Mädchen des Dorfes nicht gewohnt war. Nur ein paar Mal konnte er sich von ihr losmachen und zur Theke entfliehen, um sich mit einem weiteren kühlen Bier zu erfrischen und sich dabei die höhnischen Bemerkungen seiner Freunde anzuhören, schon zog sie ihn wieder zum nächsten Tanz fort.

Was dann geschehen war, konnte später niemand genau erklären. War Nolte zu voll gewesen, um noch zu wissen, wie ihm geschah? Hatte er einfach eine gute Tat vollbringen und dies mit etwas Spaß verbinden wollen? Jedenfalls musste es später in einer der großen Scheunen des Dorfes zum Vollzug gekommen sein und Nolte – wie immer ordentlich mit allem, was er im Leben tat – landete gleich einen Volltreffer.

Sein Erfolg war ihm wohl längere Zeit nicht bewusst gewesen. Wahrscheinlich konnte er sich nicht erinnern und das änderte sich erst, als die Eltern des Mädchens nach einiger Zeit bei Noltes Eltern vorstellig wurden. Als die Schwangerschaft nicht mehr zu übersehen war, hatte Nolte sich endlich vor den Traualtar ziehen lassen. Doch das Kind war tot geboren worden.

So konnte sich – das war die Warnung des Alten an Michael gewesen – eine Sekunde Glückseligkeit ein ganzes Leben lang bitter rächen.

## Dorfgemeinschaft

Da war etwas Warmes und Feuchtes. Er schreckte hoch. Der Hund stand neben dem Bett und leckte seine Hand. Sobald er merkte, dass sein Herrchen zu sich kam, lief er schwanzwedelnd zur Schlafzimmertür, den Kopf weiterhin Bernd zugewandt, um anzuzeigen, dass es schon längst Zeit für sein Futter gewesen wäre. Bernd wälzte sich aus dem Bett und schaute zum Wecker. Es war fast halb elf und er fühlte sich wie gerädert. Er folgte dem freudig springenden Schnauzer in die Küche, der sich dann vorwurfsvoll vor den Küchenschrank mit dem Futter setzte. Bernd fischte die Futterdose aus dem Unterschrank, ließ das Trockenfutter geräuschvoll in den Napf kullern und stellte es auf den Boden. Der Hund saß brav da und wartete, bis sein Herrchen ihm mit einem „Los" erlaubte, sich auf das Fressen zu stürzen. In wenigen Minuten war der Napf geleert.

Bernd wunderte sich immer, mit welcher Begeisterung sein Hund seit Jahren das billige Trockenfutter vertilgte. Diese Genügsamkeit fand er beeindruckend. Kein Mensch würde sich mit solch einem Eifer über das immer gleiche Essen hermachen. Gleichzeitig fühlte er sich auch etwas beschämt, die Vergesslichkeit des Hundes derart auszunutzen. Es war unter Hundehaltern in Mode gekommen, das Fressen abwechslungsreich zu gestalten, nach speziellen Rezepten die verschiedensten Mahlzeiten zu kochen oder das zur Blutgruppe passende Rohfutter aus Frischfleisch, Gemüse und Getreide zu mischen. Sein Hund bewies ihm täglich, dass dieser neumodische Kram völlig unnötig war. Manchmal hatte Bernd den Eindruck, dass die Vermenschlichung der Haustiere schon deutlich dekadente Züge annahm. Ob sich die Frauen, die für ihre Hunde ganze Menüs kochten, auch für ihre Kinder so viel Mühe machten? Oder hatten sie gleich auf Kinder verzichtet, um ganz in ihrer Tierliebe aufgehen zu können? Sein Hund hatte jedenfalls bisher jede Abweichung vom Speiseplan mit heftigen Blähungen und entsprechend deutlicher Geruchsentwicklung quittiert.

Bernd frühstückte im Schlafanzug, das schon leicht trockene Vollkornbrot dick mit Honig bestrichen, trank seinen Beuteltee und schaute dabei aus dem Küchenfenster zum Wald hinauf. Dichte Nebelschwaden hingen in den Tannen, der Bergkamm war nicht zu erkennen. Die Nässe des leichten Nieselregens ließ das Geäst des alten, krummen Apfelbaumes vor dem Fenster schwarz erscheinen. Der Schnee auf der Wiese war fast vollständig verschwunden. Im Vogelhaus, das sich im Wind sanft hin und her wiegte, durchwühlten zwei Meisen das verbliebene Futter, immer wieder regneten ein paar Weizenkörner auf das lange, welke Gras darunter, das er nicht mehr gemäht hatte. Im nächsten Jahr würden sich daraus vielleicht einige Getreidebüschel entwickeln. Er würde sie wachsen lassen.

Der Traum fiel ihm wieder ein. Es fiel ihm nicht schwer, sich daran zu erinnern, denn es war immer der gleiche Traum, wie schon seit Jahren, der immer gleiche Ablauf. Miriam war wieder bei ihm gewesen und mit ihr die Kinder. Sie hatten in der Nachmittagssonne im Garten gesessen. Die Kinder hatten im Sandkasten gespielt. Kuchen stand auf dem Tisch. Dann hatte Miriam seine Hand genommen, ihn ins Haus geführt und sie hatten sich in der Küche geliebt. Er konnte den Nachhall der Erregung noch immer spüren. Und gleichzeitig ärgerte es ihn, dass sich sein Unterbewusstsein so standhaft weigerte, die Realität zu akzeptieren. Wann würde er endlich begreifen, dass Miriam längst Geschichte war und auch das glückliche Familienleben nur eine kurze, flüchtige Episode, ein Trugbild gewesen war, dass stattdessen Streit und Misstrauen ihre Ehe geprägt hatten.

Wieder sah er auf den verwilderten Garten, über die gelbe Wiese und das dahinterliegende Feld mit seiner braunen Ackerkrume, aus der die Wintergerste zaghaft ihr erstes Grün emporreckte, hoch zum Wald. Dunkel und unheimlich lag er da, undurchdringlich, von Nässe vollgesogen, drohend, so als warte er nur auf die Gelegenheit, das Tal mitsamt seiner Bewohner zu überwuchern und endlich das kleinliche Treiben der Menschen mit ihrem Zwistigkeiten, ihrer Verschlagenheit und ihrem sinnlosen Streben nach Glück mit einer grünen Schicht frischer Triebe zu überdecken und dem Vergessen anheim zu stellen.

Er dachte an das Mädchen, das noch immer irgendwo dort oben sein musste, in Feuchtigkeit und Nebel, Kälte und Zwielicht. Das war für niemand ein guter Ort und er musste an seine Mädchen denken, sah sie an ihrer Stelle verletzt durchs Unterholz kriechen, erschöpft in der Kälte liegen und wie angeschossenes Wild verenden.

Das Wochenblatt hatte seit seiner Reise unbeachtet auf dem Küchentisch gelegen und er ergriff es und blätterte kurz durch die Seiten. Die Zeitung diente hauptsächlich als Werbeträger, wurde aber durch kleinere Artikel zum lokalen Geschehen etwas angereichert. Ein Großteil dieser Artikel war dem Lokalteil der regionalen Tageszeitung entnommen, die aus demselben Verlag kam. Über das Verschwinden des Mädchens war natürlich noch nichts enthalten, dafür die üblichen Nachrichten aus der Gemeindeverwaltung und den Vereinen, das Blutspendemobil kam demnächst, die Fliesen im Schwimmerbecken des Freibades in Wildeshagen sollten im Frühjahr erneuert werden, der Reitverein kündigte sein diesjähriges Weihnachtsreiten an, das Rote Kreuz veranstaltete wieder einen Wohltätigkeitsbasar im Dorfgemeinschaftshaus. Bernd sah auf das Datum seiner Armbanduhr, eine furchtbar geschmacklose, protzige Uhr, die ihm Miriam geschenkt hatte. Der Basar fand also am heutigen Nachmittag statt. Er könnte dort ja kurz vorbeischauen und sich umhören. Hatte Miriam nicht immer gewollt, dass er aktiv am Dorfleben teilnahm?

Vorher duschen, rasieren und frische Sachen anziehen, dann noch eine Runde mit dem Hund durch die Feldmark, damit der endlich wieder rauskam. Ja, das wäre ein guter Plan für diesen Tag.

Das Dorfgemeinschaftshaus war eigentlich die alte Schule des Dorfes. Bis in die siebziger Jahre hatte es hier noch einen Dorfschullehrer gegeben, der vier Klassenstufen in einem Klassenraum unterrichtete. Erst zu den weiterführenden Schulen hatten die Kinder mit dem Bus fahren müssen. Heute waren alle Dorfkinder Fahrschüler und mussten mit dem Bus in die Stadt, um zur Grundschule oder zum Schulzentrum zu gelangen. Aber selbst hier auf dem Land wurden viele von ihren Müttern täglich zur Schule gebracht und wieder abgeholt. In den Bussen saßen nur noch die Kinder der weniger wohlhabenden Familien, deren Mütter arbeiten mussten und denen kein Zweitwagen zur Verfügung stand. Eine gelebte Segregation nach Familieneinkommen also, das war es, was die zentralistische Schulpolitik tatsächlich bewirkte.

Auf dem Parkplatz, dem ehemaligen Pausenhof, hatte man einige Halloween-Kürbisse auf Strohballen drapiert. Die Kürbisgesichter grinsten Bernd schief und missmutig an, als er die halbe Treppe zum Gebäude hinaufstieg. Im Schulflur, in dem noch immer die langen Reihen von Garderobenhaken auf verschiedenen Höhen hingen, roch er den Duft von Kaffee und Zimt. Frau Brunkmeyer, wie immer in Kittelschürze, kam gerade mit einem Tablett voll Kaffeekannen aus der Küche. „Kiekst du ok maal wedder rin?", rief sie Bernd fröhlich zu und drängte sich dann an ihm vorbei. Bernd beeilte sich, ihr die Tür zum Hauptraum, dem ehemaligen Klassenzimmer, aufzuhalten, dann folgte er ihr durch die breite Tür.

Der große Raum war voller Menschen. Man konnte kaum den Boden mit seinen graublauen Linoleumfliesen erkennen. Ringsum an den halbhoch mit Fichtenholz verbretterten Wänden waren Tische aufgestellt, dahinter standen die Damen vom Roten Kreuz, vom Handarbeitskreis, von der Turnriege und vom Siedlerverein. Auf den Tischen Selbstgebasteltes: Strickwaren, gehäkelte Topflappen, Kaffeewärmer, Trockengestecke, einige verfrühte Adventskränze und die unvermeidlichen Kürbisgesichter. In der Ecke, hinter einer noch dichteren Menschentraube, das Kuchenbuffet. Das Kuchenbuffet war der eigentliche Grund für die meisten der Besucher, hierher zu kommen. Bereits am Eingang waren Bernd mehrere Leute mit prall gefüllten Tellern entgegengekommen. Nirgendwo sonst konnte man für so kleines Geld so guten selbstgemachten Kuchen bekommen.

Während Bernd noch überlegte, wie er bei diesem Andrang jemals eine Tasse Kaffee und ein Stück Kuchen ergattern sollte, öffnete sich die Tür erneut und herein kam – Bernd musste zweimal hinsehen, um sich zu vergewissern – die blonde Frau vom Landratsamt, der er so ungeniert in den Ausschnitt geschaut hatte. Von ihr hatte Frau Lange also beim Kassieren gesprochen, sie war die Beamtin, die bei Brunkmeyers einziehen würde!

Bernd ging schnell hinter einer Gruppe tratschender Landfrauen in Deckung und betrachtete intensiv die auf dem nächsten Tisch ausgelegten Topflappen. Die neue Dorfbewohnerin blieb zögernd am Eingang stehen und blickte sich etwas unsicher um. Aber schon hatte Frau Brunkmeyer ihre Mieterin erspäht und eilte mit schnellen Schritten zu ihr, um diese überschwänglich zu begrüßen. „Das is ja man schön, dass Sie da sind, dann können Sie auch gleich alle kennenlernen." Und flugs zog Frau Brunkmeyer die junge Frau mit sich, von Tisch zu Tisch, um sie allen vorzustellen.

Bernd musterte die neue Nachbarin verstohlen. Sie trug eine grüne Barbour-Steppjacke, Jeans und Chelsea Boots. Dezente Ohrringe, kein Lippenstift, kaum Make-up. Sie strahlte eine natürliche Fröhlichkeit aus, die Bernd an frühere, glücklichere Zeiten erinnerte.

Er wusste nicht mehr genau, wie lange er den beiden Frauen nachgestarrt hatte, als plötzlich der alte Brunkmeyer neben ihm stand, wie aus dem Boden gewachsen, in den immer gleichen Manchesterhosen mit rotkariertem Hemd, die Daumen hinter den Hosenträgern eingefädelt, den Cordhut im Nacken.

„Dat is en Maiken", raunte er Bernd zu, „allens bi, wat mutt." Dabei griente er ihn verschwörerisch an. „Man tau, man tau, min Jung, der frühe Vogel fängt den Wurm." Bernd fühlte sich peinlich berührt und wollte schon zur Tür flüchten, aber der alte Bauer packte ihn bei den Schultern und schob ihn mitten durchs Gewühl geradewegs auf jenen Tisch zu, an dem die beiden Frauen jetzt in ihrer Vorstellungsrunde angekommen waren.

Die junge Frau hob erstaunt den Blick, als sie die beiden auf sich zukommen sah. Doch dann wich ihr skeptischer Gesichtsausdruck einem freudigen Lächeln.

„Wir haben ja auch junge Leute hier im Dorf", sagte Brunkmeyer, wie um den seltsamen Umstand des plötzlichen Zusammentreffens zu erklären, „von Bernd haben wir doch schon erzählt, der ist auch aus der Großstadt wieder zu uns zurück ins Dorf gekommen, weil es hier doch noch immer am schönsten ist." Bernd streckte verlegen seine Hand aus, die sie sofort ergriff.

„Christina", sagte sie. Ihr Händedruck war fest und bestimmt, sie schaute ihm direkt in die Augen. „Wir haben uns doch schon einmal gesehen, oder?"

„Ja", antwortete Bernd, noch immer leicht verlegen, „ich denke, das war neulich auf der Zulassungsstelle".

„Da hast du wohl leider die falsche Nummer gezogen und bist bei Frau Ehmke gelandet." Sie lachte ihn an. Sie freute sich tatsächlich, ihn getroffen zu haben.

Bernd konnte sich nicht mehr erinnern, wann er das letzte Mal eine derart positive Resonanz bei einem weiblichen Wesen hervorgerufen hatte. Früher, als junger Mann, war er sich seiner Ausstrahlung durchaus bewusst gewesen. Später hatte er auf Kongressen Vorträge vor großem Publikum gehalten, hatte mit Verve und Humor gesprochen, die Pointen punktgenau gesetzt, war mit Applaus vom Rednerpult verabschiedet worden. Aber das war lange her. In den letzten Jahren war es ihm zunehmend so vorgekommen, als würde er immer mehr übersehen, ein unauffälliger, unbedeutender Statist des Lebens, mittelalt, mitteldick, eben Mittelmaß. Er war froh, sich heute etwas sorgfältiger gekleidet zu haben, mit gutem Hemd und sauberer Hose, und etwas mehr Zeit für die Rasur verwandt zu haben. An schlechten Tagen schaffte er das oft nicht.

Er beschloss, beim Du zu bleiben, das sie so bereitwillig gewählt hatte. „Bist du denn schon bei Brunkmeyers eingezogen?", fragte er.

„Nein, aber ich muss meine alte Wohnung bis Ende nächster Woche geräumt haben. Morgen geht es los, ich habe mir extra die ganze Woche Urlaub für den Umzug genommen." Sie lächelte wieder. Bernd lächelte vorsichtig zurück. „Ich könnte übrigens noch Hilfe beim Kistentragen und bei den Möbeln gebrauchen", setzte sie dann nach. „Herr Brunkmeyer sagte, du hättest gerade etwas Zeit." So, dachte Bernd, hat der alte Brunkmeyer schon wieder alles gepetzt. Es hatte also keinen Sinn, ihr etwas vorzumachen.

„Nun, sagen wir es so: ich befinde mich gerade in einer beruflichen Neuorientierungsphase, die leider etwas länger dauert als geplant", gab er zurück.

„Das tut mir leid", erwiderte sie mitfühlend und eine kleine Sorgenfalte erschien auf ihrer Stirn. „Als Beamtin kommt man ja nie in so eine Situation, da kann man sich gar nicht vorstellen, wie es ist, seinen Job zu verlieren."

„Das konnte ich mir früher auch nicht vorstellen", antwortete er und versuchte, dabei unbefangen zu wirken.

„Leider gibt es ja noch genug andere Dinge, die im Leben schieflaufen können", setzte sie nach einer kleinen Pause hinzu und jetzt war aus der Sorge echte Traurigkeit geworden. „Man hat es eben nicht in der Hand und muss es nehmen, wie es kommt." Ein leichtes Stocken war in ihrer Stimme. Bernd musste den Impuls unterdrücken, sie sofort in den Arm zu nehmen. Aber er konnte nicht umhin, sie sanft am Arm zu berühren und tröstend: „Das wird schon, hier im Dorf kann man sich wirklich wohlfühlen und Brunkmeyers sind sicher die besten Vermieter, die man sich vorstellen kann", zu sagen. Die letzten Worte sprach er so laut aus, dass Brunkmeyers, die sich rücksichtsvoll etwas entfernt hatten, sie auch sicher hören würden. Und als hätten sie nur auf ihr Stichwort gewartet, waren die beiden alten Eheleute sofort wieder neben ihnen und versicherten, dass man den Umzug schon schaffen werde.

„Die alten Bauernmöbel von Oma können ja drinbleiben, die Kinder wollen die ohnehin nicht," sagte Frau Brunkmeyer, „im Schlafzimmer eine moderne Tapete, ein paar neue Vorhänge und schon ist es wieder schick. Wenn du nur den Stoff besorgst, Kindchen, nähen kann ich dir alles. Und die Einbauküche ist ja auch erst drei Jahre alt und noch tipptopp." Bernd bemerkte, dass Christinas Augen einen feuchten Schimmer bekamen. So viel Fürsorge war sie offensichtlich nicht gewohnt.

„Du kannst doch morgen Nachmittag zum Kistentragen vorbeikommen", schaltete sich jetzt Brunkmeyer ein, an Bernd gewandt. „Das schaffen meine alten Knochen nicht mehr so gut".

„Ja, wenn das für eure neue Mieterin in Ordnung geht, gerne", sagte Bernd und schaute Christina fragend an. Sie nickte nur stumm und biss sich auf die Lippen, hielt den Blick aber gesenkt.

„Gut, dann bis morgen Mittag", bekräftigte Bernd die Verabredung und verließ mit einem kräftigen „Tschüss" in die Runde den Raum.

Draußen erst fiel ihm auf, dass er weder Kaffee noch Kuchen bekommen hatte. Stattdessen hatte er sich verliebt.

## Dunkelheit

Der Bolzenschneider gab ein widerwärtiges, trockenes Knacken von sich, als die Schneide am Edelstahlbügel des Vorhängeschlosses zerbrach. Bernd verfluchte das chinesische Billigwerkzeug, das er im Baumarkt günstig erworben hatte, und kalter Schweiß trat ihm auf die Stirn. Er warf das unnütz gewordene Gerät auf die Böschung, wo es im hohen Laub verschwand. Dann holte er den Kuhfuß, das große Brecheisen mit dem abgewinkelten Ende, aus seinem Rucksack. Er trieb das flache Ende in den schmalen Spalt zwischen Türblatt und Zarge. Bevor er begann, sich mit aller Kraft gegen den Hebel zu stemmen, überlegte er kurz, ob er das Richtige tat. Die Spuren würden unübersehbar sein und man würde die Geräusche im stillen Wald weit hören können.

Er wünschte sich einen dieser heftigen Herbststürme, wenn die Orkanböen über die Höhen fegten und einem das eigene Wort von den Lippen rissen. Stattdessen wehte heute nur ein schwaches Lüftchen, der leichte Regen hatte aufgehört und der Mond lugte immer wieder hinter den Wolken hervor. Wenn Heidmann in der Nähe im Revier war, könnte der Lärm ihn alarmieren. Bernd hatte die Hütte mehr als eine Stunde beobachtet, um sicher zu sein, dass sich dort niemand aufhielt. Doch der Ofen brannte nicht und von Heidmann war weit und breit keine Spur. Außerdem schien der ja auch schon alt und bequem geworden zu sein, ging sicher nicht mehr bei jedem Wetter ins Revier. Andererseits, wenn es sich so verhielt, wie Bernd vermutete, hätte Heidmann einen sehr guten Grund, regelmäßig bei seiner Hütte vorbeizusehen. Und darüber hinaus auch gute Gründe, dafür zu sorgen, dass davon nicht jeder etwas mitbekam.

Bernd bereute erneut, niemandem von seinem Verdacht erzählt zu haben. Hätte er nicht wenigstens Christina in seine Pläne einweihen sollen? Aber das hätte natürlich bedeutet, ihr auch die andere Geschichte offenbaren zu müssen und er hatte Angst gehabt, dass es dann schon wieder vorbei gewesen wäre zwischen ihnen. Sie kannten sich ja kaum. Er hatte ihr, wie abgemacht, beim Umzug geholfen und gegen Abend, nachdem die Umzugskartons und die wenigen Möbel in der Wohnung waren und Christina verkündet hatte, sie könne mit dem Auspacken und Einräumen auch am nächsten Tag beginnen, waren sie der Brunkmeyerschen Fürsorge entflohen und unter dem Vorwand, sich um den Hund kümmern zu müssen, zu ihm gegangen.

Sie hatten vor dem Kaminofen gesessen, er auf dem Sofa und Christina im großen Ohrensessel seines Großvaters, den er vor Jahren hatte aufpolstern und passend zum Sofa neu beziehen lassen. Anstatt eines Abendessens hatten sie Chips gegessen, Wein getrunken und geredet. Schon bald erzählte Christina von ihrer kürzlichen Trennung. Die Offenheit, mit der sie sprach, machte ihn anfangs ein wenig misstrauisch. Doch er wusste genau, wann er das letzte Mal eine solch unvoreingenommene Vertrautheit empfunden hatte und beschloss, diesmal auf sein Gefühl zu hören. Also berichtete er ebenso unbefangen von seinem Leben, der gescheiterten Ehe und den Kindern. Als er dann irgendwann mit der zweiten Flasche Dornfelder aus dem Keller zurück in das Wohnzimmer kam, hatte sie es sich auf dem Sofa bequem gemacht. Er setzte sich wie selbstverständlich auf seinen vorherigen Platz und Christina schmiegte sich sofort an ihn.

„Du hast es so schön hier", hatte sie gesagt, „aber ich glaube, du bist viel zu einsam." Und er hatte seinen Arm um sie gelegt, sie an sich gezogen und sie geküsst. Wie von selbst, ohne Anstrengung oder Absicht hatten sie zusammengefunden, so als wäre dieses Ereignis im großen Plan des Lebens schon immer für sie vorgesehen gewesen. Und er, der längst nicht mehr erhofft hatte, jemals wieder Nähe und Geborgenheit erleben zu dürfen, hatte in dieser Nacht endlich wieder traumlos schlafen können.

Jetzt hier im Wald, mitten in der Nacht vor der Stahltür stehend mit Kopflampe, Handschuhen, Einbruchswerkzeug und einem Rucksack, schien ihm die Erinnerung an die gemeinsame Nacht trügerisch und irreal. Er stemmte sich gegen das Brecheisen. Aber der Türfalz verbog sich nur leicht und Sekunden später rutschte der Kuhfuß ab, glitt aus seinen Händen und scheppte mit einem lauten metallischen Klirren die Sandsteinstufen am Fuß der Tür hinab. Im Schein der Kopflampe war jetzt eine hässliche Beule in der Türzarge zu erkennen, aber die Tür hatte sich keinen Millimeter bewegt. Bernd betrachtete den Schaden. Klassische Einbruchsspuren, dachte er, ich muss völlig verrückt sein. Wenn Heidmann jetzt auftaucht und mich abknallt, geht der dafür nicht einmal in den Bau.

Nochmals untersuchte er den Sperrriegel und das Vorhängeschloss. Der Riegel war auf beiden Seiten der Tür durch massive Metallösen gesteckt und an der linken Öse mit einem schweren Vorhängeschloss fixiert. Die Ösen, die alt und handgeschmiedet aussahen, waren vermutlich mit Mauerankern versehen, die man in die Sandsteinmauer eingelassen hatte. Die Grundplatte der linken Öse saß eng am Mauerwerk und bot keinen Ansatzpunkt für den Kuhfuß. Die rechte Öse, unter einem überhängenden Farn fast verborgen, sah da schon vielversprechender aus. Hier hatten Feuchtigkeit und Frost die Mauerfuge teilweise herausgesprengt. Bernd schaltete seine Lampe aus und horchte angestrengt in die Dunkelheit. Außer dem Säuseln des Windes in den Baumkronen über ihm konnte er keinen Laut vernehmen.

Er knipste seine Kopflampe wieder an und setzte das Eisen in den Spalt unter der Öse. Dann hebelte er mit aller Kraft.

Nichts bewegte sich. Nun hängte er sich mit seinem ganzen Körpergewicht an das Brecheisen. Endlich, mit einem kurzen Ruck, gab die Öse nach und Bernd fand sich in Rückenlage auf dem Boden wieder. Schnell rappelte er sich auf. Die Öse hatte sich aus der Mauer gelöst und hing nur noch an einer der beiden Befestigungen. Ein Maueranker war abgerissen, nur ein rostiger Stumpf ragte noch aus der Wand. Bernd setzte erneut an. Dann kapitulierte auch der zweite Anker. Trotzdem hing der Sperrriegel noch immer vor der Tür, von der verbliebenen Befestigung auf der anderen Türseite gehalten. Bernd packte den Riegel und zog mit aller Kraft daran. Ächzend gab das Flacheisen nach, Bernd zwängte sich zwischen Tür und Riegel, umfasste den Riegel mit beiden Händen und drückte ihn von sich weg. Zu seinem Erstaunen ließ sich der Riegel jetzt um die verbliebene Öse biegen, sodass das Türblatt endlich freikam. Er ließ den Sperrriegel los, drehte sich zur Tür und drückte die Klinge nach unten. Zu seiner Überraschung sprang die Tür sofort auf. Bernd griff mit seiner Linken den Rucksack, der seitlich an der Böschung gelegen hatte, nahm das Brecheisen in die andere Hand und trat in den Kellerraum.

Er musste den Kopf einziehen, um nicht gleich an den ersten Deckenbalken zu stoßen. Der Lichtkegel der Lampe wanderte durch den Raum. Ihn umgab ein Sammelsurium aus unordentlich aufgestapelten Getränkekisten, leeren Wein- und Schnapsflaschen und Rollen verbogenen Wilddrahtes. An den Wänden stand altes Werkzeug. Er erkannte eine Schaufel mit vom Rost durchlöchertem Blatt, eine Zweihänder-Baumsäge, wie man sie heute nur noch für das symbolische gemeinsame Durchsägen eines Stammes bei Hochzeiten verwendete, einen Besen fast ohne Borsten und einen Spaten mit zerbrochenem Schaft. Die Tragbalken des Wohnraumes über ihm waren von Feuchtigkeit fleckig und mit Spinnweben behangen. Es roch durchdringend nach Fäulnis und Erde, die Luft schien davon völlig gesättigt, so als wäre dieses Verlies seit Jahren nicht mehr geöffnet worden.

Bernd musterte die Getränkekisten und Weinflaschen. Die meisten der Etiketten hatten sich in der Feuchtigkeit aufgelöst, die Beschriftung der Kisten war unter der dicken Staubschicht kaum zu sehen. Bernd erkannte das Signet der schon vor Jahrzehnten Bankrott gegangenen hannöverschen Kaiser-Brauerei, las die Etiketten zwanzig Jahre alter Müller-Thurgau Jahrgänge. Er verspürte eine tiefe Enttäuschung.

Er hatte sich verrannt in seine fixe Idee, sich erneut zum Idioten gemacht. Er sollte besser sehen, dass er von hier verschwand, bevor Heidmann auftauchte und die aufgebrochene Tür entdeckte. Bernd leuchtete zurück zum Eingang. Die kleine Fensteröffnung neben der Tür war von innen mit einer Faserplatte verschlossen, die Fugen mit weißgrauer Glaswolle dicht verstopft. Er ging ein paar Schritte zurück, zog die Tür vorsichtig zu und hoffte, dass der Lichtschein seiner Lampe nun von außen nicht mehr zu sehen war.

Erneut inspizierte er den Kellerraum. Das Licht der Lampe fiel vor ihm auf den Boden. Es war blanke Erde, nicht einmal Magerbeton oder Ziegelschutt hatte man hier für nötig befunden. Wie alt war die Hütte eigentlich? War sie früher ein Betriebsgebäude des Bergwerks gewesen oder aus den Resten des Abbruchs nach dessen Stilllegung gebaut worden? Bernd wusste, dass hier in der Nähe ein alter Stolleneingang lag, zugemauert und eingestürzt, das Portal von Brombeerranken überwuchert und kaum noch zu erahnen.

Wieder hob er den Kopf, sodass der Lichtstrahl der Kopflampe auf die hintere Wand des Kellerraumes fiel. Auch dort lag Gerümpel, links ein Stapel massiver Bohlen, vielleicht die überzähligen Bodenbretter der Stube über ihm, erstaunlich gut erhalten, sicher aus Eiche, rechts meinte er Farbeimer zu erkennen, darunter ein größeres Fass, braun von Rost, mit einer Lache erstarrter Teerfarbe auf dem Boden davor. Dazwischen, hochkant an die Wand gelehnt, sah er weitere Rollen Wild- oder Schafdraht. Bernd leuchtete erneut auf den Boden vor ihm: nur festgetretene, blanke Erde.

Blanke Erde, festgetreten, kein Staub, kein Gerümpel …

Mit ein paar Schritten war er bei den Drahtrollen. Die Rollen waren gegen eine raumhohe fleckige Hartfaserplatte gelehnt, die direkt dahinter an der Wand stand. Und die Rollen waren erstaunlich sauber, der blanke Draht blitzte im Licht.

Schnell hob Bernd die Drahtrollen an und stellte sie an die rechte, freie Wand des Kellers. Dann umfasste er mit ausgestreckten Armen die Platte und schob sie mühsam zur Seite.

Er erstarrte. Hinter der Platte war eine weitere Tür sichtbar geworden. Statt einer Klinke war nur eine Art Schlüsselloch zu sehen. Die Tür war außen angeschlagen und aus rohen Holzbrettern gefügt. Zum Glück war sie weit weniger solide, als es der erste Augenschein vermuten ließ. Nach wenigen Minuten hatte Bernd die Randbretter und das Schloss herausgebrochen. Zwischen den Rahmenhölzern des Türfutters kam nun graue Glaswolle zum Vorschein. Die feinen Fasern schwebten im Lichtkegel der Lampe und Bernd fühlte Hustenreiz in sich aufsteigen. Mit dem gewinkelten Ende des Brecheisens hakte er hinter eines der Querhölzer und zog daran. Endlich schwang die Tür auf. Bernd hielt den Atem an.

Er trat einen Schritt vor und leuchtete in den Raum vor ihm. Aus der Ecke des Raumes starrte ihn ein bleiches, verängstigtes Gesicht an.

Das Mädchen!, schoss es ihm noch durch den Kopf, doch dann hörte er das Geräusch hinter sich, fuhr herum und sah in den Blitz. Etwas biss ihn in seine linke Schulter und er stolperte rückwärts in die Dunkelheit. Als sein Kopf hart auf den Boden traf, spürte er den Aufschlag nicht mehr.

## Fragen

Der Wagen fuhr langsam auf den Hof zu. Er blickte erst auf, als er das knirschende Geräusch der Reifen vor ihm auf dem groben Splitt hörte. Dann ließ er die Schaufel sinken und wartete. Seine Hände umfassten den noch rauen Stiel der neuen Schaufel. Er spürte die mit Flüssigkeit gefüllte Erhebung zwischen Zeigefinger und Daumen der linken Hand. Wenn er den Griff veränderte, merkte er, wie sich die Haut der Blase über dem Wundsekret bewegte. Keine weitere halbe Stunde Schaufeln und sie würde aufplatzen. Dann würden die Hautfetzen direkt auf der Wunde scheuern und das leichte Brennen würde zu einem hinterhältigen, feurigen Dauerschmerz werden. Er würde ein Pflaster darüber kleben müssen, das natürlich an seinen verschwitzten, schmutzigen Händen nicht halten und sich dann bei der weiteren Arbeit durch die Reibung aufrollen würde. Er würde es wieder abreißen, in den Dreck werfen, fluchen und weiterschaufeln, den Schmerz ignorieren und erst abends zur Desinfektion etwas Kodan oder Blauspray darauf sprühen. Das Brennen, wenn das Spray auf die offene Wunde traf, würde kaum auszuhalten sein und Tränen würden über seine Wangen laufen. „Faules Fleisch", hätte sein Vater gesagt, wie immer, wenn er sich wund geschuftet, geschnitten oder sonst irgendwie verletzt hatte, und: „Du mit deinen Weiberhänden!"

Der Streifenwagen hielt einige Meter vor ihm. Michael musterte die beiden Beamten. Den blonden Uniformierten, der sich nun etwas mühsam vom Fahrersitz erhob, hatte er gestern schon auf der Wache gesehen, als er die Vermisstenanzeige aufgegeben hatte. Den dunkelhaarigen Kollegen daneben, der deutlich sportlicher und trainierter wirkte, kannte er nicht.

Dieser sprach noch kurz etwas in das Funkgerät, bevor er endlich ebenfalls aus dem Wagen stieg. Dann kamen beide auf ihn zu.

„Guten Tag, Herr Thiel", begrüßte ihn der blonde, etwas untersetzte Polizist. „Wir hätten da noch ein paar Fragen zu der Vermisstensache." Sein jüngerer Kollege stand im Hintergrund und sah sich währenddessen aufmerksam auf dem Hof um. „Das ist übrigens mein Kollege, Polizeikommissar Özgül", setzte der erste Polizist fort und wies mit dem Daumen hinter sich. „Vielleicht könnten wir ja ins Haus gehen und uns kurz unterhalten. Außerdem würden wir gerne eine Inaugenscheinnahme der Örtlichkeiten vornehmen – natürlich nur, wenn Sie nichts dagegen haben."

Michael fühlte, wie sich sein Magen zusammenkrampfte. Es war gut, dass sie ihn mitten bei seiner Arbeit antrafen. So würden sie nicht bemerken, dass der Schweiß, der auf seine Stirn trat, nicht vom Schaufeln herrührte. Und es war noch besser, dass sie nicht früher gekommen waren. Dann wären ihnen bestimmt einige dumme Fragen eingefallen.

„Wenn es hilft, meinen Vater zu finden, natürlich gerne", log Michael und versuchte, seine Stimme besorgt klingen zu lassen. „Ich weiß allerdings nicht, ob ich Ihnen mehr erzählen kann, als gestern auf der Wache."

„Wir gehen einfach nochmal alles durch, das kann ja nichts schaden, oder?", entgegnete der Blonde fast kumpelhaft und legte seine Hand auf Michaels Schulter. „Sie wissen ja sicher, dass es hier im Ort noch eine andere vermisste Person gibt und da sollten wir doch alle Aspekte eingehend beleuchten, nicht wahr?" Aspekte beleuchten?, dachte Michael bei sich, was sollten denn das für Aspekte sein? Glaubten die, hier liefe ein Serientäter herum, der die Leute verschleppte?

Er hatte gut daran getan, endlich den Splitt auszutauschen. Im Fernsehen kamen die ja immer mit diesen Schwarzlichtlampen. Also hatte er den Splitt um die Pfütze vor der Haustür großflächig abgetragen. Karre um Karre hatte er in die alte, vollgelaufene Jauchegrube hinter dem Pferdestall gefahren, dann auch die alte Schaufel hineingeworfen und schließlich wieder den schweren Betondeckel über die Öffnung gewuchtet. Bevor er daran ging, das Mineral zu holen, um das Loch auf dem Hof zu verfüllen, hatte er die Schubkarre am alten Pferdewaschplatz gründlich mit dem Hochdruckreiniger abgespritzt und dann noch zu Sicherheit den Betonboden genauso bearbeitet. Zuallerletzt hatte er mit dem alten Schlepper einige Schaufeln Pferdemist zu einer der Koppeln gefahren und dabei absichtlich die Hälfte der Ladung verloren. Der Dreck aus den Reifen des Traktors hatte sein Übriges dazu getan. Jetzt war alles um den Misthaufen, die Jauchegrube und den Waschplatz hübsch mit Stroh, Mist und Erde verdreckt. Blutspuren würden sie auf diesem Hof nicht finden, da war er sich sicher. Aber vielleicht dachten die auch gar nicht an so etwas. Wollten nur ein bisschen auf den Busch klopfen, sich nicht nachsagen lassen, geschlampt zu haben. Wo doch die Ermittlungen in der anderen Sache auch nicht weitergingen. Warum machten das eigentlich die Streifenhörnchen und nicht die Kripo, wie man es immer im Krimi sah? Also wohl eher Routine, sie schickten die niedrigen Dienstgrade, kein Grund zur Sorge.

## Einfahrt

Bernd öffnete benommen die Augen. Er lag auf dem Rücken, in seinem Mund war ein seltsamer Geschmack nach Eisen, er bekam schwer Luft. Er drehte den Kopf und versuchte zu erkennen, wo er sich befand. Um ihn war nur Dunkelheit. Erst langsam, dann immer deutlicher, nahm er einen schwachen Lichtschein wahr. Trotzdem war ihm noch immer, als blickte er durch eine dunkel getönte Milchglasscheibe. Da, links neben ihm, war etwas. Er versuchte, den linken Arm danach auszustrecken, aber in dem Moment, in dem er sich zu bewegen begann, durchfuhr ihn ein so heftiger Schmerz, dass er sofort innehielt. Für einen kurzen Augenblick hoffte er, er würde wieder ohnmächtig. Noch immer flach auf dem Boden liegend wandte er den Kopf in die andere Richtung. Auch dort meinte er etwas zu erkennen. Er versuchte, es mit der rechten Hand zu erreichen und seine Fingerspitzen fühlten raues, derb abgerichtetes Holz. Er schloss kurz die Augen, um sich von der Anstrengung zu erholen, dann fixierte er die niedrige Decke über ihm. Dort schien der Lichtschein stärker zu sein. Sah er einen Stahlträger und grobes Mauerwerk?

Vorsichtig schob er die rechte Hand unter die offene Jacke und tastete nach seiner linken Schulter. Er fasste in eine warme Nässe. Der Pullover hatte sich bereits vollgesogen. Die Schmerzen bei der Berührung waren kaum auszuhalten. Er führte die Hand an sein Gesicht, roch daran, war unsicher, ließ schließlich kurz den Zeigefinger über seine Zunge gleiten. Es war Blut, sein Blut. Er presste die Hand auf die feuchte Stelle und versuchte, sich trotz der Qualen aufzusetzen. Die Zähne fest aufeinandergepresst, gelang ihm dies nur unter Stöhnen.

Dann, überraschend, kam aus der Dämmerung neben ihm ein vorsichtiges, leises „Hallo?". Das Mädchen. Sie saß keine drei Meter von ihm entfernt auf etwas, das wie ein altes Krankenhausbett aussah. Ihr Gesicht lag im Schatten. Über ihr an der Wand leuchtete schwach eine Lampe. „Sind Sie okay?", fragte sie.

„Geht schon", antwortete er flüsternd, seine Stimme klang heiser und rau, „was ist denn passiert?".

„Er hat die Tür verbarrikadiert, nachdem er geschossen hat."

„Wie lange ist das her?"

„Keine Ahnung", sie begann leise zu weinen, „ich weiß ja nicht einmal, ob es draußen Tag oder Nacht ist."

„Als ich herkam, war es fast Mitternacht", gab er zurück. „Wird er wiederkommen?"

„Ja, sicher bald", antwortete sie und Panik schwang jetzt in ihrer Stimme mit. „Er kommt und bringt das Essen, die Wasserflasche und dann gibt er mir meine Medizin." Ihre Stimme wurde leise, fast unhörbar.

„Bist du verletzt?", fragte er, obwohl er die Antwort schon wusste.

„Weiß nicht", antwortete sie unsicher, „mein Kopf und mein rechtes Bein sind verbunden, aber es tut nicht mehr so weh wie anfangs."

„Wie bist du hierher gekommen?", wollte Bernd fragen, aber er unterließ es. Sie würde sich daran nicht erinnern können. Er schwieg eine Weile, überlegte. Seine Lage war nicht günstig. Hoffentlich war es ein Steckschuss. Sonst würde die Austrittswunde so groß sein, dass er in Kürze verblutete. Er nahm seine Hand von der Wunde und ihm wurde kurz schwarz vor Augen. Sofort lief mehr warmes Blut in den Pullover. Er tastete mit der gesunden Hand die verletzte Schulter ab. Das Schulterblatt, soweit er es erreichen konnte, schien noch seine normale Form zu haben. Schnell presste er seine Finger wieder auf den Einschuss.

„Du musst einen Druckverband machen", sagte jemand in seinem Kopf zu ihm.

„Ich sehe doch fast nichts", antwortete eine andere Stimme, „und ich bin viel zu müde."

„Du musst die Jacke ausziehen, das T-Shirt zerreißen und einen Druckverband machen. Du wirst bald das Bewusstsein verlieren und dann verbluten", meldete sich die erste Stimme wieder.

„Es tut zu weh", wandte die zweite ein.

„Du musst es versuchen, aufgeben kannst du immer noch", entschied die erste.

Endlich begann er die Jacke auszuziehen. Er schleuderte den rechten Ärmel halb herunter, hielt dann den Ärmelsaum mit den Zähnen fest, bekam nur äußerst mühsam den ganzen Arm heraus und konnte nun auch seinen verletzen Arm von der Jacke befreien. Er ließ sie achtlos vor sich auf den Boden fallen. Den Pullover bewältigte er ebenfalls auf diese Weise. Dann versuchte er, das T- Shirt am Kragen über den Kopf zu ziehen. Mit einer Hand schien es fast unmöglich, das Hemd über den Kopf zu bekommen. Er dehnte den Stoff rücksichtslos, hörte wie die Nähte widerwillig rissen. Ein Glück, dass das gute Stück ihm eigentlich zu groß war. Dann endlich bekam er den Kopf hindurch. Wieder hatte er das Gefühl, ins Leere zu sacken. Mit einer letzten Anstrengung zerrte er den nassen Stoff von seiner Schulter. Als dieser sich von der Wunde löste, schlugen die Flammen erneut über ihm zusammen und er vernahm das dumpfe Wummern einer riesigen Trommel. Er griff das Hemd, knüllte es in der Hand zusammen und drückte das Stoffbündel fest auf die Wunde. Hatte er etwa gerade geschrien? Er versuchte, das Feuer wegzuatmen, hechelte flach, blieb für eine Minute völlig regungslos, dann schob er sich vorsichtig seitwärts, bis das das rohe, kalte Holz des Stützpfeilers in seinem Rücken zu spüren war. Er schloss die Augen.

„Hallo?", sagte jemand aus der Ferne. „Hallo?" Da war es wieder. War er gemeint? Besser nicht bewegen. „Hallo?" Die Stimme wurde eindringlicher.

Langsam öffnete er die Augen, blinzelte. Der Lichtschein. Die Gestalt in der Ecke. Er war also noch hier, sie waren beide noch hier, es war kein Traum. Was hatte die andere Stimme vorhin immer wieder gesagt? Er musste husten und das bösartige Gefühl in seiner linken Schulter brachte ihn wieder vollkommen zu Bewusstsein.

„Ich muss einen Druckverband machen, damit es nicht mehr so blutet", hörte er sich sagen. „Du musst mir helfen! Bist du da festgebunden oder kannst du dich bewegen?" Statt einer Antwort hörte er erst das Bettgestell knarren und dann ein metallisches Klirren, das näher kam. Schon war sie neben ihm.

„Ich kann jetzt fast so gut im Dunkeln sehen wie eine Eule", erklärte sie und es klang beinahe fröhlich. Er warf das T-Shirt vor sich hin und drückte sofort wieder die Finger auf die Wunde. „Versuch ein paar lange Streifen daraus zu reißen", stieß er hervor.

„Wir sollten das besser als Wundauflage nehmen", entgegnete sie. „Zum Verbinden habe ich noch etwas anderes." Sie zerriss das T-Shirt mit einiger Mühe, faltete einen Teil davon mehrfach übereinander und schob es unter seine Hand. Dann begann sie, den restlich Stoff zu etwas Rundem aufzurollen, er konnte es im Dämmerlicht nicht klar erkennen. „Drück das ganz fest drauf", wies sie ihn jetzt an und Bernd wunderte sich, wie energisch sie sprach. Er griff gehorsam nach dem Wickel und presste ihn mit aller Kraft auf die Wunde. Währenddessen hatte sie begonnen, den Verband zu lösen, den sie wie einen Turban um den Kopf trug. Sie wickelte die Mullbinde sorgfältig auf, dann bandagierte sie mit geübter Hand seine Schulter. Er hielt das Stoffpolster solang fest, dass er gerade noch seine Finger unter der stramm gespannten Bandage herausziehen konnte, bevor sie zwei weitere Wicklungen eng darüberlegte. Dann riss sie das Ende des Verbandes mittig ein und verknotete die beiden Hälften über seiner Schulter.

„Rotes Kreuz, Ersthelferkurs", stellte sie mit erschöpfter Stimme fest, „so ist das immerhin doch zu etwas nütze."

Eine Zeit lang saßen sie beide auf dem Boden. Das Mädchen hatte sich an ihn gelehnt. Sie zitterte. Aus der Dunkelheit hinter ihnen kam ein kalter Luftzug, der auch ihn frösteln ließ. Er überlegte.

„Ich war es", sagte er dann unvermittelt, so als wäre es eine Selbstverständlichkeit. „Ich habe dich angefahren."

Er spürte, wie sie neben ihm erstarrte. „Ich wollte das nicht, es war ein Unfall", setzte er entschuldigend hinzu, aber sie war bereits ein ganzes Stück von ihm weggerückt, so als hätte sie plötzlich eine ansteckende Krankheit an ihm festgestellt. Im schwachen Lichtschein sah er ihr Gesicht nur zur Hälfte, das Auge, das er sehen konnte, starrte ihn unter dem vom geronnenen Blut verklebten Haar entsetzt an. Dann wandte sie sich ab und die Energie, mit der sie ihm noch eben geholfen hatte, war mit einem Mal wie verflogen. In sich zusammengesunken saß sie nun dort und ihr Blick zuckte immer wieder zum Eingang.

„Was spielt das jetzt noch für eine Rolle", murmelte sie nach einer Weile und ihre Stimme klang vollkommen hoffnungsleer. „Ich komme hier eh nie mehr weg."

„Ich wollte nur, dass du das weißt, bevor ..." Er traute sich nicht, den Satz zu beenden.

„Bevor er wiederkommt und es zu Ende bringt?", setzte sie seinen Satz fort.

Er schwieg. Nach einiger Zeit kroch sie ein Stück weiter fort und war kurz darauf zurück auf ihrem Lager. Wieder hörte er das Klirren.

„Es ist die Kette", sagte sie, als hätte sie seinen fragenden Blick im Zwielicht erkennen können. „Die ist hier irgendwo an der Wand festgemacht. Ich komme damit gerade vom Bett bis zum Eimer."

Bernd begann, den Boden um sich abzutasten, der noch immer im Schatten lag. Seine Hand fand erst den Pullover, dann die Jacke, die er sich vorsichtig überwarf. Nun rutschte er weiter Richtung Eingang. Kurz darauf berührte sein Fuß etwas Weiches. Er streckte sich danach – und hielt seinen Rucksack in den Händen. Hastig durchwühlte er ihn. Dann erhellte das Licht der Taschenlampe den Raum.

Es war ein ausgemauerter alter Stolleneingang, in dem sie sich befanden. Bernd hatte diese Art des Ausbaus schon oft bei den alten Mundlöchern anderer aufgelassener Stollen gesehen. Rotes grobes Mauerwerk, über ihnen war das Gebirge mit Querträgern abgefangen, die Zwischenräume mit Ziegeln bogenförmig ausgefacht. Viele der alten Häuser hier, auch sein eigenes, hatten Keller, deren Decken auf ähnliche Weise gebaut waren. Die flachen Gewölbe, die man preußische Kappen nannte, gaben den Kellern etwas Gemütliches und Urtümliches.

Bernd kam eine Kindheitserinnerung von der anderen Seite des Berges in den Sinn. Dort hatten sie auf dem Abrissgrundstück eines alten Hotels gespielt. Das Hotel war rückseitig direkt an den Hang gebaut worden. Sein Spielkamerad hatte dann eine Tür in den Ruinen des Erdgeschosses entdeckt, die vollkommen unbeschädigt und außerdem unverschlossen gewesen war. Dahinter hatten sich zu ihrer Überraschung ein Gang befunden, der geradewegs in den Berg hineinführte.

Am nächsten Tag hatten sie ihre Taschenlampen mitgenommen und den Gang erkundet. Im vorderen Bereich war dieser relativ breit gewesen, einige Reste des Hotelbetriebs standen noch an den Wänden aufgestapelt, Kisten mit Gläsern und Flaschen, aber bald wurde der Gang schmaler und niedriger. An der Decke hatten Tropfen gehangen, ihre gelben Gummistiefel patschten durch Wasserlachen auf dem Boden. Schließlich sahen sie die ersten Stützhölzer, den Verbau. Nur wenige Meter weiter waren sie jedoch auf einen Einbruch gestoßen und hatten sich nicht getraut, darüberzuklettern. Und wie froh sie gewesen waren, als sie wieder in der Sonne vor der Tür gestanden hatten!

Natürlich konnten sie ihren Eltern nichts davon erzählen. Und als sie nach einigen Tagen eine weitere Erkundung hatten starten wollen, fanden sie die Tür verschlossen.

Erst sehr viel später hatte Bernd erfahren, dass dieser Stolleneingang im Krieg als provisorischer Luftschutzbunker genutzt worden war. Als die Tagesangriffe auf Hannover zunahmen und sich die Fehlabwürfe der Bomber häuften, hatte auch seine Mutter, die als Ausgebombte mit Mutter und Tante in den kleinen Kurort am Wald untergekommen war, selbst einmal Schutz in diesem sehr speziellen Hotelkeller suchen müssen.

Man hatte diese Hütte also einfach über einen alten Stolleneingang gebaut und den Stollen als Keller weitergenutzt. Zur Abtrennung der Räume waren Quermauern eingezogen worden, aus dem typischen Backstein der früheren örtlichen Ziegelei, ein roter Stein im Klosterformat, der, wenn er brach, seinen tiefschwarzen Kern offenbarte. In der vorderen Wand war die nun versperrte Türöffnung mittig ausgespart worden. Direkt hinter der Wand, längs an eine der nass schimmernden Außenwände geschmiegt, stand das Bettgestell. Ein altes Metallbett, die vergilbte ehemals weiße Farbe abgestoßen, die blanken Stellen von Rost vernarbt. Darauf eine dreiteilige Matratze, seitlich liefen einige hellere Streifen über den stockigen Stoff. Eine verfilzte Armeedecke und ein blutbeflecktes Kissen ohne Bezug lagen auf dem Bett. Und dort kauerte jetzt das Mädchen in einem altmodischen und viel zu großen, blauen Trainingsanzug.

Sie hatte die Hände schützend vor das Gesicht gelegt. Das grelle Licht der Taschenlampe musste sie blenden. Bernd bemerkte die Schmutzränder unter ihren abgesplitterten Fingernägeln. An ihrem linken Fuß trug sie einen Metallring, an dem eine dünne Gliederkette aus glänzendem Metall befestigt war. Die Kette lag lose auf der Decke und verschwand in einem Spalt hinter dem Bett. Über dem Bett war ein schmales Brett an der Wand angebracht, von dem aus eine kleine Campinglampe schwach leuchtete. Vor dem Bett eine umgedrehte Holzkiste, auf der ein Plastikteller und eine Wasserflasche standen. Am Ende des Bettes befand sich ein verzinkter Eimer, ein Brett war quer darübergelegt. Auf dem Boden daneben lag eine Rolle Toilettenpapier. Erst jetzt nahm Bernd den Geruch wahr, der im Raum hing.

Er kannte diesen Geruch. Im Zimmer seines Großvaters hatte es genauso gerochen. Damals, als der Großvater schon fest lag und sich die Windel in Momenten verzweifelter Klarheit immer wieder vom Leib riss.

Nie würde er den Ausdruck tiefsten Entsetzens vergessen, den letzten Schrei nach Gnade, der sich tief in das erstarrte Gesicht gegraben hatte, als sie ihn fanden. Nur nicht so enden, hatte Bernd sich geschworen, verlassen und eingesperrt in einem Zimmer des eigenen Hauses, um dort zu verrecken wie ein Hund, während draußen das Leben weiterrauschte.

Das Mädchen blinzelte jetzt vorsichtig durch die Finger. Bernd suchte mit den Augen weiter den Raum ab. Wenn es hier nur irgendwo läge. Er war sicher, es in der Hand gehabt zu haben, als er getroffen wurde. Vielleicht hatte sein Auftauchen Heidmann aus dem Konzept gebracht. Der hatte nicht damit rechnen können, ihn hier anzutreffen. Heidmann hatte nur noch daran gedacht, die Falle zuzumachen und ihr Entkommen zu verhindern. Sicher hatte er geglaubt, Bernd sei tot. Bei diesem Gedanken fühlte Bernd erneut den pulsierenden Schmerz aufwallen. Aber warum hatte Heidmann sich nicht vergewissert? Er war doch Jäger und Soldat, er konnte doch Leben und Tod unterscheiden. Oder war er sich sicher, dass es für sie beide kein Entrinnen mehr gab und war einfach in den Dorfkrug gefahren, trank dort ein, zwei Bier und wollte die Sache dann morgen in Ruhe zu Ende bringen?

Bernd rutsche zurück zum Holzpfeiler und schob sich daran hoch. Endlich stand er auf wackeligen Beinen. Knapp über seinem Kopf war die Steindecke. Wieder leuchtete er durch den Raum. Hinter ihnen in der Rückwand des Raumes war eine weitere Tür zu erkennen.

Das Mädchen beobachtete ihn unterdessen wie einen ungebetenen Gast und schwieg. Bernd ließ sich wieder auf seine Knie herab und kroch, seine rechte Hand mit der Lampe auf den Boden gestützt, die linke schlaff über den Boden schleifend, zu der zerstörten Holztür. Sie war aus den Angeln gehoben und in den Raum geworfen worden. Die Türöffnung dahinter war wieder mit der scheckigen Hartfaserplatte verschlossen, sicher war sie von außen mit den schweren Eichenbohlen verkeilt, die im Vorraum gelegen hatten.

Bernd umfasste eines der Querhölzer und zog daran. Das ramponierte Türblatt war leichter als erwartet. Rumpelnd setzte es sich in Bewegung. Ein metallisches, schabendes Geräusch war dabei zu vernehmen. Die Tür lag nicht einfach flach auf dem Boden, etwas schien darunter eingeklemmt zu sein. Bernd legte die Lampe beiseite, sodass das Licht flach über den Boden lief. Er hob die Tür mit seiner rechten Hand etwas an, schob ein Knie darunter und tastete den Boden unter der Tür ab. Endlich fühlte er die vertraute, kantige Form. Mit einem Ruck zog er das Metall hervor. Und dort lag es, das Brecheisen, und schimmerte hoffnungsvoll im Schein seiner Lampe. Adrenalin schoss in seine Adern. Er ließ die Tür auf den Boden fallen. Das Poltern hallte dröhnend durch den Raum. Schnell ergriff er das Eisen. Er drehte die Lampe zum Bett. Der Lichtkegel fiel auf Sandra und tauchte das Lager in helles Licht. Dann begann er, zu ihr zu kriechen.

„Zieh das Bett von der Wand ab!", rief er, lauter als er es eigentlich gewollt hatte. Sandra reagierte nicht. Sie saß weinend
auf dem Bett, das Gesicht noch immer in den Händen vergraben.

„Es hat doch alles keinen Sinn", schluchzte sie. „Er wird
gleich kommen und wenn er sieht, dass ich dir geholfen habe,
bringt er mich auch um." Unvermittelt sah sie auf und funkelte ihn böse an. „Wieso musstest du mich suchen? Was willst
du überhaupt hier?", begann sie zu schreien.

Bernd kroch weiter auf sie zu. Sie hielt abwehrend die Hände vor ihr Gesicht, in Erwartung seines Schlages. Ohne zu
überlegen, packte er sie an den Haaren und riss sie vom Bettgestell. Sie heulte auf wie ein kleines Kind. Bernd umfasste das
obere Metallrohr des Kopfteiles, richtete sich mühsam daran
auf und zog das Bett dann mit einem Ruck von der Wand.
Wenn Heidmann über ihnen in der Hütte war, musste er hören, dass hier unten etwas geschah. Dann würde er bald mit
der Flinte in der Tür stehen. Sie konnten nur hoffen, dass es
draußen heller Tag war und Heidmann gerade seine Rolle als
großer Retter spielen musste. Aber sie hatten keine Zeit mehr
zu verlieren.

Dort war die Rundöse, die die Kette hielt. Einhändig setzte
er das Eisen an. Die Schaftschraube passte genau in die Aus-
sparung des Kuhfußes. Ein beherzter Ruck und der Dübel gab
auf. Ungläubig schaute ihn Sandra an. Dann verzog sich ihr
Gesicht zu einem zaghaften Grinsen. Bernd war schon auf dem
Weg zur hinteren Wand. Die Tür darin war nichts weiter als
eine alte, rostige Metallplatte, die von zwei schiefen Beschlä-
gen gehalten wurde und mit einem einfachen, alters-
schwachen Vorhängeschloss gesichert war. Als Auflager hatte
man ein Flacheisen in die bröselige Fuge getrieben. Kein ernst-
zunehmendes Hindernis für den Kuhfuß.

„Kannst du gehen?", rief er dem Mädchen zu, das ihm nun
doch vorsichtig gefolgt war, und eine Welle der Hoffnung

199

durchströmte ihn, als er sie zustimmend nicken sah. „Steck die Wasserflasche in den Rucksack, nimm die Lampe vom Brett und dann komm!" Erst jetzt sah Bernd, dass sie das verletzte Bein kaum aufsetzen konnte. Trotzdem befolgte sie seine Anweisungen.

Hinter der Tür öffnete sich der dunkle Schlund des alten Stollens. Diese Fluchtrichtung hatte Heidmann übersehen, dachte Bernd und musste lächeln. Dann richtete er sich entschlossen auf und stieg über die Schwelle in die Dunkelheit. Sandra folgte ihm humpelnd auf ihren Badelatschen, die Fußkette hinter sich herziehend wie eine dünne, silberne Schlange.

# Wandertag

Was sollte das hier jetzt eigentlich sein, fragte sich Daniel. Ein Wandertag? Etwa wie in der Grundschule? Musste man da nicht immer sinnlos durch den deutschen Wald latschen oder zum gefühlt hundertsten Mal eine der Moorleichen im Landesmuseum bestaunen? Wieso ging es denn nicht wenigstens nach Hamburg? Das war doch in der Mittelstufe schon der Standard gewesen. Und bei einer Hafenrundfahrt in der schaukelnden Barkasse, da wäre man doch so schön an der frischen Luft gewesen. Und hätte dann noch einen Abstecher zur Reeperbahn machen können. Tagsüber war da zwar auch nichts los, aber man hätte in eine Kneipe fliehen und sich schnell ein, zwei Bierchen zum überhöhten Touristenpreis reinziehen können.

Einmal waren sie auch in Wolfsburg gewesen und hatten das VW-Werk besichtigt. Na ja, das war eher was für die Jungs gewesen. Aber stattdessen saß er im Zug der Lokalbahn und fuhr mit seinem Leistungskurs in den Nachbarort. Total kreativlos, dieser Lehrer. War ihm nichts Besseres eingefallen? Wollte sicher ganz früh am Abend wieder bei seiner Perle mit den quengelnden Blagen sein und sie mussten das jetzt ausbaden. Kenntnisse der lokalen Geschichte vertiefen, na toll. Wie unsere Vorfahren gelebt haben, wen interessierte das denn. Wenigstens nach Hannover hätte es nun aber schon gehen können, er hätte selbst das Landesmuseum oder die dümmliche moderne Kunst des Sprengel-Museums ertragen und vor allem wäre die Rückfahrt dann jedem selbst überlassen gewesen und er hätte hinterher noch einen kleinen Zug durch die Altstadt machen können oder wenigsten zu McDonalds. Babsis Kurs fuhr natürlich nach Berlin, mit Übernachtung.

Daniel betrachtete das Mädchen neben ihm. Mussten die guten Schülerinnen immer so aussehen? Blass, leicht fettige Haare, große Brille, Akne. Total krank war das ja wohl hier. Wieso musste sich gerade die neben ihn setzen. Und ihn dann auch noch volllabern. Es ging schon wieder los: „Das wird bestimmt total interessant, Daniel!", und: „Findest du Herrn Schlemmer nicht auch total nett, Daniel?", und dann schließlich: „Ist ja echt schön, mit dir so zu quatschen, Daniel." War er ihr Hund, oder was?

Und dann dieser Pullover. Wie lang trug sie dieses blöde grüne Ding eigentlich schon? Hatte er sie in diesem Semester eigentlich jemals in einem anderen Oberteil gesehen? Er musterte sie von der Seite. Immerhin – der Pullover war eng und sie hatte große Brüste. Das entschädigte ihn etwas. Er musste sofort wieder an Babsis Brüste denken, die er nie wieder sehen würde. Klein, aber fest. Wenn er ihr ein Kompliment deswegen gemacht hatte, war sie immer sofort böse geworden. „Männer", hatte sie dann gesagt, „immer könnt ihr nur an so etwas denken. Als wenn es nichts Wichtigeres gäbe." Aber er fand das gar nicht so schlimm, die Brüste der Mitschülerinnen miteinander zu vergleichen. Die Weiber guckten ja auch immer auf seine Hose.

Außerdem war er Experte. Jahrelange Übung im Ausziehen mit den Augen. Und er war nicht voreingenommen. Er bewertete schließlich auch die Brüste seiner Lehrerinnen. Und das ganz vorurteilsfrei. Im Sommer gab es dazu immer reichlich Gelegenheit. Wenn es in den Klassenzimmern warm und stickig wurde, wurden die Säume kürzer und die Stoffe transparenter. Die hielten sich nicht einmal selbst an die Kleidungsregeln, die sie den Schülerinnen vorschrieben. Von wegen nur eine Handbreit unterm Schlüsselbein und so. Allerdings, die Älteren ließen es meistens sein, was eigentlich auch ganz rücksichtsvoll war. Bis auf die Kunstlehrerinnen. Kunstlehrerinnen hatten einen Hang zu nicht altersgemäßer Kleidung. Musste wohl am Fach liegen.

Die S-Bahn hielt ruckelnd an. Daniel ließ den Haupttross passieren und ging mit etwas Abstand hinterher. Seit dem Verschwinden von Sandra und dem Verhör achtete er ein wenig mehr auf Distanz. Es gab zu viele Fragen und er hatte keine guten Antworten parat.

Die beiden Polizisten hatten ihn ganz schön in die Mangel genommen. Er kannte das ja aus den Filmen, aber in echt fühlte es sich dann doch ganz anders an. Wo er mit ihr gewesen war, wie lange und wann genau. Wer hatte sie gesehen, wann waren sie zurückgefahren, warum hatten sie auf dem Parkplatz angehalten, was genau hatte er dann gemacht, war es zum Vollzug gekommen, hatte sie sich gewehrt, wann und warum war sie weggelaufen, wieso war er ihr nicht nachgelaufen, warum hatte er sie nicht zurückgeholt und weshalb hatte er das alles nicht sofort gemeldet? Und er saß da, im Wohnzimmer der Ebelings, wie ein Häufchen Elend und stotterte seine Antworten, die die Polizisten nicht zu überzeugen schienen. Dann die Blicke der Eltern. Die Mutter, die irgendwann einfach anfing in sich hineinzuschluchzen. Der Vater, dieser Großkotz, der ihn hasserfüllt anstarrte als wäre er ein Monster und der dann von Anwalt und Nebenklage sprach. Schließlich hatten sie ihn mit auf die Wache genommen, seine Mutter war dazugekommen, auch sie mit verweinten Augen, und er musste alles noch einmal wiederholen und dann das Protokoll mit seiner Aussage unterschreiben. Und schon am selben Abend wusste es das ganze Dorf. Und am ersten Schultag nach den Ferien wusste es die ganze Schule. Und natürlich auch Babsi.

Er hatte geklingelt, aber ihr Vater hatte die Tür nur einen Spalt breit geöffnet und ihn angebrüllt, er verbiete ihm jeden weiteren Umgang mit seiner Tochter. Auf seine Nachrichten hatte sie nicht geantwortet. In der Schule ging sie ihm aus dem Weg.

Natürlich hatte auch er sich immer wieder die Frage gestellt, wohin Sandra an diesem Abend gelaufen war. Eigentlich dachte er an nichts anderes mehr. Sie konnte doch noch nicht weit gekommen sein, als er die Straße ins Dorf zurückgefahren war. Er hätte sie sehen müssen. Und selbst wenn sie mitten durch den Wald gelaufen war, trotz ihrer neuen weißen Sneaker, hätte sie doch spätestens nach einer halben Stunde zu Hause ankommen müssen.

Das Dorf war irgendwie verändert. Seine Mutter sprach seit der Vernehmung nicht mehr viel mit ihm. Aber wenn sie etwas sagte – sie sprach dann mehr ins Ungefähre, nicht direkt an ihn gewandt –, ging es nur um Sandras Verschwinden und um das, was die Leute sich darüber erzählten. Die wildesten Vermutungen wurden angestellt. Handelte es sich um eine Entführung und die Polizei sagte es nur nicht, um die Täter in Sicherheit zu wiegen oder trieb sich ein Gewaltverbrecher im Wald herum, der vielleicht aus dem Landeskrankenhaus in Wunstorf entwichen war, was die Polizei aber geheim hielt, damit es keine Unruhe in der Bevölkerung gab? Was war mit dem heimlichen Liebhaber, mit dem sie vielleicht durchgebrannt war? Im Laden hatte seine Mutter gehört, man habe Sandra im Sommer in Hannover mit einem älteren Mann gesehen, Arm in Arm.

Im Dorf hatte sich nun sogar eine Art Bürgerwehr gebildet, die auf eigene Faust nach Sandra suchte. Heidmann, der verkappte Nazi, befehligte die Sache. Er führte die alten Säcke in den Wald wie einst Arminius die edlen Recken in die Schlacht gegen die Römer. Ja selbst der arrogante Trottel neulich im Laden hatte sich schon aufgeführt wie ein Detektiv. Die waren doch jetzt alle krank im Kopf. Aber es musste etwas Schlimmes passiert sein, da war sich Daniel sicher. Sandra hielt sich keinen Sugar-Daddy und hatte auch keinen geheimen Freund. Sie wäre nie mit Daniel ausgegangen, wenn es anders gewesen wäre. Sandra war ein ganz normales Mädchen in einem ganz normalen Dorf, er kannte ja sogar die Jungs, mit denen sie bisher zusammen gewesen war. Die waren alle von ihrer Schule. Und dann ihre Freundinnen in der Klasse. Vor denen hätte sie so eine Sache niemals verbergen können. Die beäugten sich doch gegenseitig wie die Raubkatzen, da blieb kein Geheimnis lange unentdeckt.

Endlich hatten sie ihr Ziel erreicht. Die alte Halde war teilweise abgetragen und dann begrünt worden und der Förderturm war nur ein moderner, kleinerer Nachbau des alten, der vor Jahrzehnten in den Hochofen gewandert war. Von den historischen Gebäuden hatte man lediglich den alten Zechensaal retten können. In ihm befand sich auch das kleine Museum. Brav trottete der Kurs hinter Herrn Schlemmer her. Fotografien, einige Artefakte, historische Abhandlungen, die gesammelten Ergebnisse der Heimatforschung diverser Hobbyarchäologen und unzähliger Volkshochschulkurse, als Höhepunkt ein kleiner Film mit Originalaufnahmen, schwarzweiß aus den Fünfzigern, leicht ruckelnde Bilder, kurz vor dem bitteren Ende. Unendliche Müdigkeit überkam ihn, ständig musste er ein Gähnen unterdrücken. Sollten sie eigentlich einen Bericht dazu schreiben? Wohl eher nicht, es war ja schließlich ein Wandertag und kein Projekttag. Oder hätte er etwa doch besser aufpassen müssen? Aber das war ja alles nicht so schwierig: Vortrieb, Ausbau, Türstock, Stempel, Bewetterung, Alter Mann, Entwässern oder Absaufen, was war jetzt nochmal eine Rösche?

Dann war Mittagspause mit Erbsensuppe. Er setzte sich allein auf eine Bank. Der grüne Pullover hatte sich zu den anderen Mädchen gesellt und ließ ihn in Ruhe. Er beobachtete sie, wie sie versuchte, sich am Getratsche zu beteiligen. Er wusste, die anderen ließen sie jetzt zappeln, taten vielleicht ein bisschen so, als gehöre sie dazu, damit ein wenig sinnlose Hoffnung in ihr aufkeimte, gaben sich vertraulich und lauerten doch nur darauf, dass sie etwas sagte, mit dem sie später aufgezogen werden konnte. Verdammte Weiber, dachte er und Bitterkeit und Zorn wallten in ihm auf, wieso mussten die immer so falsch und verlogen sein? Es waren auch einige aus Babsis Clique darunter. Die hatten ihm schon am ersten Tag in der Schule gezeigt, dass er jetzt ihr Feind war. Die Jungs waren wenigstens nur gleichgültig gewesen, hatten ihn einfach ignoriert. Aber die Mädchen? Er hätte ihre kalten, abschätzigen Blicke noch ertragen können, aber dass sie Babsi von ihm abschirmten, als wäre er ein gefährlicher Schwerverbrecher, ging einfach zu weit.

Als er die Schule am ersten Tag nach den Ferien betreten hatte, stand Babsi inmitten ihrer Mädels an der großen Treppe. Die große Treppe, das war eigentlich ihr gemeinsamer Platz, dort hatten sie sich morgens immer getroffen und umarmt. Eher wie Freunde als wie Verliebte, Babsi wollte keine Zärtlichkeiten mit ihm in der Öffentlichkeit. Er hatte ihr an diesem Morgen so viel sagen und alles erklären wollen, hatte sich die Worte die ganze Zeit während der Fahrt im Bus zurechtgelegt. Aber Babsi hatte sich sofort abgewandt, als sie ihn durch die Tür kommen sah, sein Lächeln fand keine Erwiderung.

Sie musste sich mit den anderen vorher abgesprochen haben, denn als er direkt auf sie zugehen wollte, schloss sich sofort der Schutzwall. Er hatte es überspielt, die Richtung gewechselt und war wie absichtlich weiter durch die Pausenhalle geschlendert, zum Vertretungsplan, so als müsse er dort etwas Wichtiges nachsehen. Aus den Augenwinkeln konnte er sehen, wie sie ihn fixierten und dabei mit Babsi tuschelten. In den wenigen Kursen, die sie miteinander hatten, war es genauso gewesen. Babsi erschien in der Mitte einer Gruppe von Freundinnen, setzte sich auf ihren Platz, würdigte ihn keines Blickes und entschwand, wieder von ihrer persönlichen Schutztruppe begleitet.

Jetzt lachten die Mädchen. Daniel sah, dass der grüne Pullover mit rotem Kopf aufstand und sich verschämt einige Plätze weiter weg setzte. Sie tat ihm fast leid.

Ein älterer Mann in weißer Montur kam heran und setzte sich neben ihn. Daniel grüßte freundlich. „Gehören Sie auch zum Verein?", fragte er und bereute es sofort. Denn der Ehrenamtliche mustert ihn nur kurz, nickte, und begann umgehend zu dozieren. Daniel musste einen kompletten Abriss der Geschichte des Bergbaus in dieser Region über sich ergehen lassen. Vom Mittelalter über die Gründerzeit bis zum Ende mit der Preussag im Jahr 1957. Daniel schaltete auf Durchzug. Warum war er nur wieder so freundlich gewesen? Er hätte besser gar nicht erst aufschauen, sondern einfach in die Suppe stieren und weiterlöffeln sollen. Jetzt musste er Interesse heucheln, ab und zu ein bestätigendes „Hhmm" oder ein erstauntes „Ach so, tatsächlich?" brummeln und immer zustimmend nicken, wenn ihn der alte Mann erwartungsvoll ansah. Das war extrem nervig. Und der Vortrag wollte kein Ende nehmen. Der Mann musste ein wandelndes Kompendium des Bergbaus sein. Hantierte mit Dezitonnen und Flözstärken, Abbaumengen und Bergrechten, als spräche er vor einer Untersuchungskommission des Bergamtes.

„Ich habe hier Hauer gelernt, war einer der letzten aktiven Steiger", betonte er und Daniel nickte anerkennend, denn das musste offenbar eine ganz wichtige Position gewesen sein. „Dann nach der Umschulung war ich zwar dreißig Jahre als Dreher tätig, aber nicht im Herzen. Da bin ich immer Bergmann geblieben." Daniel nickte wieder zustimmend und hoffte, dass jetzt nicht noch die gesamte restliche Lebensgeschichte folgen würde. „Aber, man war ja auch Teil von etwas Größerem, damals", fuhr der alte Mann fort, während Daniel mit dem Plastiklöffel den Boden seiner Suppentasse säuberte, „und das Gangsystem aus dreihundert Jahren Steinkohleabbau durchzieht noch immer den ganzen Berg, das geht rüber bis auf die andere Seite!" Daniel wurde wieder aufmerksam.

„Also könnte ich von hier direkt nach Hause laufen, fast bis ins Dorf, quer durch den Berg?", fragte er.

„Früher wäre das keine Problem gewesen, junger Mann, und viele der Stollen und Strecken sind sicher noch immer intakt", bestätigte der alte Bergmann. „Aber du müsstest dann auf der anderen Seite erst noch ein offenes Mundloch finden. Und die", setzte er hinzu, als er Daniels fragenden Gesichtsausdruck bemerkte, „sind alle verschlossen oder längst eingebrochen."

Schlemmer gab das Zeichen zum Aufbruch. Endlich ging es zur großen Halle. An Ketten schwebte Kleidung herab. Weiße Jacken, Helme, einige tauschten die passenden Größen untereinander, dann ab im Gänsemarsch zur Grubenbahn. Eine gelbe Lok mit drei niedrigen Waggons. Sie zwängten sich auf die schmalen Sitzbretter. Daniel hatte gehofft, in seiner Reihe allein zu bleiben, aber schon saß der grüne Pullover wieder neben ihm. „Voll interessant hier, oder?", raunte sie ihm zu, „und im Tunnel wird es bestimmt ganz unheimlich." Ihre Begeisterung wirkte gekünstelt. Er schwieg.

Die Einfahrt verlief ebenerdig. Die tieferen Sohlen der Grube waren längst verfüllt oder geflutet. Nur der alte Hauptstollen, den man schon 1860 aufgefahren hatte, war noch zugänglich. Die Grube war Ende der fünfziger Jahre stillgelegt worden, aber die gute Bausubstanz des Stollens, der im vorderen Bereich komplett ausgemauert war, hatte die Zeit nahezu unbeschadet überstanden. Über dreißig Jahre später hatte eine Gruppe ehemaliger Bergleute damit begonnen, die Anlage fachmännisch wieder instand zu setzen. Nach einigen Jahren war sogar die Betriebserlaubnis für das Besucherbergwerk erteilt worden.

Die Bahn rumpelte gemächlich den Stollen entlang. Der Stollen war breit, an der Decke liefen Rohre und Versorgungskabel. In regelmäßigen Abständen beleuchteten Lampen ihre Fahrt. Zusammengekauert saßen sie im Halbdunkel des Waggons. Daniel legt wie beiläufig seine Hand auf den Oberschenkel neben ihm. Der grüne Pullover erschauerte spürbar. Daniel lächelte in sich hinein und betrachtete dabei interessiert die Tunnelwand neben sich. Nun drängte sich der grüne Pullover vorsichtig an ihn. Er quittierte es, in dem er seiner Hand etwas mehr Nachdruck gab. Ein weiteres leichtes Zittern an seiner Schulter war die Belohnung. Er ließ seine Hand wieder von ihrem Schenkel gleiten. Jetzt nicht übertreiben, dachte er. Er hoffte, dass die beiden Mitschüler auf der Bank gegenüber nichts bemerkt hatten. Aber die starrten nur ausdruckslos und gelangweilt vor sich hin. Er schloss kurz die Augen. Er sah sie. Sie zog den Pullover aus und das schwere Geläut schwang frei. Wenn sie oben wäre, könnte er die Pracht genau im Auge behalten.

Doch schon verlangsamte der Zug seine Fahrt wieder. Nur kurze Zeit später hatten sie die kaum tausend Meter Fahrstrecke hinter sich gebracht und kamen zum Stehen. Die anderen Passagiere, die während der Fahrt recht still gewesen waren, erwachten zu neuem Leben und stiegen lärmend aus.

Sie hatten den unterirdischen Bahnhof erreicht. Der Stollen war hier so breit ausgebaut, dass zwei Gleispaare der Schmalspurbahn nebeneinander verliefen. Der Grubenbau war aus dem massiven Fels geschlagen worden und Daniel meinte, an den Wänden noch die Riefen der Bergeisen zu erkennen. Zur Sicherung waren an einigen Stellen zusätzlich eiserne Rundbögen eingezogen.

Der Lokführer betätigte die Signalpfeife und zweimal kreischte der Pfiff grell und hallend durch den Tunnel. Aus einem seitlichen Gang traten jetzt zwei Männer mit ernstem Gesichtsausdruck. Sie hielten eine kurze Ansprache, gaben

Anweisungen zum Verhalten bei dem nun folgenden Rundgang. Man solle nichts anfassen und immer bei der Gruppe bleiben. Die Männer trugen die gleichen sauberen weißen Arbeitssachen, die auch der alte Mann vom Mittagessen getragen hatte, auf den Helmen blitzten die blank geputzten Kopflampen. Daniel fragte sich, warum die Bergmannskleidung eigentlich nicht schwarz war. Die saubere Kleidung der Männer ließ sie eher wie Ärzte oder Schädlingsbekämpfer wirken, nicht wie Kohlekumpel. Wäre Schwarz nicht deutlich praktischer gewesen?

Zwei Gruppen wurden gebildet, die Gruppe mit Schlemmer marschierte sofort los, während ihr Trupp noch kurz am Bahnhof verweilte und weitere detaillierte Erläuterungen zur Grubenbahn, zum Ausbau der Strecke, zu den geologischen Verhältnissen und zur Geschichte der Zeche ertragen musste. Daniel hatte es jetzt schon satt. Erst die Ausstellung, dann der Vortrag des Alten und jetzt noch einmal die ganze Leier. Das wurde ja noch ein richtiger Bildungsurlaub.

Der grüne Pullover war nicht von seiner Seite gewichen. Es hatte also funktioniert. Daniel sah sich verstohlen um. Der Stollen verzweigte sich an dieser Stelle in drei Hauptgänge. Etwas davor, in der Stollenwand neben ihnen, befand sich der beleuchtete Durchgang, aus dem die beiden Männer getreten waren. Daniel vermutete dort einen Betriebsraum oder eine kleine Kammer. Kurz überlegte er, ob sie unauffällig verschwinden könnten. Dann wären sie vielleicht eine halbe Stunde allein. Ihm würde das reichen. Wieso denke ich jetzt immer nur daran?, fuhr es ihm durch den Kopf, ich muss den Verstand verloren haben, das wäre doch der reinste Wahnsinn, hier mit all den Leuten um sie herum. Aber die Bilder gingen einfach nicht aus seinem Kopf.

Endlich setzte sich die Gruppe in Bewegung. Während der erste Teil des Kurses in dem nach links abzweigenden Stollen verschwunden war, betrat ihre Schar jetzt den rechten der drei

Gänge. Bald wurde es feucht und kühl in der Strecke, vor ihren Mündern bildeten sich kleine Atemwolken, auf dem Boden schwappten Wasserpfützen. Er und das Mädchen gingen am Ende der Gruppe, eng nebeneinander. Der Ausgestoßene und die Streberin gehen also gemeinsam, was musste das für ein Anblick sein, dachte er. Sicher würden sich die netten Schulkameraden darüber morgen wieder ihre Mäuler zerreißen, würden sich daran weiden, dass für ihn jetzt nur noch die Reste blieben, dass er sich sogar schon über die Mauerblümchen hermachen musste. Und wenn schon, antwortete er ihnen in Gedanken, für euch bin ich doch ohnehin erledigt. Konnte man eigentlich noch die Schule wechseln, so kurz vor dem Abi?

Er riskierte einen kurzen Blick zur Seite. Das Mädchen trottete mit leicht gesenktem Kopf neben ihm her. Hatte sie aufgegeben? Vielleicht war er ungerecht gewesen. Er hatte sie während der ganzen Oberstufe immer herablassend behandelt, so wie es auch alle anderen taten. Wie oft hatte er Babsi begeistert beigepflichtet, wenn sie wieder über die Streberin hergezogen hatte. Und noch eins draufgesetzt: Viola, was für ein bescheuerter Name. Das konnte doch nur eine hässliche, miese Zicke sein. Wie die aussah und was die anzog, unglaublich. Da steigt doch eh keiner drüber. Komisch, dass es Babsi, die sonst solche primitiven Sprüche verabscheut hatte, gar nicht derb genug sein konnte, wenn es gegen Viola ging.

Das Dumme an Viola war nur, dass sie eben nicht dumm war. Und immer die besten Arbeiten schrieb. Das kam bei den Schicksen nicht gut an. Gut, sie war normalerweise tatsächlich sehr still, sagte kein Wort zu viel. Aber er hatte sie im Unterricht schon ziemlich vernünftige Dinge sagen hören. Er fragte sich, ob sie wirklich so weltfremd war, wie alle meinten. Und dass sie sich heute so an ihn rangemacht hatte, erstaunte ihn. Wahrscheinlich war ihr klar geworden, dass er vom Olymp gestoßen worden war, nicht mehr zur Schulelite gehörte. Sie konnte sich selbst ausrechnen, dass er unter denen ohnehin nur geduldet worden war, ein guter Schüler zwar, von dem man gern mal abschrieb, aber eben nur der Sohn eines Arbeitslosen und einer Putzfrau. Sie wusste doch, wie das lief. Was hatte er mit diesen Oberschichtabkömmlingen schon gemein? Hatte er nicht selbst auch immer geahnt, dass sie ihn heimlich verachteten? Damit bot sein Absturz für Viola eine Chance. Bestimmt hatte sie ihren ganzen Mut zusammengenommen, um es heute zu wagen.

Mit einem Mal wurde ihm klar, dass nicht er den Ablauf bestimmt hatte. Er hatte seine Hand dorthin legen dürfen, weil sie es so gewollt hatte. Und sie ging jetzt neben ihm, weil sie es so für sich beschlossen hatte. Er betrachtet sie erneut. Zu seiner Überraschung hatte sich ihre Haltung nun gänzlich verändert, es wirkte fast stolz, wie sie mit erhobenem Kopf neben ihm einherschritt.

Er musste seine Situation realistisch einschätzen, sich nichts vormachen, die Chancen nutzen, die sich boten. Wenn sie sich nicht so verstellte, nicht versuchte, das dumme Verhalten der anderen Zicken zu imitieren, könnte es vielleicht gehen. Eine andere Frisur würde helfen. Und ihre Figur war ja eigentlich super. Sie sollte mehr aus sich machen, etwas Make-up vielleicht? Ich muss aufhören, mit ihr zu spielen, beschloss er, ich weiß doch, wie weh das tut.

Er blieb kurz stehen, wartete, bis sie es bemerkte und sich nach ihm umsah, dann lächelte er sie breit an. Selbst im Zwielicht des Bergwerks konnte er sehen, wie sie bis in die Haarspitzen errötete. Er setzte sich wieder in Bewegung, ging auf sie zu und als er sie erreicht hatte, streifte er wie zufällig ihre Hand. Kurz verschränkten sich ihre Finger, dann eilten sie der Gruppe hinterher.

Entgegen Daniels Erwartungen war die Führung vor Ort ganz interessant. Sie kamen zu einem alten Bremsberg, wo man die Kohlenloren aus höher gelegenen Ebenen hatte herabfahren lassen, sahen eine authentische Abbausituation mit einer Schaufensterpuppe, die einen großen, zwischen der Sohle und dem Gebirge verspannten, motorisierten Abbauhammer zu bedienen schien, und lugten in die seitlich abgehenden, verfallenen kleineren Strecken, beängstigend niedrig und eng, in denen die Bergmänner hatten liegend arbeiten müssen. Schließlich ging es zurück zur Hauptstrecke, von woher ihnen schon das Lärmen der anderen Gruppe entgegenschallte. Überraschend öffnete sich der Stollen zu einem unterirdischen Saal, in dem Tische und Bänke aufgestellt waren. Sie wurden mit einem zünftigen „Glück auf!" begrüßt, dann gab es – gegen eine Spende in die Vereinskasse – Getränke und Schmalzbrote. Daniel holte ein Bier und eine Cola und suchte sich einen Platz im hinteren Bereich, wo es dunkler war. Kaum hatte er sich hingesetzt, war sie wieder neben ihm. Er reichte ihr lächelnd die Cola und erntete einen dankbaren Blick.

Herr Schlemmer stand jetzt auf und bedankte sich im Namen der Schule bei den rührigen Vereinsmitgliedern. Er wirkte aufrichtig begeistert und sparte nicht mit Lob. Seine Schüler seien dankbar, hier die so seltene Gelegenheit wahrnehmen zu können, die heimischen Bergbaugeschichte hautnah zu erleben. Das sei eine einzigartige, großartige Erfahrung und er werde dem gesamten Kollegium seiner Schule selbstverständlich mit Freude empfehlen, noch mehr Schülern dieses Erlebnis zu ermöglichen.

Wovon redet der Mann eigentlich?, dachte Daniel, die machen das doch fast täglich, man könnte hier auch eine Geburtstagsfeier buchen oder seine Hochzeit. Das ist doch deren Geschäft. Er spürte einen kalten Luftzug an seiner Schulter. Hinter ihnen, dort wo sich der Stollen fortsetzte und wieder im Dunkel des Berges verschwand, war der Durchgang mit einem schmiedeeisernen Gitter versperrt. Er fragte sich unwillkürlich, wo sie sich jetzt überhaupt befanden. Fast zwei Kilometer im Berg, also saßen sie hier schon unter dem Kamm oder der Passstraße mit dreihundert Metern Gebirge über sich? Seine Hände wurden plötzlich feucht. Besser nicht darüber nachdenken.

Unerwartet erlosch das elektrische Licht, nur die Grubenlampen auf den Tischen warfen ihren Schein auf die Gesichter der Sitzenden. Dann, wie aus der Tiefe des Berges, erklang ein gewaltiger Chor. Das Steigerlied, vielstimmig intoniert. Die hatten hier also eine versteckte Audioanlage installiert, netter Einfall, dachte Daniel. Er versuchte, den Text zu verstehen.

*Glück auf, Glück auf! Der Steiger kommt*
*Und er hat sein helles Licht bei der Nacht,*
*Und er hat sein helles Licht bei der Nacht,*
*Schon angezünd', schon angezünd'.*

Er musste sich eingestehen, dass es ihn berührte. Mitten im Berg, an einfachen, gehobelten Tischen, über ihnen die Last des Gebirges, im flackernden Schein der Kerzenlampen. Unter dem Tisch ergriff Viola seine Hand. Nun, solange es keiner sah. Er drückte ein wenig zurück und wünschte sich irgendeine dunkle Ecke, in die er sie jetzt ziehen könnte. Sie und er, die beiden Überlebenden.

Das Steigerlied nahm kein Ende. „Aus Felsgestein graben sie das Gold", erklang, und dann etwas von ehrbaren Leuten, die ein Leder vor dem Arsch tragen. Irgendwer versuchte mitzusingen. Albernes Kichern erklang. Die Stimmung war ruiniert.

Er drehte sich angewidert um und betrachtete zur Ablenkung das Türgitter hinter ihm.

Ein Augenpaar starrte ihn an.

## Ausfahrt

Er erwachte in seinem Garten. Er lag auf der Liege unter dem Apfelbaum. Die Sonne blinzelte durch das lichte Blätterdach. Die Kinder spielten wie immer im Sandkasten nicht weit von ihm. Sie trat aus der Tür und kam auf ihn zu. Sie lächelte. Auf ihren Händen balancierte sie das große Tablett, zwei Kaffeebecher und vier Teller mit Kuchen darauf. Ein Pferd wieherte in der Nähe, der Kuckuck rief vom Wald. Der leichte Sommerwind bauschte ihr Kleid auf und zeigte ihm ihre gebräunten Beine. Er erhob sich von der Liege und ging auf sie zu. Christina lächelte ihn noch immer an. Er ging weiter auf sie zu, aber das Gehen fiel ihm schwer. Das Gras war plötzlich gewachsen und reichte schon fast bis zu seinen Hüften. Es schien die Kinder bereits überwuchert zu haben, er sah sie nicht mehr. Verzweifelt suchte er zwischen den Büscheln. Aber der Pflanzenteppich war nun bereits so dicht, dass er den Boden nicht mehr mit den Händen erreichen konnte. Er kroch auf allen Vieren und tastete nach seinen Kindern. Panisch stand er wieder auf und blickte hinüber zum Haus. Die Terrasse war jetzt leer. Der Wind wirbelte dürres Herbstlaub über die verwaisten Steinplatten. Er wollte zurück zum Haus und kämpfte sich durch das immer höher werdende Gras vorwärts. Die Halme begannen nun, in seine Taschen hineinzuwachsen. Er konnte sich kaum noch bewegen, stampfte angestrengt voran, ohne dabei wirklich von der Stelle zu kommen.

Das Licht um ihn verblasste zunehmend. Grüne Tentakel schlängelten sich hoch bis zu seiner Brust. Seine Beine verhedderten sich in den Ranken, er fiel erst auf die Knie, dann lag er der Länge nach im Gras, das Gesicht in der wogenden Masse, die nach Fäulnis stank. Etwas zog ihn nach hinten, er wurde

fortgetragen, rutschte rückwärts über den schmierigen, beben-
den grünen Teppich, versuchte sich mit den Händen
festzuhalten, aber die Grashalme glitten ihm durch die Finger.
Dann gab der Boden unter ihm nach. Im letzten Augenblick
packte er eine Baumwurzel und klammerte sich daran fest.
Seine Füße fanden keinen Halt mehr. Er versuchte nach
Christina zu rufen, aber statt eines menschlichen Lautes brachte er nur das hohe Jaulen eines Hundes hervor. Die Wurzel
brach und er stürzte hinab in die Unterwelt.

Als er zu sich kam, lag er auf der kalten Erde. Weit oben sah
er den Rand der Grube, in die er gestürzt sein musste. Die Sonne stand genau über der Öffnung und schien ihm
unbarmherzig ins Gesicht. Seine Augen brannten. Er wollte
sich die Hände vor das Gesicht halten, aber seine Arme waren
gelähmt. Der Boden unter ihm begann erneut zu schwanken.
Die Sonne blendete ihn noch immer. Dann begann sich das
Licht über ihm zu bewegen. Langsam wanderte es hin und
her.

Jemand rüttelte ihn an der Schulter. Das Feuer loderte auf.
Er schrie. „Ganz ruhig, es wird alles gut", hörte er jemanden
sagen. Er spürte, wie ihn kräftige Hände packten und anhoben. Kurz darauf lag er in einer Art Wanne. Eine Hand fühlte
seinen Puls.

„Wie geht es Ihnen, sagen Sie uns bitte Ihren Namen?", fragte eine männliche Stimme. Er versuchte, sich zu erinnern,
nannte dann den Namen und die Adresse, die ihm als erstes
einfielen. „Sehr schön", antwortete die Stimme. „Jetzt wollen
wir mal sehen, dass wir Sie hier heil herausbringen."

Dann wurde die Wanne angehoben. Gurte hielten ihn trotz
der schwankenden Bewegungen darin fest. Das Licht der Lampen streifte unstetig umher, erhellte immer wieder kurz die
Decke des Ganges. Er sah Fels, Bruchstein und altes verrottetes
Holz über ihm vorbeiziehen. Er musste die Augen schließen.

Als er wieder zu sich kam, schienen sie angehalten zu haben. Die Silhouette des Mannes vor ihm war verschwunden. Er legte den Kopf in den Nacken. Auch die zweite Lampe war nicht mehr zu sehen. Trotzdem umgab ihn ein diffuses Licht. Dann setzte sich die Wanne mit einem schabenden Geräusch wieder in Bewegung. Die Decke über ihm war nun ganz nah, Wasser tropfte auf sein Gesicht. Er hörte den keuchenden Atem der Männer, die nun wohl krochen und die Wanne mit ihm mühsam durch eine Engstelle schoben und zerrten.

Plötzlich war er wieder ganz klar. Sandra musste auch hier entlanggekrochen sein, durchfuhr es ihn, trotz des verletzten Beines, mit der immer schwächer werdenden Taschenlampe in der Hand und ohne zu wissen, ob sie rechtzeitig einen Ausgang würde finden können, bevor die Lampe erlosch.

Schon nach weniger als zwanzig Metern hatte ihnen der erste Einbruch den Weg versperrt. Sie hatten vor dem Schuttkegel gestanden und Bernd hatte sich gefragt, wie sie durch den schmalen seitlichen Spalt hindurchkommen sollten, der dort im Licht der Taschenlampe zu erkennen war.

Dann hatte er bemerkt, dass Sandra hinter ihm zurückgeblieben war. Instinktiv hatte er sich umgedreht und in ihre Richtung geleuchtet. Sandra stand mit dem Rücken zu ihm und hatte sich die Jogginghose heruntergezogen. Nun griff sie nach der Kette, um diese dann durch das Hosenbein zu ziehen und sich das lose Ende um die Hüften zu schlingen. Bernd hatte sich schnell wieder abgewandt und den Lichtkegel erneut auf den Einbruch vor ihnen gerichtet, aber da hatte er bereits die unzähligen Blutergüsse gesehen, mit denen ihr Gesäß und ihre Oberschenkel übersät waren.

Auf der anderen Seite des Einbruchs hatten sie das erste Mal ausruhen müssen. Dort wirkte der Stollen erstaunlicherweise fast unbeschädigt. Auf dem Boden lagen noch die rostigen Gleispaare der Grubenbahn und im Weitergehen konnten sie an einigen Stellen immer wieder alte Beschriftungen an den Wänden erkennen. In großer Schreibschrift, die ihn an Sütterlin erinnerte, teilweise abgeblättert, aber noch deutlich sichtbar, hatte man wie auf Wegweisern die abgehenden seitlichen Stollen und Strecken vermerkt. Auf ihrem Weg hatte er Worte wie „Hohe Warte" und „Obere Rösche" lesen können. Sie hielten sich auf dem, was sie für die Hauptstrecke hielten, die beständig geradeaus zu führen schien.

An seinem Rucksack war beim Kauf ein kleiner Kompass befestigt gewesen. Er hatte sich damals über dieses lächerliche Kinderspielzeug lustig gemacht, es abgeschnitten und achtlos in eine der Innentaschen geschoben, wo es all die Jahre verblieben war. Jetzt war der Plastikkompass von unschätzbarem Wert, denn sie konnten an diesem zumindest ablesen, dass sie sich in nordöstliche Richtung, quer zum Kamm des Berges, bewegten.

Immer wieder mussten sie anhalten, um sich auszuruhen. Das Mädchen setzte sich einfach auf einen Felsvorsprung oder einen Stein und starrte teilnahmslos ins Nichts. Er lauschte dann angestrengt, ob ihnen im Gang Schritte folgten. Bernd hoffte, dass Heidmann es nicht wagen würde, allein in den Stollen zu gehen und darauf vertraute, dass sie das Licht der Oberfläche auch ohne sein Zutun nie wieder würden sehen können. Heidmann stammte ja aus dem Dorf, er wusste sicher, dass alle Ausgänge verschüttet oder verschlossen waren. Bernd kam die Sage vom Minotauros in den Sinn. Gingen sie tatsächlich noch auf der Hauptstrecke oder waren sie schon längst unabsichtlich davon abgekommen? Leider befand sich in seinem Rucksack kein Ariadnefaden, der sie, wenn sie keinen Ausgang fänden, zurück hätte leiten können. Natürlich sagte er kein Wort darüber zu Sandra. Auch nicht über die Schmerzen in seiner Schulter, die sich wieder verstärkt hatten.

Wenn sie marschierten, sprach er nur das Nötigste, kaum mehr als: „Achtung!", „Zieh den Kopf ein!", oder: „Dort entlang!". Wenn sie dann anhielten und nach Atem rangen, schwiegen sie ohnehin. Er wusste nicht, wie lange sie durchhalten würde. Er würde sie nicht tragen können. Und ein Zurück gab es nicht. Er verbot sich, an den Moment zu denken, wenn er sie würde zurücklassen und allein weitergehen müssen. Also schritt er weiter mit der Lampe voran, als hätte er ein festes Ziel vor Augen, während sie sich an seiner gesunden Schulter festhielt und hinter ihm herstolperte. Wenn die Breite des Stollens es zuließ, gingen sie nebeneinander und stützten sich gegenseitig.

Die Luft im Stollen war abgestanden und roch nach Gruft. Wie lange hatte hier kein Mensch mehr geatmet? Sie kamen nur langsam vorwärts, zu langsam. Der Boden war übersät mit Gesteinsbrocken und Schutt. Immer wieder mussten sie über Geröllhaufen klettern und sich unter halb eingedrückten Streben hindurchzwängen. Beide waren sie längst völlig durchnässt und verdreckt. Sandra hatte große Schmerzen beim Gehen. Er sah es daran, wie sie die Lippen zusammenpresste. Immer wieder stöhnte sie bei einem falschen Schritt laut auf. Ihre Bewegungen waren kraftlos und fahrig.

Er erinnerte sich an Berichte über Polarexpeditionen oder Bergsteiger am Mount Everest. Männer, die sich in den Schnee gesetzt hatten, um zu sterben. Nicht mehr lange, und sie beide würden sich auch hinsetzen und nie wieder aufstehen. Es war ihm klar, dass er viel Blut verloren haben musste. Der Verband an seiner Schulter war nur noch ein dicker, nasser Klumpen. Immer wieder durchlief ihn ein heftiges Frösteln. Dann wurde die Müdigkeit übermächtig und er war kurz davor, im Gehen einzuschlafen.

Schließlich neigte sich der Stollen abwärts. Erst war es nur ein unbestimmtes Gefühl, aber dann wurde das Gefälle spürbar. War die Sohle bis hierher zwar feucht, aber fest gewesen, stand jetzt eine durchgehende Wasserfläche auf dem Boden. Darunter hatte sich Schlick abgesetzt, der das Geröll überdeckte. Immer wieder stolperten sie über verborgene Hindernisse am Grund. Sandra verlor einen der Badelatschen und humpelte einseitig barfuß weiter. Das Wasser stand immer höher im Gang. Schließlich ging es ihnen bis zu den Hüften. „Wenn der Stollen abgesoffen ist, müssen wir umkehren", sagte er laut zu sich selbst und die Antwort hinter ihm war ein heftiges Wimmern.

Aber sie waren weiter gewatet und dann endlich war der Gang angestiegen und sie hatten wieder trockeneren Boden gewonnen. Und eine weitere Verzweigung erreicht. Ratlos leuchteten sie die Wände ab. Bernd hatte schon vorher bemerkt, dass die Taschenlampe längst nicht mehr so hell strahlte, wie anfangs. Warum hatte er keine frischen Batterien eingelegt, als er am Abend losgezogen war? „Weil ich immer alles falsch mache", bestätigte seine innere Stimme routiniert.

Am Ende war es Sandra, die das Zeichen entdeckte. An einer der Wände, verblasst und vom Dreck der Jahrzehnte fast unkenntlich: ein großer, aufgemalter Pfeil mit dem Schriftzug „Klosterstollen" darüber.

Er wusste natürlich, dass es auf der anderen Seite des Waldes ein Besucherbergwerk gab, welches genauso hieß. Und er erinnerte sich an die Erzählungen des Großvaters, der immer behauptet hatte, dass der schnellste Weg nach drüben nicht über, sondern direkt durch den Berg führte. Eine kleine Hoffnung begann in ihm aufzukeimen. Doch nach wenigen weiteren Metern fiel der Gang jäh ab und verschwand in der Dunkelheit.

Er leuchtete hinab. Sie hatten eine steile Schräge erreicht. Er sah verbogene Gleise, die in die Tiefe führten, der rostige Rest eines Stahlseils war seitlich an der Stollenwand befestigt, die bröseligen Metallösen, durch die es führte, sahen aus wie aus Blätterteig. Unten schien sich der Stollen wieder waagerecht fortzusetzen. Bernd umfasste das Stahlseil mit der Hand des gesunden Armes und zog vorsichtig daran. Dann bat er

Sandra, ebenfalls mit beiden Händen fest daran zu ziehen. Doch das Seil gab nicht nach. Also machten sie sich an den Abstieg. Er tastete sich – die Taschenlampe zwischen den Zähnen – mit den Wanderstiefeln ein Stück abwärts, bis er wieder einen Halt gefunden hatte, dann machte Sandra einen vorsichtigen Schritt hinter ihm her. So ging es Stück für Stück bergab.

Sie hatten vielleicht die Hälfte der Strecke geschafft, als es passierte. Bernd spürte einen heftigen Stoß in den Rücken, als Sandra ausrutschte und sich im Fallen an ihm festklammerte. Er schrie vor Schmerz und versuchte, sich am Seil zu halten. In diesem Moment riss das Seil mit einem kurzen trockenen Geräusch, das offene Ende rutschte durch seine Hand, die rostigen Stahladern rissen die Haut auf, schon stürzten sie den Abhang hinunter.

Als Bernd wieder zu sich kam, wusste er, dass es vorbei war. Er lag auf dem schlickigen Boden, seinen Kopf auf den Rucksack gebettet. Sandra saß neben ihm. Die Campinglampe stand auf dem Boden. Das schwache, gelbliche Licht beleuchtete den Gang und den Bremsberg hinter ihnen nur spärlich.

„Hast du die Taschenlampe?", hörte er sich fragen und Sandra hielt wie auf Kommando die Lampe hoch und schaltete sie kurz ein. Es wirkte beinahe, als hielte sie eine Trophäe stolz in die Höhe. Er bemerkte, dass eine dünne Blutspur von ihrem Haaransatz über ihre Wange herablief. „Kannst du gehen?" Ihm fiel ein, dass er ihr dieselbe Frage vor nicht allzu langer Zeit schon einmal gestellt hatte, kurz bevor sie ihm in den Stollen gefolgt war. Sie machte eine Kopfbewegung, die ebenso ein Nicken wie ein Kopfschütteln hätte sein können. „Dann geh weiter", stieß er hervor, „immer gerade aus." Sie blickte ihn an, aber er konnte ihren Gesichtsausdruck im Halbdunkel nur erahnen.

„Und dich lasse ich einfach hier liegen?", erwiderte sie dann, und es klang eher wie ein Feststellung. Es war das erste Mal, dass sie Bernd direkt ansprach, nachdem sie in den Stollen gegangen waren. Er war erstaunt, dass sie jetzt so ruhig und gefasst klang.

„Du kannst Hilfe schicken, wenn du draußen bist", log er. „Es kann nicht mehr weit sein bis zum Klosterstollen, dort muss es einen Ausgang geben." „Wenn der Stollen davor nicht doch eingestürzt ist", wandte die Stimme in seinem Kopf ein.

„Und wenn ich mich verlaufe?", fragte sie und jetzt schwang wieder Angst in ihrer Stimme mit. Er schwieg einen Moment.

„Das ist unsere einzige Chance, zurück kommen wir nicht mehr", bekräftigte er. „Du musst es versuchen. Bleib immer im Hauptstollen. Wenn ein Abzweig kommt, nimm die Strecke, die nach Nord-Osten geht." Er fischte den Kompass aus seiner Hosentasche und hielt ihn ihr hin. Sie knipste die Taschenlampe an, ergriff den Kompass und betrachtete ihn. „Einfach flach halten und so drehen, dass die Nadel über N steht", wies er sie an. „Die Nadel zeigt immer nach Norden, du musst dann also in Richtung halb zwei gehen."

„Ich weiß schon", bestätigte sie, „zwischen Nord und Ost."

„Gut, dann geh jetzt." Bernd versuchte, seine Worte unerschrocken und bestimmt klingen zu lassen. Sie machte Anstalten aufzustehen, stieß jedoch mitten in der Bewegung einen verzweifelten Seufzer aus und setzte sich wieder neben ihn. Konnte sie sich doch nicht überwinden allein weiterzugehen? Er sah, dass ihre Schultern bebten. Sie weinte. Er ergriff ihre Hand, drückte sie und wiederholte: „Geh jetzt, es bleibt nicht mehr viel Zeit!"

Sie hatte ihn lange angesehen. Dann aber war sie mühsam hochgekommen und durch den Gang davongehumpelt, ohne sich noch einmal umzudrehen. Eine Zeit lang hatte er ihren Schattenriss und den sich entfernenden Lichtschein der Lampe sehen können, aber schließlich machte der Stollen eine Biegung und sie war verschwunden. Das Geräusch ihrer Schritte war noch für eine Weile zu hören gewesen. Doch bald war der Herzschlag in seinen Ohren der einzige Laut, den er vernahm.

Die Campinglampe stand auf dem Boden und verbreitete ihr erschöpftes Licht. Er hatte die Lampe ausgeschaltet, die Augen geschlossen und gewartet.

Als Bernd wieder zu sich kam, lag er in einem großen, geklinkerten Gewölbe. Er sah sich um. Etliche Tische und Bänke waren unordentlich vor einer der Seitenwände aufgestapelt worden, an der Stirnwand erkannte er die geöffneten Flügel eines großen eisernen Tores. Auf der gegenüberliegenden Seite öffnete sich ein schwach beleuchteter, langer Gang. Über ihm baumelten zwei Infusionsflaschen an einem Gestell. Er war umringt von Menschen in roten Jacken, die sich an ihm zu schaffen machten. Jetzt erst entdeckte er Sandra, die nur ein paar Meter entfernt von ihm auf einer Bank hockte und in eine Goldfolie gehüllt war. „Alles gut?", fragte er schwach. Sie nickte. Er sah, dass sie wieder weinte. Eine Sanitäterin neben ihr hielt ihre Hand. Etwas weiter entfernt saßen zwei Männer, die Overalls von oben bis unten mit Lehm und Dreck beschmiert, und grinsten ihn aufmunternd an. Er winkte ihnen mit einer Hand zu.

Der große Raum war voll von Menschen: Männer der Grubenwehr, Sanitäter, Polizisten, dazwischen ältere Herren in strahlend weißer Kleidung. Es herrschte ein geschäftiges Hin und Her. Der Pfiff einer Signalpfeife drang durch das Stimmengewirr.

Einer der Polizisten kam jetzt auf ihn zu und kniete sich neben ihn. „Gut, dass wir Sie gefunden haben, das hätte auch ganz anders ausgehen können", begann er. Bernd fühlte, dass er müde wurde. Was hatten sie ihm gegeben? „Wir benötigen unbedingt Ihre Aussage", fuhr der Polizist unbeirrt fort. „Die Kleine steht ja noch völlig unter Schock und hat bisher keine zusammenhängenden Angaben machen können." Der Polizist sah ihn forschend an. „Wo haben Sie das Mädchen gefunden und wie sind sie hierher gekommen? Und woher stammt Ihre

Verletzung?" Jetzt schaltete sich einer der Männer in Rot ein, vielleicht der Notarzt.

„Der Mann ist noch nicht vernehmungsfähig", giftete er den Polizisten an, „wir müssen ihn jetzt schnellstens ins Krankenhaus bringen." Bernd versuchte sich aufzurichten, aber eine bleierne Schwere hatte sich bereits auf ihn gelegt.

„Wir sind durch den Berg gegangen", antwortete er matt und merkte mit Entsetzen, das es undeutlich und verwaschen klang. Der Polizist starrte ihn verständnislos an. „Es war Heidmann", konnte Bernd dem Polizisten noch zuflüstern, ehe die Sanitäter die Trage anhoben. „Sie müssen die Jagdhütte durchsuchen!"

# Brandopfer

Als Michael den Rauch zwischen den Bäumen bemerkte, hatte er zuerst geglaubt, Nebelschwaden zu sehen. Jetzt, kurz vor dem Winter, lichtete sich der Nebel oft tagelang nicht, hing schwer zwischen den Bäumen und durchnässte alles mit feinen Tröpfchen. Vom Dorf her sah man an solchen Tagen nur noch die ersten Baumreihen des Waldes mit ihren Wipfeln, alles darüber blieb im Nebel und in den tiefhängenden Wolken verborgen. Dann war es, als sei der Wald seiner alten Gestalt überdrüssig geworden, habe sich über Nacht der Hänge, Hügel und Höhen entledigt und sich zu einem der ununterscheidbaren flachen Waldgebiete der niedersächsischen Tiefebene gewandelt.

Michael war endlich wieder zu einer Schicht eingeteilt worden. Immer wieder hatte er seit dem Vorfall bei der Disposition angerufen, aber man hatte ihn von Tag zu Tag vertröstet. Er hatte schon befürchtet, dass sie bei der Firma Wind von seinen Gesprächen mit der Polizei bekommen hatten. Leute, die Schwierigkeiten machten, brauchte man dort nämlich nicht. Aber die Forsttruppe kam von der anderen Seite, die Zentrale lag fast zwanzig Kilometer entfernt und von den lokalen Aushilfsfahrern war nur er aus dem Dorf. Außerdem gab es kaum Gelegenheit, sich zu unterhalten, jeder auf seiner dröhnenden Maschine, allein in einem anderen Schlag. Und der Funk war für Privatgespräche tabu. Wie so oft hatte er sich unnötig Sorgen gemacht.

Er hatte eine Schonung unterhalb der Straße geräumt, nur Schwachholz, für den Greifer des Forwarders ein Kinderspiel, als er die Schwaden den Hang hinabziehen sah. Während er noch unschlüssig hinaufblickte, veränderte sich die Farbe der

Schwaden von neblig-grau zu tiefschwarz. Aus der Lüftung drang ein leichter Brandgeruch in die Fahrerkabine. Michael stellte den Forwarder oberhalb der Rodungsstelle ab und stieg aus. Jetzt war der Geruch eindeutiger. Hörte er das Prasseln des Feuers etwa bis hierher? Dort oben lag doch Heidmanns Hütte! Er folgte dem kleinen Pfad, der sich oberhalb der gerodeten Schonung am Hang entlangschlängelte, mit eiligen Schritten. Bald konnte er die Hütte über ihm sehen. Dichter, von rußigen Schwaden durchwirkter Rauch quoll aus dem Gebäude wie aus einem undichten Räucherhäuschen, die Flammen schlugen aus den weit geöffneten Fenstern bis hinauf zum Dach.

Michael nahm das Handy aus der Brusttasche seines Flanellhemdes und wählte den Notruf. Die fehlende Netzanzeige auf dem Display zeigte ihm, dass dieser Versuch sinnlos war. Er lief den Pfad hinunter, wollte zur Maschine zurück, um den Funk zu benutzen, aber bereits nach wenigen Schritten hörte er die Sirene vom Dach des Dorfgemeinschaftshauses im Tal. Er blieb stehen und horchte. Nur wenige Minuten später plärrte das Martinshorn des alten Magirus los, erst weit entfernt, dann schnell näherkommend. Das Fahrzeug preschte offenbar mit Vollgas die Passstraße hinauf. Michael ging zurück zur Hütte. Aus sicherem Abstand besah er sich die Lage. Mittlerweile stand das alte Ding im Vollbrand und die Flammen schlugen an einigen Stellen bereits aus dem Dach. Der Qualm hing dicht und schwer zwischen den nassen Bäumen, der Gestank nach verbrennendem Kunststoff war unerträglich. Bestimmt hatten sie die Bretterwände und das Dach nachträglich mit Styroporplatten gedämmt, dachte er.

Wenn man Styropor verbrannte, tropfte es ab und brannte am Boden weiter. Und der Ruß legte sich als schwarzer, öliger Film über alles. Als Kind hatte er sich aus alten Styroporplatten einfache Schiffe gebaut, kaum mehr als ein Rechteck mit einer Spitze als Bug daran. Sein größter Spaß war es gewesen, die Spielzeugschiffe dann auf einem kleinen Teich im Wald fahren zu lassen. Da sie keinen Kiel hatten, wurden sie immer sofort vom Wind auf die andere Seite getrieben und manchmal war es unmöglich gewesen, sie zu erreichen, wenn sie sich in überhängenden Weidenästen verfangen hatten. Als ihm das ewige Hin und Her zu langweilig geworden war, hatte er das Spiel abgewandelt. Er präparierte die Boote mit kleinen Chinaböllern, zündete die Lunte und stieß sie auf den Teich hinaus. Dann krachte es und die Styroporkrümel verteilten sich im Wind, fielen zurück auf die Oberfläche und trieben umher. Er stellte sich dann vor, die Krümel wären die Seeleute des Kreuzers, die in ihren Rettungswesten tot im Meer trieben, während ihnen die Möwen die starren Augen aushackten. Die Böller besorgte er sich immer zu Silvester und bewahrte sie das ganze Jahr über für solche Anlässe auf oder um ein Pferd mit einem der Pferdemädchen darauf zum Scheuen und Steigen zu bringen. Irgendwann hatte eines der Styroporboote nach einer Sprengung Feuer gefangen und war brennend und qualmend über den Teich getrieben, bis es fast auf die Wasserlinie niedergebrannt war. Das hatte ihm so gut gefallen, dass er eine Weile täglich zum Schiffe versenken an den Teich gegangen war.

Aber eines Tages, er lag auf dem Bauch und visierte knapp über den Wasserspiegel hinweg ein Schlachtschiff an, das bereits heftig brannte und dessen Besatzung gerade voller Panik über Bord sprang, um im eiskalten Nordpolarmeer den sicheren Tod zu finden, wurde er plötzlich am Kragen gepackt und vom Boden hochgerissen. Der Alte war ihm nachgegangen und hatte ihn beobachtet. Eh er sich versah, wurde er mit einem solchen Hagel von Ohrfeigen eingedeckt, dass er meinte, sein Kopf würde platzen. Er duckte sich weg und hielt die Hände vor sein Gesicht.

„Hast du etwa Angst?", brüllte der Alte wie von Sinnen und setzte eine weiter Salve nach. Michael heulte. „Willst du uns ruinieren, du dummer Bengel", vernahm er seinen Vater, „wenn der Wald abbrennt, muss ich das alles bezahlen!"

Tagelang hatte er auf seinem Zimmer bleiben müssen. In der Schule war er entschuldigt worden, bis die Schwellungen in seinem Gesicht zurückgegangen und die blauen Flecken grün geworden und kaum mehr zu sehen waren. Die Mahlzeiten bekam er allein in der Küche vorgesetzt und während er schweigend aß, wurde kein Wort an ihn gerichtet.

Jetzt sah er den Löschwagen über die Zufahrt zur Hütte herannahen. Heidmann lief, aufgeregt mit den Händen fuchtelnd, vorweg. Michael trat einige Schritte zurück und duckte sich hinter eine der großen Buchen. Er konnte Heidmann laut schreien hören: „Diese verdammte Mischpoke, jetzt haben sie mir auch noch die Hütte angezündet! Los, los, worauf wartet ihr denn? Geht das nicht schneller?"

Der Zugführer gab seine Anweisungen. Mit erstaunlicher Schnelligkeit wurde der Löschangriff vorbereitet. Feuerwehrmänner stürmten mit Haspeln nach vorne, rollten die Schläuche aus, Kupplungen wurden eingerastet und die Schlauchstrecke zum Fahrzeug aufgebaut. Nach dem „Wasser Marsch" schoss das Wasser in hohem Bogen aus dem Strahlrohr, das von zwei Männern gehalten wurde. Sofort vernebelte der aufsteigende Wasserdampf die Sicht. Michael fragte sich, ob der Tank des Fahrzeuges ausreichen würde, um die Hütte zu löschen. Hier oben gab es keine Wasserversorgung und der nächste Löschteich – es war genau jener Teich, auf dem er seine Schiffe hatte fahren lassen – lag weit unten am Waldrand.

Das Feuer schien sich kaum zu verringern. Unter lautem Krachen brach ein Teil des Daches ein. Funken wurden mit dem Rauch in den Himmel gerissen. Eine überhängende Tanne entzündete sich mit einem lauten Knall und brannte wie eine Fackel. Wie gut, dachte Michael, dass es nicht Sommer ist. Nicht auszudenken, wenn der Wald nicht von Regen und Schlappschnee durchtränkt wäre.

Michael trat hinter dem Baum hervor, um besser sehen zu können. Nicht mehr lange und er müsste wieder zu seiner Maschine zurückgehen. Und, um sein Tagessoll aufzuholen, wohl noch bis spät in den Abend arbeiten.

In diesem Moment drehte sich Heidmann um und erspähte ihn unter den Bäumen. Wie von der Tarantel gestochen lief er mit hochrotem Kopf auf Michael zu: „Du warst das also, du widerliches Stück Dreck. Du hast meine Hütte abgefackelt, du bist der verdammte Feuerteufel!" Michael duckte sich unter dem ersten Faustschlag weg, fing sich aber die darauffolgende Linke. Heidmanns Gesicht war vor Wut verzerrt, die Schläge kamen in schneller Folge. Kurzentschlossen rammte Michael seinem Gegner das Knie in den Unterleib. Heidmann sah ihn mit einem Ausdruck des Erstaunens an und sackte zusammen.

„Ich habe nichts gemacht", schrie Michael, während er mit geballten Fäusten in Position ging, um Heidmann noch eine zu verpassen, wenn es nötig sein sollte. „Ich habe unten in der Schonung geräumt und das Feuer gerochen." Heidmann war jetzt wieder auf den Beinen und starrte ihn hasserfüllt an. „Warum sollte ich deine verdammte Hütte anzünden?", setzte Michael nach.

„Weil du Abschaum bist, weil du neidisch bist, was weiß ich", entgegnete Heidmann ohne erkennbare Beruhigung. Michael, noch immer Heidmann fixierend und bereit, den nächsten Angriff zu parieren, bemerkte jetzt eine Gestalt, die sich schwerfällig vom Fahrweg her näherte. Dann war Brunkmeyer bei ihnen, fasste Heidmann von hinten an der Schulter, sodass dieser überrascht herumfuhr.

„Na, na, jetzt man schön sutje mit den jungen Pferden", redete Brunkmeyer beruhigend auf Heidmann ein, „der Junge hat das doch nicht gemacht." Der alte Bauer sah Michael scharf an: „Oder?"

„Natürlich nicht", antwortete Michael, „ich war mit der Maschine unten in der Schonung und als ich ankam, brannte es schon lichterloh."

„Dann hast du also die Feuerwehr gerufen?", hakte Brunkmeyer nach.

„Nein, hier ist doch kein Netz. Und kurz nachdem ich den Brand entdeckt hatte, habe ich ja schon die Sirene im Dorf gehört und bald darauf kam auch der Löschzug." Brunkmeyer nickte zufrieden und wandte sich wieder an Heidmann.

„Siehste, Heidmann, nun lass man ab. Davon wird die Hütte auch nicht wieder ganz." Heidmann schüttelte den Kopf.

„Der hat doch schon als Kind gezündelt, sein Vater hat mir immer wieder erzählt, dass er damals fast den ganzen Wald abgebrannt hätte." Michael musste schlucken.

„Und wenn schon", warf Brunkmeyer ein, „wenn ich daran denke, was für Dönekens wir in unserer Jugend gemacht haben." Er zog den Jäger jetzt behutsam von Michael fort. „Weißt du noch, als du damals die Schmeißer gefunden hattest, wo noch die Kugeln im Magazin waren?"

„Ja", hörte er Heidmann antworteten, während die beiden sich langsam entfernten, „aber das waren ja auch ganz andere Zeiten." Dann wurden ihre Worte vom Lärm der in sich zusammenstürzenden Jagdhütte verschluckt.

## Besuch

Sie kamen wieder. Er hatte es gewusst. Natürlich würden sie ihn nicht in Ruhe lassen. Diesmal trugen sie keine Uniformen. Er hatte oben in seinem Zimmer auf dem Bett gelegen und versucht zu lesen. Der Kriminalroman, den er im oberen Wohnzimmer gefunden hatte, war schnell wieder in der Ecke gelandet. Die Figuren waren ihm zu holzschnittartig, zu offensichtlich in Gut und Böse eingeteilt und die Handlung zu unrealistisch. Der perfekte Mord, wie immer. Nie fiel denen etwas Neues ein. Schon im zweiten Kapitel die Beschreibung des Tötungsdeliktes. Er konnte nicht mehr weiterlesen.

Er wusste jetzt, wie es war, wenn jemand seinen letzten Atemzug tat. Das ging nicht so schnell, wie in diesem Buch. Dieser Autor war ein jämmerlicher Amateur. Es hatte lange gedauert, viele furchtbare Schläge lang, er hatte am Ende nicht mehr mitgezählt.

Danach versuchte er es mit einem Kitschroman der Mutter. Das unbedarfte junge Blut und ein älterer vermögender Herr. Es kamen viele Strandspaziergänge, englische Gärten und Herrenhäuser darin vor. Pferde, Landärzte und Adelige trafen sich in wechselnden Besetzungen zum Nachmittagstee, im Club oder auf der Rennbahn. Oder man ging zur Abwechselung auf die Jagd. Dann trat der mittellose junge Erbe eines heruntergekommenen, wegen der Spielsucht des Vaters von der Pfändung bedrohten Landsitzes auf.

Michael konnte sich schon nach dreißig Seiten genau das Ende ausmalen. Warum hatte er eigentlich nie eine richtige Freundin gehabt? Wo er doch genau in dieses Romanklischee gepasst hätte? Vor drei Jahren war das mit Jasmin gewesen. Er hatte sie sogar mal küssen dürfen, kurz im Stall, zwischen den

Strohballen. Sie roch nach Pferd und schmeckte nach Pfefferminzbonbon. Aber als sie das nächste Mal auf dem Hof erschien, hatte sie so getan, als wäre nichts gewesen. Dann später, als die Pferde bereits verkauft waren, hatte er Jasmin auf dem Schützenfest wiedergetroffen. Nach der Zeltdisco war sie mit ihm in die Rübenburg mitgekommen. Dann war es passiert. Der Fleck auf der Matratze war noch immer zu sehen.

Wie immer hörte er zuerst den Splitt knirschen. Dann die Klingel. Er atmete ruhig ein und aus, zählte bis zehn und ging langsam hinunter zur Haustür. Durch die Weinreben, die man vor über hundert Jahren in das Glas geätzt hatte, sah er zwei Männer vor der Tür stehen. Also wieder im Doppelpack. Er öffnete die Tür.

„Guten Tag, Herr Thiel", sagte der größere der beiden, der einen grauen Anorak trug, dessen Taschen auffällig ausgebeult waren. „Schmidt mein Name, das ist der Kollege Pollak, wie sind von der Kriminalpolizei." Michael sah die Männer an. Der zweite Mann sah ordentlicher aus und trug eine sportliche Wetterjacke.

„Kann ich bitte Ihre Ausweise sehen?", fragte Michael ganz ruhig, „man weiß ja nie, heutzutage."

„Aber natürlich", erwiderte Herr Schmidt, die reine Freundlichkeit in Person, „da haben Sie nicht Unrecht, man weiß ja nie, wer da so vor der Tür steht, nicht wahr?" Mit einem jovialen Lächeln zog er eine Dienstmarke aus der Hosentasche und hielt diese kurz vor Michaels Gesicht. Sein Kollege tat fast synchron das Gleiche. Michael verzog keine Miene. Er stand noch immer mitten in der geöffneten Tür und blockierte dadurch den Hauseingang. Nun begann Herr Schmidt in einer der Innentaschen seines Anoraks zu kramen. Nach einigem Suchen zog er schließlich einen grünen, abgegriffenen Lappen heraus.

„Und das wäre dann noch der Dienstausweis dazu." Der Kollege tat es ihm wieder gleich, allerdings war sein Ausweis in deutlich besserem Zustand. „Dürften wir dann kurz reinkommen?", fragte Herr Schmidt jetzt höflich.

„Zwei Kollegen von Ihnen waren doch schon da." Michael schlug einen leicht genervten Tonfall an. „Denen habe ich doch schon alles ausführlich erzählt."

„Ja sicher, das Protokoll ihrer Aussage haben wir natürlich gelesen", mischte sich jetzt der Kollege von Herrn Schmidt ein, „aber da Ihr Vater noch immer nicht wieder aufgetaucht ist, müssen wir uns mit der Sache doch noch etwas intensiver befassen." Michael dachte an die vertane Chance mit Jasmin und an die große Ungerechtigkeit in der Welt und ließ seine Augen feucht werden. Zwei Tränen rollten über seine Wangen.

„Es wird sich sicher noch alles zum Guten wenden", sagte Herr Schmidt väterlich, schob Michael sanft aus dem Weg und ging einfach ins Haus. Sein Kollege huschte augenblicklich hinterher. Die Polizisten durchschritten eilig den Flur, aber schon vor der offenen Tür zum unteren Wohnzimmer blieben sie wieder stehen und warteten auf Michael, der ihnen mit betont schleppenden Schritten gefolgt war.

„Was ist denn hier passiert?", wollte jetzt Pollak wissen, der einen Notizblock und einen Stift gezückt hatte und entschlossen wirkte, alles sofort schriftlich festzuhalten.

„Alter Mann im Suff", antwortet Michael sachlich, „kann vorkommen, wenn er zu viel hat."

„Gab es hier etwa eine tätliche Auseinandersetzung?", insistierte Pollak.

„Ja", gab Michael zurück, „mein Vater und der Steinhäger hatten eine Auseinandersetzung mit dem Schrank. Ich bin noch nicht zum Aufräumen gekommen, tut mir leid."

„Aber das ist doch kein Problem", sagte Herr Schmidt gönnerhaft und ließ seinen Blick weiter durch das verwahrloste Zimmer streifen, über die abgewetzte Cordgarnitur, deren durchgescheuerte Stellen von einer fleckigen Decke kaschiert wurden, die Glasvitrine mit der zersplitterten Scheibe und die rustikale Essgruppe weiter hinten im Zimmer. „Ist das hier Ihr gemeinsames Wohnzimmer?", fragte er, nachdem er alles ausgiebig gemustert hatte.

„Eigentlich eher nicht", erläuterte Michael etwas reserviert, „ich habe die obere Etage für mich allein. Hier unten halte ich mich fast nie auf, außer in der Küche." Herr Schmidt hörte aufmerksam zu.

„Wird Ihr Vater denn des Öfteren gewalttätig?", wollte er dann nach einer kleinen Kunstpause wissen.

„Das hängt immer vom Pegel ab", antwortete Michael wahrheitsgemäß. „Und bevor Sie dasselbe fragen wie Ihre Kollegen neulich: Mich hat er nicht mehr geschlagen, seit ich mich wehren konnte."

„Aha", sagte Pollak, kritzelte kurz etwas auf seinen Block, und sah Michael dann argwöhnisch an. „Dann sind Sie ja auch sicher nicht allzu traurig, dass Ihr Vater so plötzlich verschwunden ist?"

„Er ist immer noch mein Vater." Michael schaute betroffen. „Jeder Sohn liebt doch seinen Vater, oder?" Auf Pollak machte diese Aussage offenbar keinen besonderen Eindruck.

„Trifft es also zu, dass sie langjährige häusliche Gewalt erfahren haben?", setzte dieser erneut nach. „Es gibt ja genug Fälle, wo sich die Opfer dann irgendwann einmal wehren."

„Hören Sie", versuchte Michael nochmals klarzustellen, „ich weiß nicht, worauf Sie da hinauswollen, aber ich habe mit dem Verschwinden meines Vaters nichts zu tun".

„Aber das haben wir ja auch gar nicht gesagt, junger Mann", belehrte ihn jetzt Herr Schmidt, der unterdessen einmal quer durch das Zimmer gewandert war und das Inventar betrachtet hatte. „Aber wir müssen natürlich alle Möglichkeiten in Betracht ziehen."

Michael war die Geschichte schon so oft durchgegangen, dass er mittlerweile fast selbst daran glaubte. Er würde den beiden Kripobeamten exakt dieselbe Geschichte auftischen, die er auch den beiden Streifenhörnchen erzählt hatte. Nicht eine Kleinigkeit würde er daran ändern und wenn sie ihn bis morgen früh befragen sollten. Aber das mit Jasmin war damals echt blöd gelaufen. Warum war er nur so brutal gewesen? Eigentlich hatte es ihm auch gar keinen Spaß gemacht.

„Setzen wir uns doch in die Küche", schlug Michael vor und ging voraus. Er räumte schnell die Reste des Frühstücks in die Spüle, wischte einmal mit dem Ärmel die Krümel vom Tisch und setzte sich auf einen der Stühle. Die Beamten nahmen links und rechts von ihm an den Stirnseiten des Tisches Platz. Also ein kleines Kreuzverhör? Jetzt fehlte nur noch eine Lampe, um ihn zu blenden, dann wäre es wie in einem dieser alten Spionagefilme, dachte er.

Und dann erzählte er zum dritten Mal, was sich zugetragen hatte. Wie Yvonne am Vormittag ihre Sachen gepackt und abgehauen war und dass der Alte danach eine solche Wut gehabt hatte, dass die Flasche im Glasschrank gelandet war, und dann hatte er, Michael, der das ganze Elend nicht mehr hatte mitansehen wollen, einfach seinen Wagen genommen und war ziellos umhergefahren, die Männer vom Suchtrupp hatten ihn ja gesehen, oben auf der Passstraße, und als er am späten Nachmittag zurückkam, sei der Alte nicht mehr da gewesen. Die Jacke seines Vaters, sein Portemonnaie und das Wirtschaftsgeld im Küchenschrank waren auch verschwunden. Sonst fehlte aber nichts. Er hatte angenommen, der Alte sei runter zum Laden, neuen Sprit holen. Und als sein Vater gegen sieben noch immer nicht zurück war, hatte Michael zunächst vermutet, dass er einen Abstecher in den Dorfkrug gemacht und dort versackt sei. Ob das üblich bei ihm sei, wollte Herr Schmidt an dieser Stelle wissen. Das konnte Michael guten Gewissens bejahen. Ja, leider schon und das würden die Nachbarn sicher bestätigen können.

Als Michael am nächsten Tag aufgestanden und danach in die Küche gegangen war, habe er schnell das Wohnzimmer gecheckt und dann sogar kurz ins Schlafzimmer gelinst. Aber Fehlanzeige. Nein, richtig beunruhigt sei er nicht gewesen. Sein Vater war so oft abgängig gewesen, dass er nicht mehr mitgezählt hatte. Es hätte ja ebenso gut sein können, dass Yvonne später am Tag doch nochmal zurückgekommen war. Vielleicht hatten sie sich wieder vertragen und waren zur Feier der Versöhnung zusammen zu einem von Yvonnes merkwürdigen Bekannten nach Hannover gefahren oder sie hatten den Abend in einer dieser Altstadtkneipen ohne Sperrstunde verbracht und sich gepflegt volllaufen lassen. Das war alles schon vorgekommen. Und der Streit mit Yvonne war ja beileibe nicht der erste gewesen. Was da so abging, wollte er den Beamten lieber nicht in allen Einzelheiten erzählen.

„Pack schlägt sich, Pack verträgt sich", sagte er traurig. Und zu Yvonne habe er auch schon alles gesagt, was er wusste, nein, er kannte weder ihren richtigen Namen noch eine Adresse. Sie kam, blieb und ging wieder, wie es ihr gefiel. Michael hatte den Kollegen von der Schutzpolizei ja bereits eine Personenbeschreibung gegeben.

Am dritten Tag sei er dann zur Polizei und habe die Anzeige aufgegeben. Eigentlich war er sogar fest davon überzeugt gewesen, dass der Alte bestimmt schon wieder auf dem Hof sein würde, wenn Michael von der Wache zurückkäme. Nein, dem sei dann leider nicht so gewesen. Er wusste nicht, ob Yvonne noch anschaffen ging, er hatte es nur vermutet. Ab und an hatte sie ihm auch Geld zugesteckt. Er hatte natürlich nicht gefragt, woher sie das hatte. Und einmal, da sei so ein Typ mit einem Mercedes vorgefahren und hätte ziemlich Ärger gemacht, weil sie wohl ein paar Tage nicht zur Arbeit erschienen war. Ja, der hätte schon ein Zuhälter sein können, so ein bulliger Typ in Ledersachen, jedenfalls wie man das so aus dem Fernsehen kannte.

„Nur mal angenommen, also nur als reine Hypothese, ohne dass ich damit sagen will, dass das jetzt besonders wahrscheinlich ist", begann Herr Schmidt umständlich, als Michael seine Erzählung beendet hatte, „für den sehr unwahrscheinlichen Fall, dass Ihr Vater nicht wieder auftauchen sollte, erben Sie dann eigentlich den Hof?"

„Der Hof gehört doch längst der Bank", antwortete Michael mit einem Hundeblick, den er mehrfach vor dem Spiegel geübt hatte, „außer Hypotheken ist da nichts mehr zu erben."

„Ja", bestätigte Pollak und seine Stimme verriet nun sogar so etwas wie Mitgefühl, „das hat die Bank uns auch gesagt."

Er führte die Beamten noch in das untere Schlafzimmer, in dem es nach Altmännerschweiß und billigem Parfüm roch. Die Beamten stöberten lustlos in den Nachtschränken und inspizierten auch den großen Kleiderschrank.

„Wo ich die alten Möbel so sehe", fragte dann Pollak und kratzte sich am Kinn, „besitzt Ihr Vater eigentlich eine Waffe?" Michael starrte den Polizisten bestürzt an.

„Sie meinen, er hat ...?", fragte er dann mit einem Ausdruck höchster Sorge.

„Der Kollege meint gar nichts", beschwichtigte ihn Herr Schmidt. „Eine Besitzkarte hat Ihr Vater ja nicht, soweit wir wissen. Aber in Ihrer Familie könnte ja ein, sagen wir mal, historisches Erbstück existieren. Ihr Großvater ist doch im Krieg gewesen?"

Michael überlegte kurz. Das war eine Möglichkeit, an die er noch gar nicht gedacht hatte.

„Ja", bestätigte er dann, „da war so eine alte Pistole. Die lag immer im Kleiderschrank hinter den Hemden in einer Pappschachtel. Er hat immer gesagt, die Walther vom Opa, die fasst ihm keiner an, sonst setzt es was." Pollak öffnete nun den Kleiderschrank erneut und begann, den Inhalt auf dem Boden zu verteilen.

„Nicht da", informierte er dann seinen Kollegen knapp.

„Hätte ich das denn melden müssen?", fragte Michael nun unterwürfig.

„Na ja, die Waffe befand sich ja nicht direkt in Ihrem Besitz, dafür müsste sich dann wohl eher Ihr alter Herr verantworten. Außerdem müssten wir sie ja zunächst einmal finden", beruhigte ihn Herr Schmidt.

„Und wenn er das Ding mitgenommen hat", versuchte Michael die Spur wieder anzuwärmen, „und etwas damit angestellt hat?"

„Das wollen wir mal nicht hoffen", antwortet Herr Schmidt und schaute Michael ernst an.

Sie machten noch einen kleinen Rundgang über den Hof, durch die Scheune und den alten Stall. Auf die stinkende Miste warfen die Polizisten nur einen flüchtigen Blick. Draußen war es ungemütlich nasskalt und Michael bemerkte, dass Pollak immer wieder auf seine Armbanduhr schaute.

Bevor die beiden wieder in ihren Wagen stiegen, ging Herr Schmidt nochmals auf Michael zu und gab ihm förmlich die Hand. „Machen Sie sich nicht zu viele Sorgen, Herr Thiel, so wie es aussieht, kam das ja schon öfter mal vor. Sicher kommt Ihr Vater bald wieder zurück." Michael entging nicht, dass die beiden Beamten nicht sonderlich zuversichtlich wirkten. Sie hatten wohl schon ihre eigenen Schlüsse gezogen.

## Schwäche

Als er nach der Operation aufwachte, hatte Christina an seinem Bett gesessen und seine Hand gehalten. Er war nicht dahintergekommen, was sie dem Personal erzählt hatte, um in sein Zimmer gelassen zu werden. Aber er war unendlich erleichtert gewesen, dass sie dort war.

Jetzt war er allein. Ob man aus Rücksicht keinen anderen Patienten in das Zweibettzimmer gelegt hatte oder wegen der zu erwartenden Vernehmungen durch die Polizei? Die Lokalpresse hatte zwar über seine spektakuläre Rettung und Sandras Wiederauftauchen berichtet, war aber offenbar gebeten worden, nicht über mögliche Hintergründe zu spekulieren. Aus ermittlungstaktischen Gründen, wie es im Artikel hieß, könne die Polizei keine weiteren Angaben zum Vorfall machen und man bitte darum, die Privatsphäre der Betroffenen zu respektieren. Tatsächlich hatte sich kein Reporter zu Bernd vorgewagt. Egal, ob nun Absicht oder einfach nur Zufall, er war froh, das Zimmer für sich zu haben. Unter diesen Umständen hätte Bernd die neugierigen Fragen eines Bettnachbarn kaum ertragen können.

Die Operation war an ihm vorbeigegangen. Seine lückenhafte Erinnerung setzte auf der Trage im Bergwerk aus und begann erst wieder, als er auf der Aufwachstation zwischen den piepsenden Apparaten zu sich kam und Christina neben ihm saß. Seine Schulter steckte jetzt in einem monströsen Verband, der Arm war mit einer blauen Bandage mit Klettverschlüssen an seinem Oberkörper fixiert.

Er starrte an die weiße Zimmerdecke. Sein Gehirn versuchte sofort, die kleinen Löcher in den Deckenelementen zu Mustern zu sortieren. Aus den dunklen Punkten bildeten sich wie von selbst Reihen, Quadrate und Gitter. Unaufhörlich schienen sich die Muster neu anzuordnen, hervorzutreten und wieder zu verschwinden. Hinter seiner Stirn flammte ein leichtes Brennen auf. Bernd schloss die Augen halb und ließ das Bild unscharf werden. Die Muster über ihm verblassten.

Er sehnte sich danach, einmal an nichts zu denken. Keine Bilder zu sehen, in seinem Kopf keine Fragen mehr zu hören, nicht ständig nach Antworten suchen zu müssen. Der Mensch denkt immer an etwas, jede Sekunde seines Lebens denkt er, ja selbst wenn er schläft, plagt ihn sein Gehirn mit sinnlosen Träumen. Träume, in denen man die Probleme der Welt endlich gelöst hat, sich aber nach dem Aufwachen nicht mehr an die Lösung erinnern kann. Und Träume, die keine Lösung bieten, sondern nur noch mehr Fragen und noch mehr Ängste, an die man sich dafür jedoch am nächsten Tag umso besser erinnert. Erneut versuchte er, den Gedankenstrom einfach fließen zu lassen, die Bilder vorbeifliegen zu lassen, ohne eines davon festzuhalten und anzusehen. Aber es gelang ihm nicht, so wie es ihm noch nie gelungen war.

Sein Großvater hatte oft spätnachmittags in jenem Sessel gesessen, der nun Bernds Sessel geworden war, und hatte ins Leere gestarrt, während es um ihn im Zimmer immer dunkler wurde, weil keine Lampe brannte. Er war dann „auf Sendung" wie es Bernds Mutter genannt hatte. Bernd hatte das als Kind nicht verstanden, für ihn starrte der alte Mann einfach ins Nichts.

Bernd musterte erneut die Decke über ihm. Wie von selbst schob sich das Bild der groben Ziegeldecke des Kellerraumes unter der Hütte darüber. Dann konnte er wieder den feuchten, abgestandenen Geruch des alten Stollens riechen. Wie der Geruch eines alten Teppichs, der zu lange in einem feuchten Keller aufbewahrt worden war, und der, nachdem man ihn unvorsichtigerweise in das Wohnzimmer gelegt hat, nach und nach seinen dumpfen Odem absonderte. Der Gestank von Moder und Fäulnis war jetzt so deutlich in seiner Nase, dass der Krankenhausgeruch nach Bodenpflegemittel und Desinfektionslösung dahinter verblasste. Unwillkürlich beschleunigte sich sein Herzschlag.

Der Großvater hatte nicht einfach ins Leere gestarrt, auch wenn das von außen so schien. Das war Bernd jetzt klar. Der Großvater war zurückgegangen in der Zeit. Lief wieder die Treppen des Krankenhauses hinauf, zur Entbindungsstation und spürte den Kloß im Hals, seine Tochter war doch noch so jung und das Kind war viel zu früh gekommen; hatte gerade seinen ersten Wagen vom Händler abgeholt und fuhr vorsichtig, damit der neue Motor nicht zu hoch drehte, die Straße ins Dorf hinab, seine Frau glücklich neben ihm, die Tochter aufgeregt auf der Rückbank; stand am Grab, sah den Stein mit ihrer beider Namen, ihre Zeilen schon vollständig, seine noch ohne Datum, hörte das Glöcklein vom Dach der Kapelle blechern herüberscheppern; kroch auf dem Bauch zu seinem Kameraden – aus dem gleichen Dorf und dann in derselben Kompanie, welch ein glücklicher Zufall – und zog ihn vorsichtig zurück in den Trichter, darauf bedacht, dass das Rückgrat seines Jugendfreundes, das die beiden Teile kaum noch zusammenhielt, nicht brach; sah endlich sein Dorf im Tal liegen und begann unwillkürlich zu laufen, spürte, wie der verschwitzte Uniformstoff unerträglich an der wunden Stelle im Schritt kratzte, riss sich die Mütze vom Kopf und lief nicht links hinauf zum Haus der Eltern sondern weiter die Dorfstraße entlang bis zu der kleinen Kate am Bach und ihr Lachen wehte zu ihm herüber.

Bernd musste eingeschlafen sein. Unruhig sah er sich im Raum um. Er war allein. Aber jemand war im Zimmer gewesen. Sein Blick fiel auf den Nachttisch mit der heruntergeklappten Tischplatte. Darauf eine weiße, schlichte Tasse mit dem, was man hier Kaffee nannte, daneben ein ebenso schlichter weißer Teller mit einem kläglichen Stück Zuckerkuchen.

Schon beim Anblick wirkte es so trocken, dass er unwillkürlich husten musste. Kaffeezeit. Die Schulter meldete sich wieder und machte ihn endgültig wach. Hoffentlich würde Christina bald kommen. Er hörte Schritte auf dem Flur, Gesprächsfetzen, ein Lachen. Dann flog die Tür auf.

„Da liegt ja unser großer Held!" Miriam stand mitten im Raum und sah sich um. „Und ich dachte, sie hätten dir hier wenigsten eine Suite gegeben. Aber das ist ja wohl nur AOK-einfach, oder?"

Bernd erwiderte nichts. Er hatte sie nicht angerufen und auch niemanden gebeten, sie zu kontaktieren. Fast ein Jahr hatten sie sich nicht mehr gesehen und er hatte sie nicht eine Sekunde vermisst.

Miriam trug einen blauen, leicht taillierten Wollmantel, der enge Rock endete knapp über den Knien, ihre blickdicht bestrumpften, schlanken Fesseln steckten in schwarzen Stiefeletten. Sorgfältig geschminkt wie immer, wirkte sie mit ihrem dunklen, hochgesteckten Haar und dem bronzenen Teint wie eine Stewardess von Air France.

Für eine Sekunde sah sich Bernd wieder in die Embraer nach Charles-De-Gaulles steigen, seinen Einzelsitz am Gang einnehmen und die hübschen Französinnen in ihren vorzüglich geschnittenen Uniformen bei den Sicherheitshinweisen betrachten. Die hatten aber sicher nur Größe 36 oder kleiner getragen.

Miriam schaute ihn jetzt herausfordernd an: „Ich hatte jetzt irgendwie mehr so ein Heldenbegräbnis erwartet, mit dicken Blumensträußen überall und Dankesgaben der geretteten Dame nebst Familie auf überquellenden Tischen." Bernd zog sich mit der gesunden Hand am Bettgalgen hoch und sah seine Ex-Frau verwundert an.

„Freut sich denn niemand über deine gute Tat?" Sie bedachte ihn mit einem mitleidigen Lächeln. Dieses Lächeln war schon immer falsch gewesen. Nur ihre Tränen waren noch falscher. „Das ist aber jammerschade, wo du doch diesmal so edel und so heldenmütig warst. Ungewöhnlich selbstlos. Ja, ganz außerordentlich edel und selbstlos sogar." Sie machte eine Kunstpause. „Ich habe ja zuerst geglaubt, man hätte dich vielleicht mit jemandem verwechselt. So ein Identitätsdiebstahl oder wie man das nennt. Man hört ja viel davon, kommt laufend vor, eine ganz neue Masche. Ich habe zu den Kindern gesagt: Hört zu, Kinder, da liegt bestimmt ein ganz anderer im Krankenhaus und euer Vater sitzt währenddessen in seiner Garage, fummelt am Auto herum, trinkt ein Bier nach dem anderen und weiß gar nicht, was da so alles um ihn herum passiert ist."

Bernd ließ sich wieder zurück in die Kissen sinken.

„Aber nun habe ich ja mit meinen eigenen Augen gesehen, dass du es wirklich selbst bist." Erneut legte sie eine kleine Pause ein. Sie verhielt sich wie eine Katze, die scheinbar uninteressiert von der Maus ablässt, nur um in dem Augenblick, in dem die Maus Hoffnung schöpft und flieht, ihre spitzen Krallen umso unbarmherziger in das warme, zuckende Fleisch zu stoßen.

„Wo sind denn die Kinder?", kam Bernd ihrem nächsten Wortschwall zuvor. „Du hättest sie doch mitbringen können!"

„Ja, wo sind denn die Kinder?", äffte sie ihn nach. „Zuhause natürlich, wo sonst? Und warum sollte ich sie mitbringen? Damit sie einen völlig falschen Eindruck von dir bekommen? Nein, bestimmt nicht." Miriams Augen funkelten ihn an. „Wie lange hast du sie jetzt nicht mehr gesehen? Sechs Monate oder ist es schon ein Jahr? Lass mich kurz nachzählen." Sie schloss die Augen und begann theatralisch an den Fingern abzuzählen: „Fünf, sechs, ... acht, neun, zehn: Ja, ich glaube es sind tatsächlich zehn Monate!" Wieder ein geringschätziger Blick. „Zu Leas Geburtstag eine Karte, das war alles, was deine Kinder in dieser Zeit von dir gesehen oder gehört haben – einfach erbärmlich."

„Es tut mir leid."

„Was tut dir leid? Dass du anderer Eltern Kinder rettest, aber deine eigenen vergisst?"

„Es ist alles nicht so einfach für mich. Und wenn es dann wieder Streit gibt, ist das für die Kinder auch nicht gut. Und zu mir sollen sie ja nicht kommen."

„Zu einem verwahrlosten Arbeitslosen? Sicher nicht!", gab Miriam zischend zurück.

„Dann reg dich ab. Du willst doch eigentlich überhaupt nicht, dass wir noch Kontakt haben." Jetzt war Bernd am Ende seiner Geduld und wurde ebenfalls laut: „Sei froh, dass ich das Besuchsrecht nicht gerichtlich einklage und lass mich endlich in Ruhe. Deine ewigen Szenen hängen mir zum Hals raus. Das war ja schon damals kaum auszuhalten!" Miriam sah ihn hasserfüllt an.

„Du bist so ein asozialer Mistkerl! Ich bin nur froh, dass deine Eltern das nicht mehr erleben müssen."

„Lass meine Eltern aus dem Spiel. Die haben mich sowieso vor dir gewarnt." Das war eine glatte Lüge und Miriam wusste es. Seine Eltern waren immer ganz stolz auf ihre fesche Schwiegertochter gewesen. Nur der Großvater war nicht mit ihr warm geworden.

„Warst du überhaupt mal am Grab?", setzte sie nach, „das sieht ja völlig verwildert aus. Du hast doch so viel Zeit und sonst nichts zu tun."

„Außer, wenn ich gerade wieder junge Mädchen retten muss", sagte er und konnte sich ein bösartiges Grinsen nicht verkneifen.

Miriam starrte ihn an. Kurz schien sie verblüfft, dass er es gewagt hatte, sie nicht ernst zu nehmen. Sie stieß einen tiefen Seufzer der Verzweiflung aus und hob die Hände, als wolle sie bei einer höheren Macht um Nachsicht für die Verfehlungen ihres Geschiedenen bitten, wäre sich dabei aber der Sinnlosigkeit dieser Bitte bereits vollkommen bewusst.

In diesem Augenblick wurde die Tür hinter ihr schwungvoll geöffnet. Miriam fuhr überrascht herum. Christina stand in der Tür, wie immer in Barbour-Jacke und Jeans, lächelte Miriam unbefangen an und sah dann fragend zu Bernd herüber. Bernd rollte leicht mit den Augen. Jetzt hatte Christina die Situation endlich erfasst. Sie ging an Miriam vorbei zum Bett, ergriff Bernds Hand, setzte sich seitlich auf die Matratze, blickte Miriam kurz abschätzig an, wandte sich dann wieder Bernd zu und fragte endlich mit einem unschuldigen Lächeln: „Hast du netten Besuch?"

Miriam war es nicht gewohnt, einfach ignoriert zu werden. Noch immer stand sie mitten im Raum, die Hände zur großen Geste der Verzweiflung erhoben. Dann begriff sie, wie lächerlich das wirken musste. Sie ließ die Arme sinken und bedachte Christina mit einem Ausdruck ausgesuchter Verachtung.

„Willst du uns denn nicht vorstellen?" Christina sah Bernd verliebt an und tätschelte dabei demonstrativ seine Hand. Miriam gab ein merkwürdiges Geräusch von sich, das wohl Abscheu und Enttäuschung zum Ausdruck bringen sollte, dann wirbelte sie herum und stürmte ohne ein weiteres Wort aus dem Zimmer.

„Was war das denn?" Christina schaute ihn mitleidig an. „Das war nicht sie, oder?"

„Doch", bestätigte Bernd verlegen, „das war sie. Und natürlich wieder mit einem ganz großen Auftritt, wie in alten Zeiten."

„Nimm dir das bloß nicht zu Herzen", beruhigte ihn Christina, nachdem Bernd ihr die Begegnung geschildert hatte. Sie gab ihm einen Kuss. „Es lohnt doch nicht, sich damit zu belasten. Erstens war das absolut unfair, dich hier so zu überfallen, zweitens hat sie das nur gemacht, weil sie es nicht ertragen kann, dass du jetzt ein Held bist und drittens geht sie dein Leben überhaupt nichts mehr an."

„Aber die Kinder", wandte Bernd ein. Er bedauerte jetzt tatsächlich, sie so lange nicht mehr gesehen zu haben.

Das letzte Patchworkfamilienweihnachten war unglücklich verlaufen. Mario, Miriams neuer Mann, hatte Bernd wie immer spüren lassen, für was er ihn hielt. Die kleinen hinterhältigen Bemerkungen waren es gewesen, die so geschmerzt hatten. Wenn wie nebenbei die vielen Geschenke aufgezählt wurden, die die Kinder bekommen hatten. Na ja, das war ja klar, dass Bernd ihnen das nicht bieten könne, da mache er ihm auch keinen Vorwurf, er verstünde ja seine Situation und seine begrenzten Mittel. Wie lange er denn jetzt schon arbeitssuchend sei? Ach, das wäre ja bedauerlich, und auch so gar nichts in Aussicht? Wenn man arbeiten wolle, fände sich doch immer etwas. Allerdings, wenn man zu lange raus sei, ja dann würde es schon schwierig. Und immer noch mit dem Hund in den Wald? Sicher sehr romantisch so etwas. Aber jeden Tag? Also, er hatte ja damals während seiner beruflichen Neuorientierung ein paar wichtige Fortbildungen gemacht. Man müsse ja immer auf dem Laufenden bleiben, gerade im oberen Management. Da gäbe es ja so viele neue Methoden. Und neulich sei doch tatsächlich der niedersächsische Wirtschaftsminister bei ihnen in der Firma gewesen. Aber irgendwie auch logisch, wenn man Marktführer war. Ja, der Mittelstand, das sei doch noch immer die eigentliche Herzkammer der deutschen Wirtschaft, nicht wahr? Diese Flexibilität und Dynamik sei international noch immer unübertroffen.

Bernd hatte nichts erwidert. Aber er hatte sich wieder daran erinnert, wie er im Hilton zusammen mit dem ehemaligen Ministerpräsidenten von Baden-Württemberg am Buffet gestanden hatte, damals, als er das Cleverle, wie der kleine Schwabe im Land genannt wurde, als Festredner für eine Kundenveranstaltung verpflichtet hatte. Und dann fiel ihm dieser vormalige Bundesgeschäftsführer der SPD ein, den er auch für einen Vortrag gebucht hatte und die Sängerin, die später für Deutschland beim Eurovision Song Contest gestartet war. Miriam wusste sicher noch ganz genau, wie stolz er gewesen war. Jetzt, als Gast bei der neuen Familie seiner Kinder, hatte das keinerlei Bedeutung mehr.

Er hatte erst am zweiten Weihnachtstag zum Mittagessen kommen dürfen. Seine Geschenke waren natürlich überschaubar gewesen. Statt der Spielekonsole gab es ein Buch und auch kein Puppenhaus, sondern ein kleines Klemmbausteine-Set. Miriam hatte das Gesicht verzogen und ihn mit ihrem Ausdruck für „Da hättest du dich ja auch mal mehr anstrengen können" angesehen. Lea und Sophie hatten die Geschenke ohne jede Begeisterung ausgepackt, sich artig bedankt und ihm je einen flüchtigen und eher pflichtschuldigen Kuss auf die Wange gedrückt.

Nach dem Essen, das aus den Resten der Gans vom Vortag mit Rotkohl und Kartoffeln bestand, sehr überschaubar, so dass er nicht wagte, etwas nachzunehmen, hatte er noch eine ganze weitere Stunde lang geduldig die Allgemeinplätze seines Nachfolgers ertragen. Dann hatte Bernd sich entschuldigen wollen, aber sein plötzlicher Aufbruch hatte Miriam veranlasst, ihm vor den Kindern vorzuwerfen, was für ein herzloser Vater er sei, wenn er jetzt schon ginge. Er hatte eigentlich keinen erneuten Streit gewollt. Marios Protzereien hatte er noch erdulden können, aber Miriams Vorwürfe waren einfach zu viel. So war ein Wort zum anderen gekommen. Mario hatte ihn dann nach wenigen Minuten hinauskomplimentiert und sich zum Abschied süffisant für das verdorbene Fest bedankt.

Christina sah ihm in die Augen. „Die Kinder werden sich schon wieder melden, wenn sie älter sind", beruhigte sie ihn. „Jetzt hast du doch gegen die Mutter keine Chance. Sie kann ihnen den ganzen langen Tag erzählen, was für ein schlechter

Mensch du bist. Aber sie werden anfangen zu fragen und irgendwann werden sie dann wissen wollen, ob ihnen ihre
Mutter die ganze Wahrheit erzählt hat. Du musst einfach Geduld haben." Sie schlang ihre Arme um seinen Hals und
drückte ihn an sich.

## Zwischenspiel

Dann kamen die Gespräche mit der Polizei. Es hatte eine Befragung am Tag nach der ersten OP gegeben, aber er konnte sich weder an die Namen oder an die Gesichter der Beamten erinnern noch daran, was er genau gesagt hatte. Die Nachwirkung der Narkose war noch zu stark gewesen und hatte sein Gedächtnis verwischt. Aber sie hatten Uniform getragen, die Grüne sicherlich oder doch schon die neue Blaue? Er war sich auch da nicht mehr sicher. Außerdem, kam die Einführung der neuen Uniformen hier auf dem Land nicht später?

Die Polizisten, die am nächsten Tag erschienen, um erneut den Ablauf der Ereignisse mit ihm durchzusprechen, hatten jedenfalls die neue blaue Uniform getragen, mit diesen eckigen Cops-Mützen, die Bernd so lächerlich fand, weil sie ihn an amerikanische Gangsterfilme erinnerten. Anfangs hatte Bernd gemeint, die Kugel in seiner Schulter und Sandras Rettung würden seinen Aussagen eine unantastbare Glaubwürdigkeit verleihen. Immer wieder hatte er ihnen die Zusammenhänge erklärt, zumal sie doch so offensichtlich waren. Heidmann, die Hütte, das im Keller eingesperrte Mädchen, der Schuss. Immer wieder fragte er, ob Heidmann endlich verhaftet worden sei. Er hatte nur ausweichende Antworten erhalten. Man ermittle ergebnisoffen und in alle Richtungen, hörte er. Erst nach und nach hatte ihn das dumpfe Gefühl beschlichen, dass sie auch ihn verdächtigten.

Vier Tage später suchten ihn erneut zwei Beamte auf, diesmal von der Kripo. Der eine war ihm irgendwie schlampig und unkonzentriert vorgekommen, der andere schien hingegen gut organisiert und notierte ständig etwas auf seinem Notizblock. Natürlich ließen sie ihn zuerst erzählen, hörten einfach zu, ohne ihn zu unterbrechen. Und so hatte er ihnen ausführlich erklärt, wie er zu seinem Verdacht gekommen war, wie er Heidmann beim Einkauf beobachtet hatte und dass ihn schon der Abbruch der Suche unterhalb der Hütte stutzig gemacht hatte. Und dass Heidmann immer wieder nachts ins Revier musste, „nach dem Rechten sehen", wie er es genannt hatte, war Bernd auch aufgefallen. Außerdem war im Dorf bekannt, dass Heidmann auf junge Mädchen stand. Und dann hatte doch Sandra von „ihm" gesprochen, wer sollte das anderes sein als Heidmann selbst, wo sie doch in Heidmanns Hütte gefangen gehalten wurde.

Herr Schmidt, so hatte sich der Beamte in der speckigen Schimanski-Jacke vorgestellt, hatte ihn dann auf eine unbestimmte Art angeschaut, die er nicht zu deuten vermochte. Ob er denn Sandra nicht auch gekannt hätte? Und ob er, Bernd, denn nicht auch ein Auge auf das Mädchen geworfen hatte? Zeugen hätten ausgesagt, dass er beim letzten Reitturnier auffällig lange neben Sandra auf der Zuschauertribüne gestanden hätte. Und wie das nochmal genau mit der Suche der Dorfleute im Wald gewesen sei? Es läge ihnen eine Aussage vor, dass Bernd in der Nähe der Hütte seltsam zögerlich gewesen sei. Bernd sei einfach nicht weitergegangen, bis Heidmann dann einen neuen Suchbereich angesagt habe.

Bernd war wie vor den Kopf geschlagen. Es war doch alles so eindeutig, warum sahen die das nicht? Es war ja schließlich Heidmanns Hütte, in der er sie gefunden hatte. Warum sollte er mit ihr durch den Berg fliehen und sein Leben dabei riskieren?

„Ihr Großvater war doch Bergmann", sagte Pollak, der ordentliche Kollege von Herrn Schmidt, dann irgendwann im Laufe der Vernehmung wie beiläufig, „der kannte doch die alten Stollen sicher ganz gut, oder?" Bernd erstarrte.

„Das ist doch über fünfzig Jahre her, dass er im Berg war."

„Ja natürlich, aber der Verlauf der Stollen hat sich ja seitdem nicht groß verändert", antwortet Herr Schmidt mit einem frostigen Lächeln.

„Kann schon sein, dass er damals etwas erzählt hat", erwiderte Bernd, „an irgendwas habe ich mich ja auch erinnert, sonst hätte ich das mit dem Stollen vielleicht gar nicht versucht."

„Und Sie waren niemals vorher in einem dieser alten Stollen?", fragte nun Pollak und sah Bernd interessiert an. „Es gibt nämlich noch ein weiteres intaktes Mundloch weiter oben kurz unterhalb des Kammwegs, und die Stahltür, die es verschließt, ist erst letztes Jahr aufgebrochen worden."

„Wo soll das denn sein?", fragte Bernd aufgebracht, „ich kenne doch eigentlich alle Eingänge."

„Eben", gab Herr Schmidt zurück, „das ist ja genau der Punkt!"

Die Vernehmung ging in diesem Ton weiter und Bernd fühlte sich immer unwohler. Er hatte gemeint, durch die gemeinsame Flucht mit Sandra sei alles klar geworden. Welchen Grund sollte es geben, an seinen Aussagen zu zweifeln?

„Und was ist mit der Kugel in meiner Schulter?", fragte er und spielte seinen größten Trumpf aus, „habe ich mich jetzt selbst angeschossen, oder was?"

„Das Geschoss konnte leider keiner der bekannten Waffen zugeordnet werden", antwortete Pollak trocken. „Wahrscheinlich eine alte Infanteriepatrone, Kaliber 8 mm."

„Ich bin angeschossen worden, als ich Sandra im Keller entdeckt habe", beharrte Bernd, „und das war der Keller unter Heidmanns Hütte. Da braucht man doch nur eins und eins zusammenzuzählen, verdammt noch mal!"

„Das Ermitteln überlassen Sie mal besser uns", fiel ihm Herr Schmidt ins Wort und sah ihn scharf an. „Hatten Sie denn vielleicht ebenfalls Zugang zur Hütte?"

„Wie kommen Sie denn darauf, ich musste doch das Schloss aufbrechen. Und wieso ebenfalls?"

„Nun, nach Aussage von Herrn Heidmann hatten etliche Leute im Dorf einen Schlüssel zur Hütte. Wir haben das natürlich überprüft. Und es hat sich tatsächlich herausgestellt, dass mehrere Personen über einen Schlüssel verfügten." Pollak blätterte nach dieser Bemerkung durch die Seiten seines Notizblocks und las dann die Namen ab: „Herr Paulmann, Herr Marhenke, Herr Nolte, Herr Brunkmeyer, eigentlich ist es der gesamte Stammtisch. Hatten Sie vielleicht auch einen Schlüssel?"

Bernd starrte die beiden entsetzt an. Es wurde immer verrückter.

„Was hat denn Sandra dazu ausgesagt?", wollte er jetzt wissen. „Sie muss doch alles bestätigt haben, so wie ich es Ihnen erzählt habe."

„Tja", kam von Pollak als Antwort, „erstens dürften wir mit Ihnen über die laufenden Ermittlungen eigentlich gar nicht sprechen und zweitens waren Sandras Aussagen – nun, sagen wir mal: uneindeutig."

„Sie stand natürlich unter Schock. Außerdem hat sie im Keller von einer Medizin gesprochen, die man ihr immer geben würde. Wer weiß, welche Mittel das waren."

„Im Blut konnte aber nichts nachgewiesen werden. Und Sandra konnte weder sagen, wie sie in die Hütte gekommen ist, noch wer oder wie viele dort bei ihr waren. Den einzigen Namen, den sie genannt hat, war der Ihre, Herr Haltig."

Bernd schoss das Blut in den Kopf. „Ich halte also ein Mädchen im Keller der Jagdhütte gefangen, ohne dass der Besitzer es merkt, obwohl dieser fast täglich dort ist, vermutlich schlage ich das Mädchen und vergehe mich an ihm, und als mir das nach ein paar Tagen zu langweilig wird, breche ich in den Keller der Hütte ein, obwohl ich einen Schlüssel habe, schieße mir dann selbst in die Schulter, laufe anschließend mit meinem Opfer halbtot durch einen Stollen, von dem ich weder weiß, ob er nicht jeden Moment einstürzt noch wohin genau er führt, bis wir zufällig zu diesem alten Bergwerk auf der anderen Seite gelangen, wo gerade ebenso zufällig eine Führung stattfindet, sodass jemand tief genug im Berg ist, um auf uns aufmerksam zu werden, zwischendurch stürze ich mich zur Erhöhung meiner Glaubwürdigkeit noch mutwillig einen alten Bremsberg hinunter und breche mir dabei einige Rippen, dann lege ich mich dort in den Dreck und lasse Sandra als die einzige Belastungszeugin allein weitergehen, damit man mich rettet? Wie krank sind Sie eigentlich?" Bernd war äußerst verärgert. Diese Befragung war eine wirkliche Zumutung.

Schmidt sah ihn betont gelangweilt an. „Wenn Sie wüssten, was man in unserem Beruf so alles erlebt", erwiderte er dann gedehnt und wechselte einen kurzen Blick mit Pollak, der zustimmend nickte. Eine kleine Pause entstand. Bernd schnaufte wütend. „Dann wäre da noch etwas." Herr Schmidt sah Bernd jetzt durchdringend in die Augen, es schien ihm sichtlich Spaß zu machen, die Spannung zu erhöhen. „Eigentlich hat das Mädchen nämlich nur bei der Erwähnung Ihres Namens mit Panik reagiert. Es schien uns fast so, als ob Sandra nur Sie mit dem Ereignis in Verbindung bringen würde, und zwar eindeutig nicht mit positiven Gefühlen."

„Das hat uns natürlich verwundert", ergänzte Pollak, „in derartigen Fällen sind die Opfer ihren Rettern eigentlich immer aufrichtig dankbar. Hätten Sie da eine Vermutung, warum sie sich so verhalten hat?"

Bernd zögerte. Sollte er ihnen jetzt erzählen, warum er sich so sicher war, dass seine Annahmen zutrafen? Dass nur Heidmann, während er nachts auf der Pirsch im Revier umhergestreift war, Sandra bewusstlos und verletzt aufgelesen und in die Hütte gebracht haben konnte? Aber dann hätte er auch begründen müssen, warum dies die einzig logische Erklärung für all das Geschehene war. Er hätte den Unfall erwähnen und sich damit selbst einer Straftat bezichtigen müssen. Was war ihm denn überhaupt vorzuwerfen, unterlassene Hilfeleistung oder Verschweigen einer Straftat oder beides? Wie immer es juristisch zu bewerten war, der Unfall war unzweifelhaft die Wurzel allen Übels. Alles hatte in dem Augenblick begonnen, als er sich kurz nach dem Zigarettenanzünder gebückt hatte und dann das Mädchen plötzlich auf der Straße stand. Bernd selbst war der Auslöser gewesen, seine Feigheit hatte zu Sandras Martyrium geführt. Er hatte das Wild erlegt, die anderen hatten nur das Aas aufgelesen.

„Das kann ich mir auch nicht erklären", log er. „Das Stockholm-Syndrom vielleicht? Bevor ich sie überreden konnte, mit in den Stollen zu gehen, hätte sie mich fast angegriffen. Da wollte sie tatsächlich dort im Keller bleiben."

„Aber nach Ihrer Aussage hat Sandra Ihnen doch geholfen, die Wunde zu verbinden, oder?", wandte jetzt Pollak ein und blätterte in seinem Block.

„Ja, das stimmt, es war so, wie ich es gesagt habe. Mal war sie völlig klar und im nächsten Moment wieder total verstört. Wer weiß, welche furchtbaren Sachen sie erlebt hat. Während der Flucht durch den Stollen musste ich sie manchmal richtig anschreien, damit sie überhaupt reagierte."

„Nun, wie dem auch sei", Herr Schmidt erhob sich von dem Besucherstuhl, den er zu Beginn der Unterhaltung neben Bernds Bett gestellt hatte, während Pollak die ganze Zeit über am Fußende des Bettes stehen geblieben war, „das werden die Psychologen sicher bald herausfinden. Das Mädchen ist ja jetzt für längere Zeit in eine Fachklinik eingewiesen worden, in der man sich um sie kümmern wird."

Damit schien die Befragung beendet. Bernd war erleichtert, verkniff sich aber jede Regung, die das hätte verraten können.

Herr Schmidt war bereits auf dem Weg zur Tür, als er sich nochmals umdrehte. „Haben Sie eigentlich etwas von der Familie Ebeling gehört?", fragte er wie nebenbei und lächelte scheinheilig. Bernd sah ihn erstaunt an.

„Also haben sich weder die Eltern oder sonst jemand aus der Familie bei Ihnen gemeldet?", setzte Herr Schmidt fort. Bernd nickte. „Finden Sie das nicht ein wenig ungewöhnlich?"

„Die werden jetzt andere Sorgen haben, denke ich", antwortete Bernd, aber genau diese Frage hatte er sich ebenfalls schon gestellt. Warum war niemand von der Familie gekommen, um ihn zu besuchen? Auch kam keine Karte oder gar ein Brief. Er hatte vermutet, dass Sandra ihren Eltern etwas über den Unfall erzählt hatte, unzusammenhängend vielleicht, etwas wirr, widersprüchlich, aber Grund genug, einen Verdacht gegen ihn zu hegen.

„Wir kommen in den nächsten Tagen nochmal vorbei, auch wegen des Protokolls," schloss Herr Schmidt, der nun wieder seinen skeptischen Polizistenblick aufgesetzt hatte. „Bis dahin erholen Sie sich erst einmal."

Das Projektil in seiner Schulter hatte man also keiner von Heidmanns Waffen zuordnen können. Wahrscheinlich war die Tatwaffe tatsächlich ein Erbstück oder ein Überbleibsel aus dem Krieg und Heidmann hatte sie längst entsorgt. Der Wald war dafür groß genug. Sicher lag das Gewehr jetzt in irgendeinem Loch, vielleicht in den schartigen Klüften eines der alten Steinbrüche, und verrostete. Er musste sich eingestehen, dass er tatsächlich nicht wusste, wer ihn angeschossen hatte. Nur dass er Sandra in Heidmanns Hütte gefunden hatte und dass sie von dort durch den Berg gegangen waren, war unzweifelhaft richtig. Die Beamten hatten gesagt, Heidmann sei an jenem Abend im Dorfkrug gewesen, bis weit nach Zwölf, und dann direkt nach Hause gegangen. Seine Frau hatte dies natürlich bezeugen können, denn bei seinem Schnarchen war für sie an ein Einschlafen nicht zu denken gewesen. Ständig hatte sie auf den Wecker geschaut, während sie den fernen Morgen herbeisehnte.

Und in der Hütte waren nach dem Brand keinerlei verwendbaren Spuren mehr gefunden worden. Ein paar Lumpen und ein vom Feuer und der einbrechenden Decke bizarr verformtes Bettgestell, mehr hatten sie nicht entdecken können, als der Bagger die verkohlten Reste der Hütte abgetragen und den Eingang zum Stollen freigelegt hatte.

Dass Heidmann den Schlüssel zur Hütte großzügig auch an andere herausgab, fand Bernd sonderbar und in gewisser Weise auch sehr beunruhigend. Marhenke, Paulmann und die anderen, ja selbst Brunkmeyer, hätten Zugang zur Hütte haben können. „Um mal etwas unterzustellen oder wenn der Regen sie im Wald überraschte", war Heidmanns lapidare Begründung gewesen, „Teilen ist ja schließlich nicht verboten." Und der Schlüssel zum Vorhängeschloss der Kellertür, der im Feuer zerschmolzen war, hatte stets in der Hütte am Schlüsselbrett neben der Eingangstür gehangen.

Sandras Aussagen waren widersprüchlich gewesen. War es immer derselbe Mann gewesen? Welche Kleidung hatte er getragen? Sandra konnte sich an kein Gesicht erinnern, nur an die Lampe, mit der sie geblendet wurde, wenn sie Besuch hatte. Dabei war außer ein paar knappen Anweisungen kein Wort an sie gerichtet worden. Und dann war da diese furchtbare Müdigkeit gewesen, die nach dem Trinken immer besonders stark wurde. Und die schrecklichen Träume. Bei der Gegenüberstellung hatte sie niemand erkannt und keine der Stimmen war ihr bekannt vorgekommen. Nur an Bernd konnte sie sich deutlich erinnern.

Natürlich hatte man Sandra eingehend untersucht. Sie war gestürzt oder heftig geschlagen worden. Andere Verletzungen waren eindeutiger, aber man hatte keine verwertbaren Spuren sichern können. Sie mussten sehr vorsichtig gewesen sein.

Sandra war nach dem Krankenhausaufenthalt nur für einige wenige Tage wieder zu Hause gewesen. Als die Panikattacken überhandnahmen, hatte man sie in das Landeskrankenhaus einweisen müssen. Ebelings würden ihre Tochter auf eine Privatschule nach Bayern schicken, sobald sie wieder ganz gesund wäre.

Bernd hatte das alles von Brunkmeyer gehört, der ihn regelmäßig im Krankenhaus besuchte. Bernd wusste nicht mehr, ob er dem Alten überhaupt noch trauen sollte, aber Brunkmeyer war so leutselig und schien so ehrlich besorgt um ihn, dass Bernd sein Misstrauen bald wieder verlor. Außerdem hatte der alte Bauer seine Ohren überall, eine Eigenschaft, die Bernd immer schon außerordentlich nützlich gefunden hatte.

Außer Brunkmeyer und Christina kam niemand. Und der Auftritt von Miriam zählte nicht. Selbst die Polizei ließ sich nach der vierten Befragung, bei der er das Protokoll sorgfältig durchgelesen und folgsam unterschrieben hatte, nicht mehr blicken.

Aber was hatte er denn auch erwartet? Dass die Dorfleute bei ihm vorbeidefilieren würden, um ihre Ergebenheitsadressen abzugeben? Er hatte schließlich kein Kind aus dem Dorf gerettet, sondern eines von diesen zugereisten Geldsäcken, diesen Städtern.

Wer sollte also kommen? Da waren keine Freunde, nicht einmal Vereinskameraden, außer mit Brunkmeyers und Frau Lange sprach er mit niemanden kaum je ein Wort, das über die üblichen Begrüßungsfloskeln und ein paar Bemerkungen über das Wetter hinausging.

Miriam hatte ihn schon vor Jahren belehrt: „Wenn du mal stirbst, gehe ich mit den Kindern allein hinter deinem Sarg her!". Er hatte solche Gedanken damals als absolut abwegig und wenig zielführend empfunden. Was kümmerte ihn, was in fünfzig Jahren war? „Wenn du hinter meinem Sarg hergehst, bin ich mindestens achtzig geworden und deine

Töchter, Schwiegersöhne und Enkelkinder werden dich begleiten", war seine patzige Erwiderung darauf gewesen. Sie hatte nur die Augenbrauen hochgezogen und wie immer theatralisch die Arme ausgebreitet: „Da wäre ich mir an deiner Stelle nicht so sicher. Wenn du nämlich so weitermachst, wird keines deiner Kinder an deinem Grab stehen wollen."

Er konnte sich nicht mehr an die weitere Diskussion erinnern, hatte es wohl verdrängt, war sich aber sicher, dass er sich anschließend wieder eine ganze Litanei über seine diversen Verfehlungen hatte anhören müssen. Aber nun musste er zugeben, dass sie nicht völlig übertrieben hatte. Ein Funken Wahrheit hatte durchaus in ihren Worten gelegen. Wenn er unter Tage geblieben wäre, hätte ihn niemand sonderlich vermisst. Außer Christina, hoffte er.

Nur der Förderverein des Besucherbergwerks hatte sich gemeldet. Die spektakuläre Tiefenrettung durch die Grubenwehr war eine großartige und kostenlose Werbung gewesen. Nachdem die lokale Presse ausführliche Berichte über das Ereignis gebracht hatte, waren die Besucherzahlen auf ein Rekordniveau gestiegen. Der Verein überlegte nun, auch die weitere Strecke bis zum zweiten Bremsberg, wo man ihn gefunden hatte, aufzuwältigen und für Besucher zugänglich zu machen. Er erhielt ein sorgsam aufgesetztes Schreiben – an den leicht verrutschten Buchstaben konnte er erkennen, dass es auf einer alten mechanischen Maschine getippt worden war –, in dem man ihn einlud, bei Gelegenheit einen Vortrag zu seinem waghalsigen Weg durch den alten Stollen zu halten. Man trug ihm sogar die Ehrenmitgliedschaft im Bergmannsverein an. Bernd war gerührt, hatte aber umgehend abgelehnt. Schon beim Gedanken an das Bergwerk wurden seine Hände feucht. Nie wieder würde er freiwillig einen Stollen betreten.

# Freiheit

Bernd betrat das Wohnzimmer. Christina musste den Ofen angefeuert haben, bevor sie losgefahren war, das Gusseisen strahlte noch immer eine wohltuende Wärme aus. Er konnte ein letztes glimmendes Holzscheit in der Asche erkennen und legte einige kleinere Holzstücke nach. Bernd hatte die Ofentür kaum wieder geschlossen, als bereits die ersten Flammen hochzüngelten. Dann setzte er sich in den großen Ohrensessel und blickte in das Feuer. Der Hund tapste ins Zimmer. Wie immer, wenn er von draußen aus seinem Zwinger geholt wurde, hatte er zunächst in der Küche seinen Napf inspiziert. Nun, als er bemerkte, dass Bernd wieder seinen Lieblingsplatz besetzt hatte, kam er angelaufen und sprang seinem Herrchen auf den Schoß. War dem Hund aufgefallen, wie lange Bernd dort schon nicht mehr gesessen hatte? Anstatt sich aber auf dessen Beinen zusammenzurollen und sich streicheln zu lassen, richtete sich der Schnauzer auf und begann, Bernds Gesicht mit seiner feuchten Zunge abzulecken. Bernd drückte den Hund vorsichtig hinunter und kraulte ihn hinter den Ohren.

Er war also wieder im Dorf. Auf der Rückfahrt vom Krankenhaus hatte er immer wieder Christina ansehen müssen. Wie sie seinen Wagen lenkte und wie sie schaltete, präzise, ruhig und mit einer Selbstverständlichkeit, als wären sie ein lang vertrautes Paar, das von einem kurzen Wochenendausflug nach Hause zurückkehrte.

Aber so war es nicht. Er wusste selbst nicht, was er eigentlich erwartet hatte. Was sollte sich auch verändert haben? Als sie über den Berg kamen, lagen die Häuser im Tal tief unter ihnen, die Dämmerung ließ die Konturen bereits undeutlich werden und Schnee hatte erneut eine zarte Decke der Unschuld über alles gelegt. Noch mehr Schnee würde fallen, er hatte es spüren können, als er vor dem Eingang des Krankenhauses stand und wartete, dass sie den Wagen holte. Sie fuhren von der westlichen Höhe zum Ort hinab und er sah die Oberlichter der Reithalle in der Dunkelheit leuchten. Sicher stand Frau Ebeling wieder auf der kleinen Tribüne und beobachtete den Reitlehrer dabei, wie er eine der Schülerinnen zusammenstauchte, die den Galoppwechsel verpatzt hatte. Als sie am Dorfladen vorbeikamen, saß Frau Lange in ihrem weißen Kittel hinter dem großen Fenster allein an der Kasse und telefonierte. Vor dem Laden standen ein paar Töpfe Winterheide auf einem wackeligen Gestell und warteten neben Eimern mit Streusalz auf späte Kundschaft. An der Abzweigung zum Pass blickte er kurz hinüber zum Dorfkrug. Das alte Lindener-Bierschild schwankte wie immer im Wind, er hatte fast geglaubt, das Quietschen zu hören. Obwohl es erst später Nachmittag war, standen auf dem Parkplatz vor der Gaststätte einige Wagen. Und Noltes Traktor. Seit sie seinen Lappen einkassiert hatten, kam Nolte immer mit dem Traktor zum Dämmerschoppen. Das Traktorfahren konnten sie einem Landwirt wohl nicht verbieten.

Dann war Christina in Richtung Pass abgebogen. Links oben am Hang lag nun Thiels Hof über ihnen, nicht ein Fenster der Rübenburg war erleuchtet. Dass auch der alte Thiel vermisst war, hatte Bernd erst vor Kurzem erfahren. Christina hatte es im Laden gehört und ihn dann gefragt, wer dieser Mann denn eigentlich sei. Bernd hatte ihr zu ihrem Erstaunen gleich die ganze Familiengeschichte der Thiels berichten können: Angefangen beim Großvater Thiel, dem Großbauern und Helden des Reichsnährstandes, der nach Gutsherrenart den Flüchtlingsmädchen nachgestellt und schließlich einer auf seinem Hof einquartierten jungen Kriegerwitwe ein Kind gemacht hatte, die er aber erst heiratete, als seine erste Frau gestorben war, über den jetzt vermissten Sohn, den sie im Dorf nun längst den alten Thiel nannten, und der durch diese Heirat endlich als Erbe des Hofes legitimiert worden war, den er aber hatte verkommen lassen, schon lange bevor dieser dumme Unfall mit seiner Hand geschah, bis zu seiner Frau, die am Gram über ihren Mann gestorben war und schließlich zum gemeinsamen Sohn, einem hoffnungslosen Fall, der jetzt in der verlassenen Rübenburg allein hausen musste.

Als sie an Brunkmeyers Hof vorbeigekommen waren, hatte Christina kurz das Gas weggenommen und ihn fragend angesehen. „Der Hund!", hatte er nur gesagt und sie hatte bestätigend genickt und war langsam weitergefahren. Noch immer war er sich nicht sicher, ob Brunkmeyer nicht auch etwas mit der Sache zu tun hatte. Außerdem hatten die beiden Alten bestimmt schon etwas mitbekommen. Auf ein längeres Gespräch mit Brunkmeyers und auf ihre neugierigen Fragen konnte Bernd zum jetzigen Zeitpunkt jedenfalls gut verzichten.

Endlich waren sie in die Einfahrt eingebogen. Als er das Haus mit seinem schwarzen Fachwerk und den weiß verputzten Gefachen dort so friedlich liegen sah, war er wieder den Tränen nahe gewesen. Christina hatte es bemerkt und kurz seine Hand ergriffen. Dann hatte sie die Handbremse eingelegt, den Motor abgestellt und war ausgestiegen. Er war einfach sitzen geblieben. Sie war schon auf dem Weg zum Kofferraum gewesen, um seine Tasche zu holen, war dann aber umgekehrt und hatte sich wieder auf dem Fahrersitz niedergelassen.

„So schlimm?", hatte sie gefragt und ihn angesehen.

„Ja, eigentlich schon, ziemlich schlimm, irgendwie", hatte er unbestimmt erwidert, unfähig seine Trauer zu verbergen. Und doch war er gleichzeitig unglaublich froh gewesen, dass sie jetzt bei ihm war und ihn so liebevoll anblickte. „Manches Glück findet sich eben nur im Unglück", hatte er mit einer Bitterkeit hinzugesetzt, die er so nicht beabsichtigt hatte. Jetzt rede ich schon wie mein eigener Großvater, war ihm durch den Kopf gegangen und er hatte gehofft, dass Christina es nicht falsch verstünde. „Du bist das Glück dabei, soviel ist sicher", hatte er sich beeilt klarzustellen.

„Dann ist es ja gut", war sofort ihre spöttische Antwort gekommen, „sonst müssten wir ja wohl auch von schweren Spätfolgen sprechen." Da er sich noch immer nicht rührte, hatte sie ihn auf die operierte Schulter gestupst. „Jetzt aber raus aus der alten Karre!" Bernd hatte einen übertrieben lauten Schmerzenslaut von sich gegeben. „Stell dich nicht so an, der Arzt hat gesagt, es ist alles prima verheilt."

„Was weiß denn der schon, wie es in mir aussieht", hatte er erwidert und endlich die Autotür geöffnet.

Wenn er die Ereignisse nochmals durchging, war es wie ein Film, der sich vor seinem inneren Auge abspulte. Wie ein unbeteiligter Zuschauer sah er sich durch die Szenen wandeln, so als wäre das alles nicht ihm, sondern einem Fremden geschehen. Die Psychologin hatte ihm versichert, dass dies ein Schutzreflex der Psyche sei, ein sehr gesunder sogar. Wenn das Geschehene immer so unmittelbar in seiner Erinnerung präsent bliebe, wie es sich zugetragen hatte, müsste er auch immer wieder dieselben Ängste durchleben und das sei überhaupt nicht gesund, hatte sie beteuert.

Tatsächlich konnte er sich an vieles nicht mehr genau erinnern. Manche Bilder waren unscharf, andere wie hinter einer Nebelschicht verborgen. Die Ärzte hatten ihm erklärt, dass er durch den Blutverlust und die Unterkühlung wahrscheinlich bereits leichte Bewusstseinstrübungen gehabt haben musste. Es wäre sein großes Glück gewesen, dass der Druckverband schnell genug angelegt worden sei. Nur Sandra hatte er es also eigentlich zu verdanken, dass er noch lebte.

„Warum?", fragte Christina, als sie am Abend losgingen. Sie hatte sich bei ihm untergehakt und lehnte ihren Kopf leicht an seine Schulter. „Damit sie es wissen", hatte er geantwortet.

Sie waren gemächlich der kleinen Straße hinunter ins Dorf gefolgt. Das Haus des Großvaters lag am Ende des letzten asphaltierten Stückes, nach der Einfahrt zum Haus ging die Straße in einen mit Feldsteinen nur grob befestigten Wirtschaftsweg über. Auf ihrem Weg gingen sie an den Nachbarhäusern mit ihren großen Obstgärten und gepflegten Rabatten vorbei. Der Schnee hatte sich schützend über die Pflanzen und Hecken gelegt und verhüllte den blanken Boden der feingeharkten Beete. Jenseits der Biegung, wo die Straße etwas steiler zur Hauptstraße hin abfiel, lag rechts das dunkle Gemäuer der Rübenburg wie ein großer schwarzer Schatten. Schweigend waren sie weitergegangen. Sie passierten das Haus der Ebelings, das ebenfalls im Dunkeln lag, dann kam Brunkmeyers Hof. Christina blickte nach oben, zu den Fenstern ihrer Wohnung. Sie hatte sie in den letzten Wochen kaum betreten, hatte fast immer in Bernds Haus übernachtet, schon allein wegen des Hundes. Die Straßenlaterne vor dem Hof tauchte die Hausfront in ein gelbliches Licht, die dunklen Fenster über ihnen wirkten wie tote Augenhöhlen. Christina umklammerte seine Hand noch fester. Sie hatte den beiden Alten noch nichts erzählt. Wie sie wohl reagieren würden?

Kurz darauf hatten sie den Dorfkrug erreicht. Bernd stieg die kleine Treppe hoch und hielt Christina die alte Eingangstür auf, an deren Türblatt schon Generationen von Gästen vor ihnen ihre Spuren hinterlassen hatten. Gemeinsam traten sie in den Flur und schälten sich aus ihren Winterjacken. Aus dem Gastraum drang lautes Stimmengewirr, Heidmanns sonore Stimme war deutlich herauszuhören. Bernd zögerte und sah Christian fragend an. Erst als sie ihm aufmunternd zunickte, griff er nach der Türklinke.

Als er die Tür zum Gastraum aufstieß, verstummten die Gespräche mit einem Schlag. Bernd machte ein paar Schritte in Richtung des Stammtisches. Christina hielt sich dicht hinter ihm.

In der Mitte des Tisches stand ein überdimensioniertes schwarzes Ungetüm. Das Kristallglas des großen Aschenbechers war von einem schwarzen Stahlband eingefasst. Eine wundersame Konstruktion aus mehreren schmiedeeisernen Bögen trug das Schild, auf dem in Frakturschrift das Wort „Stammtisch" stand. Darüber schließlich, an einem weiteren Bogen aus geschmiedetem Flacheisen, hing eine Messingglocke, mit der die Tischrunden eingeläutet werden konnten.

Um den Tisch waren die Männer versammelt. Bernd ließ seinen Blick von einem zum anderen streifen. Marhenke, Nolte, Tomczak, Lange, der junge Thiel – er saß direkt neben Heidmann –, Paulmann und leider auch Brunkmeyer. Die anderen Tische waren nicht besetzt.

Bernd hatte die Überraschung in den Gesichtern gesehen, als er in den Gastraum getreten war. Jetzt aber schien sich keiner der Anwesenden mehr für ihn zu interessieren. Paulmann betrachtete intensiv die Tischplatte und sein Bierglas vor ihm, Nolte beobachtete Paulmann aufmerksam dabei, wie dieser sein Bierglas betrachtete, Lange schaute Nolte dabei zu, wie dieser Paulmann beobachtete, der junge Thiel hingegen schaute Heidmann an, Tomczak blickte zur Decke und Marhenke musterte mit leicht verwirrtem Blick die Vereinspokale auf dem Bord an der Wand. Brunkmeyers Gesicht konnte Bernd nicht sehen, weil der alte Bauer ihm den Rücken zuwandte. Heidmann selbst saß auf seinem Platz und fixierte das eiserne Monstrum vor ihm. Im Gegensatz zu den anderen am Tisch war ihm keine Spur von Verlegenheit oder irgendeine Form von Betroffenheit anzumerken. Aber Bernd registrierte ganz genau, dass sich der Mund des Jägermeisters zu kaum mehr als einem Strich verengt hatte und dass sich die Kiefermuskulatur unter der Gesichtshaut spannte.

Seitdem Bernd im Raum war, hatte niemand mehr ein Wort gesprochen. Die Wirtin, die hinter der Theke gestanden und eine neue Runde Biere gezapft hatte, ließ den Hahn geräuschvoll zurückschnappen. Sie trat etwas hinter dem Zapfhahn hervor, schaute Bernd aus ihren kurzsichtigen wässrigen Augen fragend an und wartete. Im Raum lag eine schneidende Stille. Für eine Weile waren das Ticken der alten Wanduhr und das verhaltene Atmen der Männer die einzigen Geräusche. Doch dann begann Marhenke unruhig auf seinem Platz hin und her zu rutschen. Etwas wollte aus ihm heraus und wenn das mit ihm geschah, konnte er nichts dagegen tun. Erst begannen seine Schultern zu zucken, dann kam das rhythmische Nicken des Kopfes. Schließlich schien der gesamte Mann zu zappeln. Marhenke sah Bernd mit weit aufgerissenen Augen an und begann dann undeutlich zu stammeln: „Nur ... zugeguckt ... äähh ..." Aber noch ehe er weitersprechen konnte, hatte Heidmann ihn bereits quer über den Tisch am Kragen gepackt, kräftig geschüttelt und dann mit Wucht zurück auf seinen Stuhl gestoßen. Dort saß Marhenke nun starr vor Schreck. Mit halb offenem Mund schaute er seine Mitstreiter angsterfüllt an.

Bernd suchte den Blickkontakt mit den anderen. Doch niemand erwiderte seinen Blick. Auch Marhenke wagte es nicht mehr. Bernd war nun froh, dass Brunkmeyer mit dem Rücken zu ihm saß.

Wieder herrschte bleiernes Schweigen. Die wenigen Geräusche, die die Stille durchbrachen, wirkten seltsam verstärkt: Das Ticken der Uhr, von der Dorfstraße her der Motor eines vorbeifahrenden Wagens, ein Windstoß rüttelte kurz an den Fenstern, irgendwo hinten im Haus schlug eine Tür.

Dann, unvermittelt, drehte Heidmann den Kopf und sah Bernd direkt an. Kalt, unbarmherzig, kontrolliert, ein Frösteln lief Bernd über den Rücken. Er schloss kurz die Augen.

Wieder sah er Sandra, wie sie verletzt auf der stockigen Matratze lag, angekettet wie ein Stück Vieh und mit Beruhigungsmitteln vollgepumpt, das Haar ungewaschen und blutverklebt. Man hatte sie benutzt, immer wieder, einer der Männer hier oder sogar alle, was machte das noch für einen Unterschied. Erneut blendete ihn der helle Blitz, der beißende Schmerz fraß sich tief in seine Schulter. Er humpelte den Stollen entlang, frierend und durchnässt, sie hing an ihm und weinte. Dann wieder sah er das Licht hinter der Biegung verschwinden, sank zurück in die Kälte, bar jeder Hoffnung auf Rettung.

Bernd öffnete seine Augen wieder. Noch immer starrte Heidmann ihn an. Und Bernd hielt diesem Blick jetzt stand. Er straffte sich, spannte seinen Körper an, erlaubte sich nicht einmal ein Blinzeln. Wut und Hass, Abscheu und Verachtung, Strafe und Vernichtung. Durfte er das überhaupt so unerbittlich empfinden? Aber die Wut und der Hass machten ihn jetzt stark. Er ballte unwillkürlich die Fäuste. Jetzt schauten auch die anderen auf, begriffen, dass gleich etwas geschehen würde.

Doch mit einem Mal entspannten sich Heidmanns Züge. Er nickte Bernd zu und lächelte. In seinem Gesicht spiegelten sich nun Freundlichkeit und Anteilnahme, ja sogar Zuwendung. Bernd stand wie versteinert da. Heidmann wandte sich jetzt quer über den Tisch an Brunkmeyer und sagte laut und mit einem leicht belustigten Unterton: „Mensch Brunkmeyer, das ist ja schön: Unser Held ist zurück!"

Christina zog Bernd sanft an einen der hinteren Tische. Die Gespräche am Stammtisch wurden längst wieder in unverminderter Lautstärke fortgesetzt. Bernd schaute Christina hilfesuchend an. Tröstend legte sie ihre Hand auf seinen Arm.

„Jetzt wissen sie, dass du es weißt", flüsterte sie ihm zu, „und genau das wolltest du doch." Er schüttelte den Kopf.

„Das ist nicht gerecht", seufzte er.

Kurze Zeit später kam die Wirtin mit einem Tablett hinter dem Tresen hervor. Bernd sah, dass sie ihnen zwei Herrengedecke brachte. Am Tisch angekommen, knallte sie die zwei Bier und zwei Korn mit Schwung auf die abgewetzte Holzplatte.

„Von Heidmann", sagte sie barsch, drehte sich um und schlurfte zurück zum Tresen. Auf halbem Wege jedoch besann sie sich, kam an den Tisch zurückgewackelt und verkündete mit feindseligem Blick: „Die Küche ist schon zu!" Dann zog sie endgültig ab.

Bernd betrachtete das Pils, das nun vor ihm auf dem Tisch stand. Es sah wirklich vielversprechend aus, geradezu verlockend. Goldgelb mit schöner, feinschaumiger Blume – sicher war es genau sieben Minuten gezapft worden –, die Kohlensäure stieg in feinen Perlenschnüren darin auf, außen war das Glas von der Kühle des Getränkes leicht beschlagen. Tautropfen liefen langsam vom Glas auf den Tisch hinunter, auf dessen rohem, gescheuerten Holz sich bereits ein Wasserring abzuzeichnen begann. Christina griff nach ihrem Glas. Aber ehe sie es zum ersten Schluck ansetzen konnte, legte Bernd ihr die Hand auf den Arm. „Nein!", befahl er ihr mit einem Groll in der Stimme, den er nicht unterdrücken konnte, „tu das beser nicht!"

Er sah hinüber zum Stammtisch. Niemand schien von ihnen Notiz zu nehmen. Aber Bernd war sich sicher, dass sie zumindest von einem Augenpaar genauestens beobachtet wurden. Er erhob sein Glas, als würde er trinken wollen. Doch dann streckte er langsam den Arm aus und goss den Inhalt des Glases angewidert in den länglichen Topf mit welken Pflanzen, der neben ihnen auf der Fensterbank stand. Anschließend wiederholte er den Vorgang ebenso langsam mit Christinas Glas.

Zum Schluss ließ er auch den Schnaps den Weg alles Irdischen gehen. Sollte es doch den Topfpflanzen schmecken. Christina schaute ihn verwirrt an. „Lass uns gehen", sagte Bernd übertrieben laut, „sonst wird mir noch schlecht von der ganzen Bösartigkeit in diesem Raum!"

Sie hatten sich still die Jacken angezogen, Christina stand noch unschlüssig an der Garderobe, Bernds Hand umschloss bereits die blank abgegriffenen Klinke der Eingangstür, als die Tür des Gastraumes aufgerissen wurde. Brunkmeyer stürzte heraus. Unbeholfen stand er nun im Flur zwischen ihnen und trat von einem Bein auf das andere. Bernd sah, wie es im Schädel des Alten arbeitete. Brunkmeyer öffnete den Mund, wie um etwas zu sagen, schloss ihn dann aber wieder, so als hätten sich die Worte in seinem Kopf nicht lösen wollen. Er machte zwei Schritte auf Bernd zu und lächelte unsicher. Bernd wartete.

Schließlich gab sich der Bauer einen Ruck, ging noch einen weiteren Schritt in Bernds Richtung und legte ihm seine große, derbe Pranke auf die Schulter. Dann sagte er in väterlichem Ton: „Überleg' es dir doch nochmal, min Jung, dein Großvater hing doch so an dem Haus."

Bernd erwiderte nichts. Es war zu spät.

# Inhalt

# Dank

Mein Dank gilt meiner Frau Anja für die Geduld mit mir und diesem Projekt, meinen Töchtern Heike und Julia für manch aufmunternden Zuspruch und das mehrfache Durcharbeiten des Skriptes, meinem Bruder Norbert für die kritische Durchsicht und die konstruktive Kritik, Thomas Müller vom Feggendorfer Stolln für die fachliche Beratung und letztendlich meinen Eltern, die es mir ermöglicht haben, in der Freiheit der niedersächsischen Provinz aufzuwachsen und viele der Dinge zu erleben, die sich in diesem Buch wiederfinden.